Verloren

Die Zeitenwanderer-Chroniken

Verloren

DIE ZEITENWANDERER-CHRONIKEN

von Karolyn Ciseau

Verloren

Die Zeitenwanderer-Chroniken

Carola Meissl | Ilmenaugarten 115 | 21337 Lüneburg

Lektorat/ Korrektorat: Anne Paulsen
Umschlaggestaltung: Casandra Krammer – www.casandrakrammer.de
Covermotiv: © Shutterstock
Druck: Independently published mit Amazon.com

Tag der Veröffentlichung: 09.11.2017

ISBN-13: 9781973239550

mail@karolynciseau.de
www.karolynciseau.de

Für meine Eltern, die meine Fantasie vor vielen Jahren mit Geschichten von der Knuspermaus gefüttert haben. Dank Euch hat das Erzählen in meinem Leben immer eine große Rolle gespielt – und tut es noch heute.

Aus dem Jahr 2063 ins mittelalterliche Irland, an den Französischen Hof oder zu den Wikingern – ich kann durch die Zeit reisen. Auf meinen Streifzügen durch die Geschichte bin ich Gregor begegnet. Und mein Schicksal hat eine Wendung genommen: Wir sind Zeitenwanderer und müssen eine Prophezeiung verhindern. Wenn uns dies nicht gelingt, wird im Jahr 2067 die Welt untergehen.

Die Prophezeiung

Es sind zehn an der Zahl. Sie werden kommen und die Zukunft verändern. Und ihr Eingreifen bedeutet das Ende von Raum und Zeit.

12 / 07 / 395
27 / 01 / 622
07 / 09 / 767
23 / 04 / 1558
20 / 10 / 1665
05 / 04 / 1754
22 / 09 / 1812
07 / 10 / 1888
10 / 07 / 1910
22 / 01 / 1944
07 / 09 / 2067

eins

»Wo ist es?«

Hektisch durchwühle ich meinen Rucksack, schiebe die Reste eines Müsliriegels, einen Apfel, mein Handy und eine Packung Taschentücher beiseite. Meine Trinkflasche fällt auf den Boden, schlägt mit einem dumpfen Geräusch auf einen Stein auf. Ich beachte sie kaum.

»Was suchst du denn? – Alison?«

Ben legt beruhigend eine Hand auf meinen Arm. Ich halte inne, bemühe mich, tief durchzuatmen. Mein Blick gleitet über den wolkenverhangenen Himmel, die braungrünen Wiesen. Melissa ist schon ein paar Schritte vorausgegangen. Ihre pinke Funktionsjacke und die blonden Locken stehen in buntem Kontrast zu der kargen Moorlandschaft.

»Ach, es ist nichts.«

»So sieht es aber nicht aus. Du zitterst am ganzen Körper. Ist dir kalt?«

Ich weiß nicht warum, aber Bens besorgte Stimme macht mich wütend. Kann er nicht einfach zu Melissa gehen und mich in Ruhe lassen?

»Es ist alles in Ordnung. Wirklich.«

Ich versuche nicht so gereizt zu klingen, wie ich mich fühle, aber es funktioniert nicht. Ben wirkt verletzt.

»Mein Haarband, ich glaube, ich habe es verloren.«

Meine Stimme bebt, ich kralle meine Finger in die Handflächen bis es wehtut. Weil ich nicht weinen will und weil ich wütend bin. Wütend auf Ben, weil er so fürsorglich ist und damit alles nur noch schlimmer macht. Und wütend auf mich selbst. Weil mir dieses verdammte Haarband die Tränen in die Augen treibt.

»Das blaue?«

Ich nicke. Ben lacht erleichtert auf, holt meine Trinkflasche und reicht sie mir.

»Hier ist es doch.«

Das Band klebt an der feuchten Flasche. Es hat sich zweimal um den durchsichtigen Plastikbehälter geschlungen, das Ende baumelt herab. Ich ziehe daran und wickele es um meine Hand.

»Siehst du? Ist doch alles in Ordnung.«

Ben spricht mit mir wie mit einem kleinen Kind, aber es ist ja auch kein Wunder. Er weiß nicht, was mir dieses blaue Haarband bedeutet. Dass Gregor es mir auf meiner Zeitreise nach Frankreich als ein Zeichen seiner Liebe gegeben hat. Es kommt mir wie Verrat vor, es vor Bens Augen wieder in mein Haar zu binden. Aber ich habe das Gefühl, dass es zu mir gehört. Ein Stück meiner Vergangenheit ist, das ich noch nicht bereit bin loszulassen.

Wir holen Melissa an einem kleinen Pfad ein, der sich zwischen zwei Felsbrocken hindurchschlängelt und an einem Fluss endet. Moosbewachsene Steine stellen sich dem sprudelnden und schäumenden Wasser mutig in den Weg. Eine weiße Wohnkapsel mit Solarplatten auf dem Dach und einem breiten Fenster steht daneben. Das futuristische Design passt für meinen Geschmack so gar nicht in die Landschaft. Aber im Dartmoor National Park findet man diese Zelt-Kabinen jetzt an jeder Ecke. Sie sind mit einer Küchenzeile, einem kleinen Bad, einer Schlafecke und einem Monitor zum Surfen und Fernsehen ausgestattet. Über eine App kann man die Kabinen spontan mieten.

Melissa, Ben und ich haben unseren Trip nach Dartmoor schon vor einer Ewigkeit geplant, weil Ben unbedingt die neuen Zelt-Kabinen ausprobieren wollte. Melissa steht bereits davor und überprüft die Verfügbarkeit.

»Was meinst du, Ben? Sollen wir diese Kabine nehmen? Im Logbuch ist noch niemand eingetragen.«

Ich versuche den Stich zu ignorieren, den mir ihre Frage versetzt. Sie spricht mit Ben, als wäre ich gar nicht hier. In letzter Zeit ist das häufig der Fall. Erst dachte ich, sie hätte nur viel in der Uni zu tun und sich deshalb immer weiter zurückgezogen. Keine gemeinsamen WG-Abende mehr, keine Zeit, um mit mir in die Mensa zu gehen oder auf dem Campus in der Sonne zu liegen und heiße Studenten zu beobachten. Aber dann ist mir klargeworden, dass es an meiner Beziehung zu Ben liegt.

Wobei Beziehung gewiss nicht das richtige Wort ist. Wir verbringen Zeit miteinander, und wir haben ein paar Mal geknutscht, aber es fühlt sich merkwürdig an. So, als wolle ich etwas erzwingen, für das ich einfach nicht bereit bin.

»Klar, warum nicht. – Alison?«

Ich zucke mit den Schultern, blicke zum Horizont, an dem sich die Sonne langsam senkt.

»In Ordnung.«

Melissa bucht die Kabine, und die Tür springt mit einem mechanischen Klicken auf. Im Inneren ist alles neu und sauber und technisch auf dem neuesten Stand. Es riecht sogar noch nach frischer Farbe, sodass ich erstmal das breite Fenster aufschiebe, um Luft hereinzulassen. Melissa und Ben sind völlig aus dem Häuschen, aber ich muss ständig an Frankreich zurückdenken. An die Stunden mit Gregor in unberührter Natur, an die Lagerfeuer und an Momente, in denen wir den Naturgewalten ausgeliefert waren. Es war nicht immer bequem, aber es war authentisch – ungeschliffen.

»Kommst du mit mir die Trinkflaschen auffüllen?«, fragt Ben mich, während Melissa es sich vor dem Fernseher bequem macht.

Ich würde am liebsten ablehnen. Er will Zeit mit mir alleine verbringen, wissen, ob es mir gut geht, mich küssen. Und dann sind da noch die ewig gleichen Frage, denen ich beständig aus dem Weg gehe: Sind wir ein Paar? Liebst du mich? Ich wünschte, es wäre alles anders. Ich wünschte, ich könnte Gregor endlich aus meinen Gedanken verbannen und mich voll und ganz auf Ben und diese Beziehung einlassen. Aber das kann ich nicht.

»Geh schon vor. Ich komme gleich.«

Ben wirkt enttäuscht. Er wird wissen, dass ich mir Zeit lassen werde.

»Was schaust du da?«, will ich von Melissa wissen, nachdem Ben die Zelt-Kabine mit unseren Trinkflaschen verlassen hat.

Meine Freundin hält den Blick starr auf den Fernseher gerichtet, auf dem irgendein Naturfilm flimmert. Wie ironisch, wo sie doch nur vor die Tür gehen müsste, um all das zu sehen. Aber ich habe das Gefühl, sie schaut sowieso nicht richtig hin. Sie will mir nur ausweichen. Ich frage mich, warum sie überhaupt auf diesen Wanderausflug mitkommt, wenn ihr meine Nähe doch so unerträglich geworden ist.

Seufzend schnappe ich mir Bens Rucksack und räume unser Abendessen, das er den ganzen Tag mit sich herumgeschleppt hat, aus – gefüllte Pilze, Avocado-Käse-Sandwiches und ein Couscous-Salat, der herrlich würzig duftet. Er hat gestern Abend bestimmt noch eine halbe Ewigkeit in der Küche gestanden. Melissa und ich hatten versprochen, uns um den Nachtisch kümmern. Aber dann sind es doch nur ein paar Müsliriegel und ein Obstsalat geworden, die wir schon auf dem ersten Teil unserer Wanderung gegessen haben. Morgen wollen wir noch hinunter zur Küste, anschließend geht es zurück nach London.

Es wird ein ruhiger Abend. Draußen zieht dichter Nebel auf und umwabert unsere Zelt-Kabine. Die letzten Sonnenstrahlen tauchen die Landschaft vor unserem Fenster in ein mystisches Licht. Doch davon bekommen wir nur wenig mit. Wir spielen Karten und irgendein Ratespiel, das Ben sich neu gekauft hat. Aber wir sind alle müde und irgendwie ist die Stimmung komisch. Wenn ich an der Reihe bin, etwas zu erklären, und Melissa raten soll, gibt sie sich keine Mühe. Lustlos lässt sie Begriffe fallen, bis ich es schließlich aufgebe.

»Ich gehe schlafen«, verkünde ich und klettere auf das obere Bett.

Ben sieht mich überrascht an.

»Willst du nicht mit mir hier unten schlafen?«

Ich blicke auf das untere Doppelbett, auf dem unser Kartenspiel und die Tupperdosen mit unserem Abendessen verteilt sind. Melissa hat sich dort bereits in ihren Schlafsack eingewickelt, weil ihr kalt ist. Ben sitzt im Schneidersitz am Fußende der Matratze, greift nach der Spielschachtel, um die Karten wieder zu verstauen.

»Nein, ist schon okay. Ich störe euch doch nur, wenn ihr jetzt alles zusammenräumen müsst.«

»Das machen wir gerne«, sagt Ben viel zu hastig.

Melissa schnaubt.

»Lass sie. Sie ist lieber allein.«

So wie sie es sagt, klingt es abfällig. Dabei hat sie recht. Vermutlich würde ich neben Ben kein Auge zutun.

Ich liege noch eine Weile wach, lausche auf Bens und Melissas Stimmen, deren Unterhaltung viel angeregter geworden ist, seitdem ich nicht mehr dabei bin. Dann drifte ich weg, falle in einen unruhigen Schlaf.

Weiß. So viel Weiß. Wo ich auch an mir herunterschaue bauschen sich Tüll und Spitze, geben mir das Gefühl, in einem Meer aus Stoff zu versinken. Mir ist viel zu warm unter all den Stoffschichten, und ich habe das Gefühl, keine Luft mehr zu bekommen.

»Meine Tochter, du bist eine wunderschöne Braut«, versichert mir mein Vater.

Meine Mutter nickt zustimmend und wischt sich die Tränen aus den Augenwinkeln. Doch sie ist nicht meine Mutter, sondern

Caterina de' Medici. Und es sind keine Tränen, die in ihren Augen glänzen, sondern ein diabolisches Funkeln.

»Nun wirst du deinem zukünftigen Ehemann dein schönstes Lächeln schenken. Ein Lächeln, das einer Königin würdig ist.«

Ich habe das Gefühl, dass sie mich mit jedem ihrer Worte verhöhnt.

»Da fehlt noch etwas«, sagt mein Vater.

Und Caterina de' Medici nickt zustimmend. Sie zieht das blaue Band aus dem Ärmel ihres Kleides und tritt hinter mich, um es mir ins Haar zu binden. Ich wende mich einem großen, golden eingerahmten Spiegel zu und beobachte sie dabei.

»Etwas Altes, etwas Neues, etwas Geborgtes und etwas Blaues«, flüstert sie.

»Es ist nicht geborgt«, widerspreche ich, »Gregor hat es mir geschenkt.«

Sie wirft den Kopf nach hinten, fängt hysterisch an zu lachen. Der Laut, wie sie kicksend die Luft ausstößt, schmerzt regelrecht in meinen Ohren. Als sie sich beruhigt hat, sieht sie mich ernst an.

»Und du glaubst, er wird sich daran noch erinnern?«

Ich schlucke und betrachte mich im Spiegel, versuche, mein Lächeln zu üben, doch es ist eingefroren. Caterina de' Medici legt ihre Hände auf meine Schultern.

»Es wird Zeit, mein Kind.«

Ich setze einen Fuß vor den anderen. Ganz vorsichtig, damit ich nicht falle. Die Schleppe an meinem Kleid ist so furchtbar lang. Ich kann gar nicht sehen, wo sie aufhört.

Wir betreten Notre-Dame durch einen Seiteneingang und sofort setzt die Musik ein. Schwere, dunkle Orgelklänge, die mein

Schicksal besiegeln. Caterina de' Medici und mein Vater setzen sich in die erste Reihe und winken den Gästen zu.

»Unsere Tochter – seht sie Euch an!«, rufen sie aufgeregt.

Ich kenne all diese Leute nicht. Wer sind sie?

Der Bräutigam am Altar dreht sich zu mir um. Mein Bräutigam. Ben. Erneut versuche ich zu lächeln.

Hinter mir wird das Hauptportal der Kirche aufgestoßen. Ein Raunen geht durch die Menge. Und endlich ist dort eine Person, die mir vertraut ist. Ich will mich umdrehen und zu Gregor laufen, doch meine Schleppe hat sich irgendwo verhakt und das Korsett meines Brautkleides raubt mir die Luft.

»Gregor!«, rufe ich atemlos.

Ich suche seine grauen Augen, als er auf mich zukommt, doch sie sind leer, schauen durch mich hindurch. Er tritt neben mich und zieht an meinem Haar. Ich spüre, wie sich das blaue Band löst.

»Es war nur geborgt, ma petite«, flüstert er mir ins Ohr.

Ich unterdrücke ein Schluchzen, höre, wie Caterina de' Medici kichert.

»Gregor, lass mich nicht mit ihm allein!«, flehe ich.

Aber er hat sich schon von mir abgewendet.

»Wach auf!«, befiehlt mein Vater.

Ich rufe noch einmal: »Gregor … Gregor, bitte!«

Dann schlage ich die Augen auf.

Ben sieht aus, als hätte ich ihm mit voller Wucht die Faust ins Gesicht geschlagen. Er taumelt zurück, als ich hochschrecke, und mir wird bewusst, dass ich meine letzten Worte laut gerufen habe.

Melissa hat das Licht in unserer kleinen Zelt-Kabine eingeschaltet. Sie scheint ein wenig genervt.

»Ich hoffe, das war es jetzt«, sagt sie.

Und ich bin nicht sicher, ob sie meinen schlechten Traum oder meine Nicht-Beziehung zu Ben meint. Denn deutlicher hätte ich es nicht ausdrücken können, dass mein Herz einem anderen gehört.

»Ich denke, das war es«, sagt Ben mit tonloser Stimme.

Er schluckt. Seine Augen sind wässrig. Ich möchte etwas zu ihm sagen, aber ich weiß nicht was. Stattdessen sitze ich einfach nur da, sehe ihn an und bitte mit Blicken um Verzeihung. Wir beide wissen, dass das nicht reichen wird. Ohne es zu wollen, habe ich ihn schrecklich verletzt. Ich kann förmlich dabei zusehen, wie etwas in ihm zerbricht.

Melissa greift nach Bens Arm.

»Komm, wir wollen wieder schlafen.«

Er entzieht sich ihr, steht weiterhin einfach nur da. Sein Blick ist mir unerträglich. Ich habe das Gefühl, dass seine Augen mich in zwei Teile zerreißen. Einem, der sich einfach nur zu einer kleinen, kläglichen Kugel zusammenrollen und sterben möchte. Und einem zweiten, der beinahe erleichtert ist, weil die Wahrheit nun ans Tageslicht gekommen ist.

Erst als Melissa ein zweites Mal nach Bens Arm greift und zärtlich seine Hand nimmt, reagiert er. Ich sinke zurück auf mein Kissen, atme zitternd aus.

»Aber wieso?«

Ich stehe noch immer völlig fassungslos im Wohnzimmer unserer WG, sehe Melissa dabei zu, wie sie die zweite Umzugskiste an mir vorbeischleppt. Unser kleiner Ausflug nach Dartmoor hat damit geendet, dass weder Ben noch Melissa mehr mit mir reden. Ben kann ich verstehen, aber Melissa reagiert maßlos übertrieben. Alles was sie weiß ist, dass ich im Traum den Namen eines anderen Mannes gerufen habe. Das hat noch lange nichts zu bedeuten. Und eigentlich geht sie meine Beziehung, oder das Fehlen derselben, gar nichts an.

»Die Miete ist bis zum Ende des Monats bezahlt. In drei Wochen beginnt ein neues Semester. Du wirst also schnell Ersatz für mich finden.«

»Wohl kaum.«

Wie soll man einen Ersatz für seine beste Freundin finden?

Sie sieht mich nicht an. Im Wohnzimmer hängt immer noch der abgestandene Geruch von Pizza. Als wir gestern zu Abend gegessen haben, hat sie ihren Auszug mit keinem Wort erwähnt. Wusste sie es da schon, oder war es ein spontaner Entschluss? Ein Einfall, der ihr über Nacht gekommen ist?

»Melissa, bitte geh nicht! Was ist denn überhaupt los? Ist es wegen Ben?«

Sie stellt ihren Karton scheppernd vor sich ab. Mr. Darcy, mein kleiner grauer Kater, der bis eben auf dem Sofa geschlafen hat, springt erschrocken auf und hechtet unter den Couchtisch. Am liebsten würde ich mich ihm anschließen.

»Wegen Ben, wegen allem. Ich habe das Gefühl, wir haben uns einfach zu weit voneinander entfernt. Es ist, als würdest du in deiner eigenen Welt leben. Und Ben und ich spielen darin nur noch eine Nebenrolle. Aber wir sind keine Nebenrollen, Alison. Wir kommen auch gut ohne dich klar.«

»Das weiß ich doch. Ich wollte nicht ...«

Melissa schüttelt den Kopf. Tränen glitzern in ihren Augen.

»Vergiss es einfach.«

Ich sehe ihr noch eine Weile dabei zu, wie sie Kisten in ihr Auto räumt, Regale auswischt und den Fußboden saugt. Dann ist sie weg, und die Wohnung ist furchtbar leer. Wenn ich durch Melissas Zimmer gehe, hallen meine Schritte. Und dort, wo einmal Melissas Buchregal im Wohnzimmer gestanden hat, klafft jetzt eine riesige Lücke. Die Wohnung ist viel zu groß für eine einzelne Person. Der Kater maunzt kläglich. Ich zerre ihn unter dem Couchtisch hervor, kraule seinen Nacken.

»Was machen wir jetzt nur, Mr. Darcy?«

Mir graut davor, heute Abend alleine in der Wohnung zu schlafen und wieder einen dieser Träume zu haben. Ich mache den Fernseher an, damit es nicht länger so still ist und lasse mich samt Kater auf das Sofa fallen. Mein Tablet ist zwischen die Sofakissen gerutscht. Ich ziehe es hervor und schaue auf das Display. Keine neuen E-Mails. Aber eine alte Mail erregt mein Interesse.

Wenn Sie die weite Reise von London antreten möchten, sind Sie herzlichst eingeladen, uns zu besuchen und unsere Studenten für Ihre Hausarbeit zu interviewen.

Beste Grüße aus Cambridge, Iman Akhabbar

Ich hatte den Gedanken bereits verworfen, nach Cambridge zu reisen. Schließlich ist es verdammt weit weg, und es ist nicht mal sicher, dass ich etwas über die Prophezeiung in Erfahrung bringen kann. Außerdem würde mich der Flug dorthin meine letzten paar

Pfund kosten. Aber die Aussicht, die Wohnung zu verlassen und meinen Streit mit Melissa und Ben zu verdrängen, ist verlockend. Mr. Darcy kann ich zu meinen Eltern bringen und wenn ich eine Woche vor Semesterbeginn nach einem Nachmieter suche, ist das zwar knapp, aber der Wohnungsmarkt ist umkämpft, die Nachfrage entsprechend groß.

»Hey, Fellknäuel«, flüstere ich Mr. Darcy in das plüschige Ohr, »Lust auf einen kleinen Ausflug?«

zwei

Das Institut für Zeitreise-Forschung in Harvard ist genau so, wie ich mir eine solche Einrichtung immer vorgestellt habe. Kein dunkles Backsteingebäude wie unser Institut in London, sondern ein heller und moderner Bau. Am Eingang wird ein Netzhautscan durchgeführt. Ich zögere kurz, bin nicht sicher, ob ich eingelassen werde, aber Professor Iman Akkhabar scheint meine letzte Mail erhalten und meine Daten in das System eingetragen zu haben.

Drinnen trete ich an einen von fünf Computerterminals und lasse mir den Weg zu Professor Akkhabars Büro zeigen. Bis zu meinem Termin in einer halben Stunde bleibt mir noch Zeit, den Campus zu erkunden und mich auf das Gespräch mit ihm vorzubereiten.

Mein Anliegen – oder zumindest den Vorwand – hatte ich bereits in meiner Mail an den Professor formuliert: Für eine Hausarbeit zum Thema »Unterschiedliche Wahrnehmung bei Zeitreisen« bin ich auf der Suche nach Studenten, die im Oktober 1557 den Französischen Hof bereist haben. Das ist die Zeit, in der

Anthony – jener Zeitreisende, den ich in Frankreich getroffen habe – an den Hof gekommen ist. Jetzt gilt es nur noch herauszufinden, ob er einer dieser Studenten ist. Aber wie stelle ich das am klügsten an, ohne mich zu verraten?

Während ich darüber grübele, spaziere ich über einen verglasten Innenhof, in dessen Mitte ein vertikaler Garten angepflanzt wurde. Die grüne Pflanzensäule wächst bis unters Dach. Sonnenstrahlen fallen durch die Fenster, verbreiten eine angenehme Wärme. Auf den weißen Bänken rundherum sitzen Studenten, die auf ihren Handys oder Tablets herumtippen oder in kleinen Gruppen Kaffee trinken. Ich ziehe mir einen Cappuccino aus dem Automaten, atme gierig den Geruch von frisch gemahlenen Kaffeebohnen ein und lasse mich neben zwei Jungs, die Online-Schach spielen, und einer laut schwatzenden Semestergruppe, die über ihre Einführungsseminare redet, nieder.

Auf einem Bildschirm mir gegenüber läuft das Werbevideo des Zeitreise-Instituts in Dauerschleife. Ich fixiere die animierte Sanduhr, deren Sandkörner nach oben zu fallen scheinen. Anthonys Traum kommt mir wieder in den Sinn. *Seltsam gekleidete Menschen, Gebäude, die bis in den Himmel ragen und glänzende Kutschen ohne Pferde.* Wie fremd ihm meine Welt doch vorgekommen sein muss. Wie fremd sie mir manchmal vorkommt, seit ich in anderen Jahrhunderten gelebt habe.

»Miss Kendall?«

Ich schrecke hoch, blicke in das Gesicht eines dunkelhäutigen Mannes mit schwarzen Haaren, dichten Augenbrauen und Knopfaugen, die mich neugierig ansehen. Er ist schätzungsweise zehn Jahre älter als ich und riecht stark, aber nicht unangenehm, nach einem herben Rasierwasser. Trotz der Wärme trägt er eine lange, dunkelblaue Jeans und einen grauen Pullover über einem weißen Hemd.

»Ich bin Iman Akkhabar. Freut mich, Sie kennenzulernen.«

Forsch streckt er mir seine Hand entgegen, die ich etwas verdattert ergreife. Seine Haut ist ungewöhnlich weich für die eines Mannes.

»Woran …?«

»Woran ich Sie erkannt habe?«, er zeigt grinsend auf sein rechtes Auge, »Ich trage eine Virtual-Reality-Kontaktlinse.«

»Oh, okay.«

Ich mustere ihn unauffällig, frage mich, welche Informationen er gerade über mich abruft. Vermutlich hat er aus meinen Online-Profilen meine Interessen erfahren, kennt jetzt meine Lieblingsmusik, meine Lieblingsfilme und weiß, dank einem Post, den ich gestern Abend noch abgesetzt habe, dass Mr. Darcy bei meinen Eltern ist. Ein komisches Gefühl, so durchleuchtet zu werden, während man einer Person direkt gegenübersteht.

»Die VR-Linsen sind in England noch nicht zugelassen, habe ich gehört.«

Ich nicke zustimmend, obwohl er gar keine Frage gestellt hat, und er hebt theatralisch die Hände gen Himmel.

»Ihr Engländer seid immer so schrecklich vorsichtig. Dabei entgeht Euch der ganze Spaß. – Na, kommen Sie! Gehen wir in mein Büro.«

Wir fahren mit dem Aufzug in den dritten Stock und gehen einen langen Flur entlang, der links und rechts von Bildschirmen gesäumt ist, auf denen Werbevideos verschiedener Firmen laufen. Sie alle bewerben die neueste Zeitreisetechnik. Vermutlich haben sie diesen Flügel der Universität gesponsert.

Professor Akkhabar bemerkt meinen kritischen Blick, beantwortet ihn mit einem Schulterzucken.

»Man gewöhnt sich an die Werbung. Irgendwann nimmt man sie gar nicht mehr wahr.«

Sein Büro ist ebenso modern eingerichtet wie der Rest der Universität. Neben einem Schreibtisch steht ein Laufband mit integriertem Bildschirm zum Arbeiten. Momentan wird ein Bildschirmschoner mit dem Logo der Universität angezeigt. Eine der Wände wird komplett von einem riesigen Aquarium eingenommen, in dem bunte Fische und Wasserpflanzen schwimmen. Ein Goldfisch hängt an der Scheibe und glotzt mich ausdruckslos an. Irgendwas ist eigenartig an dem Büro, aber ich kann es nicht benennen. Vielleicht ist es einfach nur der harte Kontrast zu den veralteten Büros meiner Professoren in London.

»Setzen Sie sich!«

Ich nehme auf einem mit Leder bezogenen Schwingstuhl ihm gegenüber Platz und bin mit einem Mal schrecklich nervös. Was, wenn er wissen will, bei welchem Professor ich meine Hausarbeit schreibe? Und was, wenn ich einen Namen nenne, den er zufällig kennt, und meine ganze Lüge auffliegt?

Professor Akkhabar sitzt auf seinem Schreibtischstuhl zurückgelehnt, mit übereinandergeschlagenen Beinen und mustert mich lächelnd.

Nach einer kurzen Pause fragt er: »Darf ich dich Alison nennen? Ich bin Iman.«

Ich bin ein wenig überrascht von seiner Direktheit, nicke zögerlich. Erst jetzt fällt mir auf, was mich die ganze Zeit schon unterbewusst irritiert hat. Vogelzwitschern und das Rascheln von

Blättern ist zu hören, dabei sind alle Fenster geschlossen. Vermutlich kommen die Geräusche vom Band.

»Gut«, Iman lehnt sich vor, »Ein spannendes Hausarbeitsthema hast du dir ausgesucht. Wie bist du darauf gekommen?«

»Nun, ja ...«

Ich ärgere mich, dass ich meine Antwort nicht besser geprobt habe, jetzt komme ich ins Rudern.

»Ich habe bei meinen eigenen Zeitreisen festgestellt, dass ich Dinge anders wahrnehme, als meine Kommilitonen – andere Details registriere und dafür manches übersehe. Also habe ich mich gefragt, ob das häufiger passiert und welche Auswirkungen es auf unsere heutige Geschichtsschreibung hat.«

Iman legt die Fingerspitzen aneinander und führt sie an die Lippen. Ich winde mich unter seinen Blicken, die mir in diesem Moment alles andere als recht sind. Ich habe Angst, dass er meine Lüge enttarnt. Als ich meine Ausführungen beendet habe, hebt er einen Zeigefinger und hält inne. Ich brauche einen Moment, um zu begreifen, dass er mit Hilfe seiner VR-Linse etwas sucht.

»Ein Kollege von mir hält heute Nachmittag einen Vortrag, der dieses Thema streift. Den solltest du dir unbedingt anhören! Ich habe dir einen Gasthörer-Zugang eingerichtet.«

»Vielen Dank.«

»Ach ja, und die Liste mit den Namen und Kontaktprofilen unserer Studenten, die im Oktober 1557 am Französischen Hof waren, sende ich dir per Mail. Dann kannst du selbst entscheiden, wen du kontaktieren möchtest.«

Das war viel einfacher, als ich angenommen hatte. Mit Hilfe der Liste und den Online-Profilen der Studenten sollte es ein

Leichtes sein, Anthony ausfindig zu machen. Vorausgesetzt, dass er tatsächlich am Zeitreise-Institut in Harvard studiert.

»Warum eigentlich dieser Zeitraum?«, reißt Iman mich aus meinen Gedanken.

»Entschuldigung?«

»1557 am Französischen Hof. Warum nicht das Elisabethanische Zeitalter oder Frankreich unter Ludwig XIV.? Es gibt so viele spannende Zeitpunkte in der Geschichte.«

Ich zucke mit den Schultern, lächele ihn entschuldigend an.

»Ich habe einfach ein Faible für diese Epoche.«

»Interessant.«

Als ich mich bei Iman bedanke und seine Hand zum Abschied schüttele, hält er sie länger als nötig fest. Er neigt den Kopf, um Augenkontakt herzustellen, den ich bisher möglichst vermieden habe. Seine Augen sind freundlich – schwarz, mit einem zarten Funkeln.

»Alison, würdest du heute Abend mit mir Essen gehen?«

»Natürlich. Gerne«, stammele ich, viel zu überrascht, um abzulehnen.

Hat er mich etwa gerade um ein Date gebeten? Und habe ich tatsächlich zugesagt? Ob es eine gute Idee ist, mit ihm auszugehen? Er ist mir sympathisch, keine Frage. Aber es wäre das Gleiche wie mit Ben: Ich bin einfach nicht bereit, mich auf etwas Neues einzulassen. Andererseits ist es nur ein Abendessen, und er ist der Leiter des Instituts für Zeitreise-Forschung. Vielleicht gelingt es mir, etwas in Zusammenhang mit der Prophezeiung herauszufinden.

Ich greife in meine Hosentasche, fühle den zusammengefalteten Zettel mit den Daten und Koordinaten der Prophezeiung.

Nach meiner Zeitreise nach Irland habe ich sie mir aufgeschrieben und trage den Zettel immer bei mir. Dabei könnte ich die Zahlen im Schlaf herunterbeten. Ich bin nicht sicher, warum sie mir dermaßen wichtig sind. Vielleicht weil sie unser aller Schicksal besiegeln. Vielleicht weil sie die Möglichkeit in sich tragen, Gregor wiederzusehen.

»Und du wusstest wirklich nicht, dass man schon bis ins Jahr 700 zurückreisen kann?«

»Nein, nach meinem letzten Stand ging es bis ins Jahr 1200 zurück.«

Ich lasse mir von Iman ein weiteres Glas Weißwein einschenken. Wir sind bereits beim Dessert angekommen – Crème brûlée mit Kirschsauce. Ich habe lange nicht mehr etwas so Leckeres gegessen. Die Creme zergeht einem auf der Zunge. Aber nur solange man die Speisekarte nicht zu eingehend studiert. Die Preise sind der reinste Wucher. Ich glaube, Iman hat mich in das schickste Restaurant von ganz Boston ausgeführt. Die Teller sind dreimal so groß wie die Speisen und die Kellner schon fast nervig zuvorkommend. Zum Glück sitzen wir in einer kleinen Nische, sodass ich mir nicht zu sehr wie auf dem Präsentierteller vorkomme. Und der Ausblick über den Hafen und die erleuchteten Hochhäuser ist eine Wucht. Ich kann mich gar nicht daran sattsehen.

»Die Zeitreise-Technik entwickelt sich rasend schnell«, erklärt mir Iman, während er die hauchdünne Karamellschicht auf seiner Crème knackend zerbricht, »Irgendwann wird es uns möglich sein, bis ins Jahr Null oder noch weiter zu reisen.«

»Aber ist das nicht viel zu gefährlich? Wegen der Gravitationskräfte und der Beschleunigung, die auf den Körper wirken, meine ich. Zumindest habe ich das damals in der Grundlagen-Vorlesung so gelernt. Auch wenn ich es nicht wirklich begriffen habe.«

Iman schnappt sich seine Gabel und eine der Kirschen, die am Rand des Tellers als Dekoration angerichtet sind.

»Du musst dir das wie eine Kanone vorstellen, aus der eine Person geschossen wird. Wenn man nur ein wenig Schießpulver – oder in unserem Fall Energie – nimmt, fliegt die Person mit einer geringen Beschleunigung drei Meter weit.«

Er zieht den Stiel der Kirsche ab, legt das dunkelrote, runde Geschoss wie bei einem Katapult auf die Gabel und dreht den Stiel, ohne Schwung zu nehmen. Die Kirsche kullert unbeschadet über die Tischdecke, bleibt vor meinem Teller liegen.

»Fliegt man ein paar Meter weiter, schürft man sich beim Landen die Knie auf, aber sonst ist alles in Ordnung«, fährt er fort, »Wenn man jetzt aber eine große Menge Schießpulver nimmt, tötet einen die Beschleunigung vermutlich bereits beim Start oder spätestens beim Aufprall. Hundert Meter weiter ist man Matsch.«

Er greift erneut nach der Kirsche, legt sie auf die Gabel und biegt die Zinken nach hinten, während er den Stiel festhält. Ich sehe mich peinlich berührt im Restaurant um, aber niemand schenkt uns Beachtung. Als Iman die Kirsche diesmal mit Schwung wegkatapultiert, zerschmettert sie hinter mir an der Wand, hinterlässt einen dunkelroten Fleck. Ich beiße mir auf die Lippen, schirme die Augen mit den Händen ab, während Iman weiter isst, als wäre nichts gewesen.

»Also weiß man noch nicht genau, wie weit man zurückreisen kann? Jeder Vorstoß, der uns tiefer in die Vergangenheit führt, birgt seine Gefahren?«, setze ich schließlich die Unterhaltung fort.

»Nun ja, Gefahr lauert überall dort, wo wir neues Terrain betreten. Deswegen ist es wichtig, dass die Regierung die Zeitreise gesetzlich reguliert. Aber solange wir vorsichtig einen Schritt nach dem anderen machen, uns an die Gesetze halten und ausreichend Tests durchführen, sehe ich keinen Grund zur Besorgnis.«

Iman lehnt sich vor, greift ganz unvermittelt nach meiner Hand. Bisher hat er sich mit Avancen zurückgehalten, und es war ein schöner Abend. Wir haben viel gelacht, und ich habe von der Vorlesung seines Kollegen erzählt, die ich mir am Nachmittag angehört habe. Dass er nun wie selbstverständlich über meinen Handrücken streicht, ist mir unangenehm. Ich ziehe die Hand weg, greife nach meinem Weinglas.

»Glaubst du, es wird eines Tages möglich sein, physisch in die Zeit einzutreten?«, frage ich, um den peinlichen Moment zu überspielen.

Er nimmt seine Serviette und wischt sich über den Mund. Ich frage mich, ob ich ihn mit meiner Ablehnung vor den Kopf gestoßen habe, aber wenn es so ist, lässt er es sich nicht anmerken.

»Ich denke nicht. Und wenn es tatsächlich gelänge, würde es hoffentlich gesetzlich verboten werden. Stell dir vor, was alles passieren könnte. Jemand tötet Hitler. Eigentlich eine gute Sache, sollte man doch meinen. Aber sie gibt der Geschichte eine ganz neue Wendung. Du oder ich wären vielleicht nie geboren. – Oder jemand schleppt eine Grippe ins Mittelalter ein und rottet damit eine ganze Nation aus. Nicht auszudenken.«

Er lacht. Doch mir ist nicht mehr nach Lachen zumute. Ich denke an die Prophezeiung und all die Zeitreisenden, die in die Geschichte eingetreten sind und sie verändert haben. Schlagartig steht mir die Wichtigkeit von Gregors Mission wieder vor Augen.

»Ist dir nicht gut?«

»Doch, doch. – Der Wein ist wirklich sehr lecker.«

Er schmunzelt.

»Was hältst du davon, wenn wir uns noch eine Flasche mitgeben lassen und einen kleinen Ausflug machen?«

An meinen hochgezogenen Augenbrauen ist unschwer zu erkennen, was ich von seinem Vorschlag halte. Glaubt er etwa, ich bin an einem One Night Stand interessiert? Ich denke nicht, dass ich ihm entsprechende Signale gegeben habe. Obwohl ich zugeben muss, ich habe mich heute Abend ziemlich schick gemacht. Sonst trage ich meinen schwarzen Jeans-Minirock und das dunkelgrüne Seidentop nur selten. Aber als ich vor meinem Abflug gepackt habe, war mir einfach nach einer Veränderung. Ich wollte mich nach dem Streit mit Melissa und Ben besser fühlen. Ein Ortswechsel, ein schönes Outfit – bisher hat nichts davon seinen Zweck erfüllt.

»Ins Institut«, fügt Iman schnell hinzu, »Ich dachte, so eine kleine Zeitreise zu den Wikingern könnte für dich bestimmt ganz spannend sein. Immerhin bist du noch nie so weit zurückgereist.«

Noch während er es sagt, steht mir die Zahl aus der Prophezeiung vor Augen: *07 / 09 / 767*. Gregor hat mir nie verraten, wie er den Zeitreisenden aufgehalten hat, der zu diesem

Zeitpunkt die Geschichte verändert hätte. Angeblich erinnerte er sich nicht mehr an das, was geschehen ist. Oder er wollte es mir nicht erzählen. *Ich habe nichts getan, was nicht getan werden musste.* Das hat er auf meine Frage geantwortet, ob er einen der Zeitreisenden getötet hat. Was ist wirklich passiert? Das wäre meine Chance, es herauszufinden.

»Dürfen wir denn einfach die Chronos benutzen?«, frage ich Iman.

Er zwinkert mir verschwörerisch zu.

»Aber bitte, ich bin der Leiter des Instituts. Was hätte ich denn von dieser Position, wenn ich mit unserer Zeitreisemaschine nicht ab und an einen kleinen Ausflug durch die Geschichte unternehmen dürfte?«

Er will mich ganz offensichtlich beeindrucken. Mich dagegen beschäftigt mehr die Frage, wie es sein wird, Gregor wiederzusehen. Wir sind uns in Irland zum ersten Mal begegnet, zumindest hatte er damals keine frühere Erinnerung an mich. Also wird meine Reise ins Jahr 767 wohl nur eine Beobachtungstour werden.

Gregor als Wikinger. Wie er wohl war? Und will ich das, was er getan hat, überhaupt mit eigenen Augen sehen? Auch wenn es vielleicht bedeutet, dass er einen Menschen getötet hat?

»In Ordnung. Aber ich darf den Zeitpunkt und die Koordinaten bestimmen.«

»Wenn du mir verrätst, wohin es geht!«

»Nach Norwegen, ins 8. Jahrhundert.«

»Eine gute Wahl.«

Iman strahlt über das ganze Gesicht.

Wir haben die zweite Flasche Wein bereits zu drei Vierteln ausgetrunken, als wir am Zeitreise-Institut ankommen. Mir ist ein bisschen schummerig, aber ich musste mir einfach Mut antrinken. Wiedersehensfreude mischt sich mit der Angst, in welcher Verfassung ich Gregor antreffen werde. Bei den Wikingern ging es blutig und wenig kultiviert zu. Wenn er unter ihnen gelebt hat, wird er sich gewiss angepasst haben.

»Soll ich dir damit helfen?«

Iman zeigt auf mein goldenes Armband, das ich für die Zeitreise ablegen muss. Ich bin sicher, er sucht nur einen Vorwand, um mich zu berühren. Zum Glück ist mein blaues Haarband aus Stoff, sodass ich es nicht auch abnehmen muss. Das habe ich nämlich zweimal um meinen Knöchel gewickelt, um es nicht wieder zu verlieren. Iman wäre es gewiss eine große Freude, mir beim Ablegen des Haarbandes behilflich zu sein. Innerlich verdrehe ich die Augen.

»Es geht schon. Danke.«

Ich sehe mich im Raum um, während ich am Verschluss des Armbands herumknibbele. Wie alles am Campus ist er hell und modern eingerichtet. Weiße Wände, keine Fenster, riesige Panorama-Bildschirme an beiden Längsseiten, die eine weitläufige Naturlandschaft mit Bergen und Flüssen zeigen. Und auch hier höre ich wieder das Vogelgezwitscher vom Band, begleitet vom sanften Sprudeln des Wassers und dem Rauschen des Windes. Ich bin nicht sicher, ob ich diesen Raum weniger verstörend finde, als jenen, in dem die Universität von London ihre Zeitreisemaschine beherbergt. Renovierungsbedürftiges Praxiszimmer versus futuristischer Zeitreise-Raum – gegensätzlicher könnten die beiden Institute nicht eingerichtet sein.

Chronos SE lese ich auf dem weißen Kopfteil der Maschine. Es ist das Nachfolgemodell von unserer Chronos. Größer, mit einer breiteren, bequemeren Liege und einer türkisen Beleuchtung, bei der ich mich frage, ob sie nur schön aussehen soll oder ob sie einem bestimmten Zweck dient.

Iman reicht mir die Hand, damit ich leichter auf die Liege klettern kann und gibt mir einen Reverser, der mich aus der Vergangenheit zurück in das Jahr 2063 bringen wird. Zumindest der sieht genauso aus, wie ich ihn aus London kenne. Iman steht jetzt so dicht neben mir und schaut auf mich herunter, dass es mir regelrecht unangenehm ist.

»Alles klar bei dir? Bist du soweit?«

»Ja, es kann losgehen.«

Mein Herz rast. Ich frage mich, wo Iman das Tablet hat, mit dem er die Chronos bedient, aber vermutlich funktioniert das alles schon mit seiner VR-Linse.

Er zwinkert mir zu.

»Denk dran: Nicht die Knie beim Aufprall aufschlagen!«

Ich denke an die Kirsche, die vermutlich noch immer zermatscht auf dem Boden des Restaurants liegt. Ist das ein Witz mit dem Aufprall oder wird meine Zeitreise diesmal wirklich etwas ungemütlicher werden? Ich will Iman fragen, aber da setzt schon das vertraute Summen der Chronos ein. Ich spüre ein Ziehen im Bauch, so als würde man mit dem Flugzeug durch ein Luftloch fliegen. Das türkise Licht wird heller, bis ich kaum noch etwas erkennen kann. Dann verändern sich die Farben, werden dunkler, beinahe schwarz. Graue Umrisse tauchen vor meinen Augen auf.

drei

Mir ist übel. So richtig kotzübel, als hätte sich mein Magen von innen nach außen gestülpt. Ich taumele ein paar Schritte, falle hin und finde mich auf allen Vieren wieder. Kalter Schweiß steht auf meiner Stirn, und ich spüre Druck auf den Ohren.

Die Umrisse werden langsam klarer. Raue Felsen, einzelne Bäume und ein Horizont, der in grauweißem Nebel versinkt, schälen sich aus der Dunkelheit. Die Konturen flimmern noch ein wenig vor meinen Augen, bevor ich sie deutlich sehen kann. Ich versuche aufzustehen, aber mein Magen macht mir einen Strich durch die Rechnung. Es gelingt mir nur mit Mühe, gegen ein Würgen anzukämpfen. Ich presse eine Hand auf meinen Mund, versuche ruhig und gleichmäßig zu atmen. So habe ich mir meinen Ausflug ins achte Jahrhundert nicht vorgestellt.

Ich verharre Minuten, bis sich der Schwindel gelegt und der Druck auf meinen Ohren nachgelassen hat. Das Rauschen des Windes ist jetzt allgegenwärtig. Sonst höre ich nichts. Um mich herum ist nur unberührte Natur. Keine Wikinger, kein Gregor. Ich gebe zu, ich bin ein bisschen erleichtert. Irgendwie habe ich erwartet, mitten in einem Dorf unter Menschen zu landen, die mich zwar nicht sehen können, die deswegen aber nicht weniger real und furchteinflößend erscheinen würden.

Langsam stehe ich auf und gehe auf wackligen Beinen an den Rand des Felsplateaus, schaue auf die kantigen Klippen in der Ferne, die mit Schnee bedeckt sind, als hätte jemand eine feine Puderzuckerschicht darüber gestreut. Unter mir schlängelt sich das tiefblaue Wasser zwischen den Bergen entlang. Düstere Wolken spiegeln sich auf der Wasseroberfläche. Es ist ein atemberaubender Anblick. Zu meiner Linken wächst der Berg immer weiter in die Höhe, bis ein Felsvorsprung über den Fjord ragt. Von dort geht es bestimmt mehr als fünfhundert Meter in die Tiefe.

Unschlüssig bleibe ich stehen und schaue mich um. Das Datum und die Koordinaten haben Iman und ich exakt eingestellt, aber die Prophezeiung hat keine Uhrzeit angegeben. Ich könnte den ganzen Tag hier stehen und warten, dass der Zeitreisende auftaucht. Oder Gregor. Auch wenn die Vermutung naheliegt, dass er sich ebenfalls möglichst früh einfindet, um den Zeitreisenden abzupassen. Es ist jetzt sieben Uhr morgens. Die Sonne muss bereits aufgegangen sein, auch wenn sie hinter der Nebelwand kaum zu erkennen ist.

Etwas erregt meine Aufmerksamkeit. Ein verschwommener Punkt wenige hundert Meter unter mir, der stetig näherkommt und die Felsen erklettert. Noch ist er kaum als Mensch auszumachen, auch wenn ich mir sicher bin, dass es einer ist. Es liegt an der Art, wie er sich bewegt – unstet und nicht so geschmeidig wie ein Tier.

Ich bin so aufgeregt, dass ich kaum stillstehen kann. Und obwohl ich im Metaraum unsichtbar bin, suche ich hinter einer Felsformation Schutz. Von hier kann ich nur noch wenig sehen. Ich verharre mehrere Minuten, die mir wie Stunden vorkommen. Dann höre ich eine tiefe, brüchige Stimme singen, die keinen Zweifel daran lässt, wer hier den Berg heraufkommt. Ich kenne dieses Lied, und ich kenne seinen Text. Nur dass ich es nie in einem so gequälten Ton vernommen habe.

Herz, nun heißt es Abschied nehmen,
Kein Weg zurück aus diesem Tal,
Hilft kein Jammern und kein Sehnen,
Uns bleibt nur die bitt're Qual.

Gregor hat es in Irland gesungen, als wir auf dem Weg zurück nach Kilkenny waren. Ich möchte aufspringen und ihn anschauen, sehen, ob es ihm gut geht. Aber etwas hält mich zurück.

Vielleicht die Angst, dass er mich wahrnehmen kann, so wie er es auch in Irland und Frankreich bereits getan hat. Nur mit seiner Hilfe ist es mir gelungen, aus dem Metaraum physisch in die Zeit einzutreten. Warum sollte er mich diesmal also nicht sehen können? Wenn dem so ist, wird er mich vermutlich für den Zeitreisenden halten und wer weiß, was er mit mir anstellen würde. Für ihn bin ich eine Fremde. Eine seltsam gekleidete Frau, die nicht seine Sprache spricht. Unsere erste Begegnung liegt schließlich mehr als fünfhundert Jahre in seiner Zukunft.

Ich drücke mich gegen den kalten Felsen, als Gregor näherkommt und lausche den stapfenden Schritten, die das Geröll unter seinen Schuhen lösen, das den Berg hinunterkullert.

Er hat aufgehört zu singen und atmet schwer. Der Anstieg ist steil. Weniger als einen Meter von mir entfernt fällt sein dunkelbrauner Lederbeutel auf den Boden. Ich wage kaum Luft zu holen. Gregor ist in die Hocke gegangen, lehnt an der Rückseite des Felsens, hinter dem ich kauere. Ich müsste mich nur ein wenig nach vorne lehnen, um sein Profil sehen zu können. Macht er eine Rast?

Seine Hand greift nach dem Lederbeutel. Sie ist viel bleicher und schwieliger, als ich sie in Erinnerung habe und die Nägel sind schwarz vom Dreck. Ich beobachte, wie er ein Brot aus dem Beutel hervorholt und ein Stück abreißt. Seine Bewegungen sind fahrig und kraftlos. Selbst das Brechen des Brotes scheint ihm Mühe zu bereiten. Dann hält er plötzlich inne.

»Bist du es? Verfolgst du mich wieder?«

Ich schlage die Hand vor den Mund, um keinen Laut auszustoßen. Spricht er mit mir? Hat er mich gesehen oder gehört? Gregor zieht die Nase hoch, spuckt geräuschvoll auf den Boden.

»Hör auf mich zu quälen, Geist der Vergangenheit.«

Vielleicht meint er gar nicht mich. Es wirkt, als wäre er nicht in der besten Verfassung. Vielleicht hat er Halluzinationen.

Wir sitzen schweigend Rücken an Rücken, nur durch den Felsen getrennt. Ich höre Gregor kauen, höre ihn mit sich selber sprechen. Aber er ist zu leise, als dass ich einzelne Worte verstehen könnte. Mit einer Hand langt er erneut in seinen Lederbeutel, fördert einen Stapel ungeordneter Pergamente zutage. Die Schrift darauf ist beinahe bis zur Unkenntlichkeit verblasst, aber ein Datum springt mir sofort ins Auge – das Datum des heutigen Tages in römischen Zahlen. Darunter steht etwas in Latein. Aber bevor ich mehr erkennen kann, hat Gregor es meinem Blickfeld entzogen.

Ist es wirklich das, was ich denke? Gregor wird wohl kaum einen Tagebucheintrag für den heutigen Tag verfasst haben. Es muss die Prophezeiung sein oder zumindest eine Abschrift davon. Und wenn dem so ist, steht auf diesen Pergamenten sehr viel mehr, als die paar Zeilen, die Gregor mir gezeigt hat.

Es sind zehn an der Zahl. Sie werden kommen und die Zukunft verändern. Und ihr Eingreifen bedeutet das Ende von Raum und Zeit.

Diese drei kryptischen Sätze und die Zahlen sind alles, was Gregor in Irland noch besessen hat. Aber was, wenn die Prophezeiung mehr war, als nur das? Und was, wenn er dieses Mehr gerade jetzt in den Händen hält?

Ich könnte mich dafür ohrfeigen, nie richtig Latein gelernt zu haben. Für mich war es immer eine tote Sprache. Eine Sprache, die so weit zurückliegt, dass es uns unmöglich ist, in eine Zeit zu reisen, in der sie gesprochen wird.

Würde Gregor diese Zeilen jetzt laut vorlesen, könnte der Transmitter in meinem Ohr die Worte für mich übersetzen – so wie er es auch mit Gregors Altnordisch macht. Aber was das geschriebene Wort angeht, ist mein Transmitter nutzlos.

Noch einmal versuche ich einen Blick auf die Pergamente zu erhaschen, beuge mich ein Stück nach vorne. Erst einen Zentimeter, dann noch einen. Fast habe ich es geschafft. Doch Gregor greift nach seinem Lederbeutel, schiebt sich an dem

Felsen hoch. Ich zucke zurück, und er setzt seinen Weg mit den Pergamenten in der Hand fort.

Für einen kurzen Moment kann ich ihn sehen. Der Wind zerrt an seinen kinnlangen, dunkelblonden Haaren, die ihm strähnig ins Gesicht hängen. Er trägt einen dicken Mantel mit Fellbesatz, beige Beinkleider und robuste Stiefel, die schon ziemlich abgetragen aussehen. Am meisten irritiert mich sein Gang. Er humpelt leicht. Man nimmt es nur wahr, wenn man ganz genau hinschaut. Ist er gefallen oder hat er sich in einem Kampf verletzt?

Ich folge Gregor mit einigem Abstand. Er wirkt zielstrebig, so als wüsste er, wo er den Zeitreisenden zu suchen hat. Vielleicht steht es auf seinem Pergament. Vielleicht gibt es eine genaue Anleitung – ein Handbuch für Zeitenwanderer. Bei dem Gedanken muss ich schmunzeln.

Wir halten geradewegs auf den Felsvorsprung zu. Bei dem Anstieg komme ich ganz schön außer Puste und schwöre mir, wieder häufiger Joggen zu gehen. Gregor scheinen die steilen Berge weniger auszumachen. Er ist sie vermutlich gewöhnt. Schnell hat er mich abgehängt. Ich verliere ihn aus den Augen, als er hinter einem Felsen verschwindet. Kurze Zeit später taucht er auf dem Felsvorsprung auf, geht vor bis zur Spitze, um sich dort niederzulassen und vornübergebeugt in den Abgrund zu stieren.

Wir warten. Ich in einiger Entfernung, immer darauf vorbereitet, dass etwas passiert. Aber es passiert nichts. Gar nichts. Außer, dass der Wind durch die Gebirgsschluchten heult und Gregor von Zeit zu Zeit einen Kieselstein aufliest, um ihn in den

Fjord hinabzuwerfen. Irgendwann legt er sich auf den Rücken, lässt die Beine über dem Abgrund baumeln.

Ich setze mich auf den Boden, versuche die Müdigkeit zu vertreiben, die mich überkommt. Schließlich ist es für mich eigentlich nicht früher Morgen, sondern mitten in der Nacht. Und der Weißwein, den ich zusammen mit Iman getrunken habe, tut sein Übriges. Meine Augenlider flattern. Ich muss wach bleiben. Wenn ich den Zeitreisenden verpasse, war alles umsonst. Iman würde misstrauisch werden, wenn ich ein zweites Mal zu jener Koordinate reise.

Es ist gegen Mittag, als Gregor sich aufsetzt und ein weiteres Stück Brot herausholt. Langsam bin ich soweit, aufzustehen und zu ihm hinüberzugehen, nur um meine Langeweile zu vertreiben. Er wird mich schon nicht sehen können.

Als ich mich aufrichte, ist dort ein Flimmern hinter Gregor auf dem Felsvorsprung. Erst denke ich, ich habe es mir nur eingebildet. Aber je näher ich komme, desto stärker wird es. Es formt sich um die Umrisse einer Gestalt, beginnt zu pulsieren. Ist es das, was Gregor jedes Mal sieht, wenn ich in die Zeit eintrete?

Jetzt ist auch er darauf aufmerksam geworden. Gregor springt auf die Beine, mustert das wabernde Etwas vor seinen Augen misstrauisch, als wäre es ein gefährliches Tier. Was wird er tun, wenn der Zeitreisende auftaucht? Wird er versuchen, mit ihm zu sprechen? Oder wird er ihn gefangen nehmen, vielleicht sogar töten?

Schlagartig wird mir bewusst, dass ich gleich einen Mord mitansehen könnte. Bislang waren die Zeitreisenden für mich nur Zahlen aus einer Prophezeiung. Zahlen, von denen ich weiß, dass sie keine Rolle mehr spielen. Dass Gregor sich darum gekümmert hat. Was auch immer das bedeuten mag: *gekümmert*.

Das wabernde Etwas nimmt mehr und mehr Gestalt an. Es ist merkwürdig! Die Zahlen markieren nicht den Zeitpunkt, zu dem die Zeitreisenden in der Geschichte aufgetaucht sind, sondern nur, wann sie etwas Einschneidendes verändert haben. Anthony hat monatelang am Französischen Hof gelebt, bevor Maria Stuart sich in ihn verliebt hat und sein Dasein gravierende Auswirkungen auf die Geschichte hatte. Jener Zeitreisende, der dort vor unseren Augen erscheint, muss noch am selben Tag etwas verändert haben.

Ich denke an Imans Worte, wie fatal es wäre, wenn wir physisch in die Zeit eintreten könnten. Dass eine harmlose Grippe möglicherweise das Ende einer ganzen Nation bedeutet. Vielleicht trägt der Zeitreisende ja eine Krankheit mit sich herum. Oder vielleicht tritt er auf einen Käfer und setzt damit eine Kette an Reaktionen in Gang, deren Ende niemand absehen kann.

Gregor hat ein Messer gezogen. Ich unterdrücke den Impuls zu rufen, ihn davon abzubringen, es gegen den Zeitreisenden zu richten. Aber es ist ohnehin sinnlos. Er kann mich nicht sehen. Wenn es so wäre, müsste er schon längst auf mich aufmerksam geworden sein, so dicht, wie ich jetzt an ihm dran bin.

Ich stehe kurz vor dem Felsvorsprung. Der Zeitreisende wendet mir den Rücken zu, steht zwischen mir und Gregor. Er trägt einen weißen Anzug aus einem dünnen, schimmernden Material, das ich noch nie zuvor gesehen habe. Seine Haare sind grau. Er scheint schon etwas älter zu sein – zu alt für einen Zeitreise-Studenten. Vielleicht ist er ein Professor?

Im gleichen Moment, in dem das Energiefeld um ihn herum verschwindet, fällt er auf die Knie und sackt in sich zusammen, als sei alle Kraft aus ihm gewichen. Er hustet Blut, hält sich eine zittrige Hand vor den Mund.

Meine Ankunft im 8. Jahrhundert war schlimm, aber lange nicht so schlimm, dass ich Blut gehustet hätte. Der Mann ist deutlich älter als ich, aber ich glaube nicht, dass seine Beschwerden einzig durch den Aufprall verursacht wurden.

»Woher kommst du?«, verlangt Gregor zu wissen.

Seine Stimme ist so grollend, dass ich unwillkürlich zusammenzucke. Auf den Zeitreisenden muss er schrecklich bedrohlich wirken.

»Was … wo bin ich? Wer …?«

Der Mann streckt eine Hand nach Gregor aus, als hoffe er auf seine Hilfe beim Aufstehen. Er scheint die Situation nicht zu begreifen, nicht zu wissen, wo er ist. Gregor packt ihn am Kragen, zieht ihn auf die Beine und funkelt ihn böse an.

»Bitte … bitte nicht.«

Die bebenden Hände des Mannes greifen nach Gregors Händen, versuchen seinen Griff zu lösen. Er rutscht ab, muss abermals husten. Winzige Blutstropfen spritzen auf Gregors Arm.

»Gregor, lass ihn!«, schreie ich.

Ich weiß genau, dass er mich nicht hören kann, aber für Sekunden scheint er seinen Griff zu lockern. Der Zeitreisende rudert mit den Armen, bringt damit auch Gregor aus dem Gleichgewicht. Sie taumeln beide, und erst jetzt fällt mir auf, wie nahe sie am Abgrund stehen. Einen Sturz in die Tiefe würde der Mann nicht überleben. Ich renne auf sie zu, halte inne, als Gregor den Zeitreisenden von sich stößt.

»Bleib, wo du bist!«, brüllt er.

Und ich bin nicht sicher, ob er mich oder den Zeitreisenden meint, der am Rande des Felsvorsprungs kauert. Gregor schlägt die Hände vor das Gesicht, rauft sich die Haare.

»Ich weiß doch nicht …«, murmelt er, »Ich weiß es doch nicht …«

»Gregor?«

Ich strecke meine Hand nach ihm aus, ziehe sie sofort zurück, als er in meine Richtung blickt.

»Verdammt, ich weiß doch nicht, was ich tun soll.«

Seine Stimme überschlägt sich fast, hallt zwischen den Bergen wider. Wahnsinn glimmt in seinen Augen. Verzweiflung, die so abgrundtief ist, dass ich das Gefühl bekomme, sie reißt mich mit sich.

»Es muss enden. Egal wie. Es muss enden.«

Auf einen Schwall unverständlicher Worte folgt ein wütender Schrei. Der Zeitreisende hebt abwehrend eine Hand, als könnte sie ihn vor Gregor schützen und lehnt sich dabei nach hinten. Ihm scheint nicht klar zu sein, wie dicht er sich am Abgrund befindet.

»Bitte …«, flüstert er.

Gregor umklammert das Messer in seiner Hand, macht einen Schritt auf den Zeitreisenden zu.

»Nicht«, rufe ich atemlos.

Und dann passiert es. Der Mann verliert das Gleichgewicht und stürzt hinten über. Ich bin wie erstarrt, sehe, wie seine Hand ins Leere greift und Gregor sich nach vorne wirft. Um ihn zu retten? Ihm einen weiteren Stoß zu versetzen? Es ist einerlei, denn nichts von beidem gelingt.

Der Mann fällt, und im Fallen scheint er Arme und Beine zum Himmel zu strecken, als hoffe er darauf, dass jemand danach greift. Als wäre es seinem Verstand unmöglich zu fassen, dass das alles gerade wirklich passiert und niemand da ist, um seinen Sturz aufzuhalten. Sein Mund ist geöffnet und ich warte die ganze Zeit auf seinen Schrei. Er bleibt stumm. Es kann nicht länger als Sekunden dauern, aber es kommt mir vor wie eine kleine Unendlichkeit.

Eine Unendlichkeit, in der sein Körper immer kleiner wird und bald nur noch ein Punkt ist, der gegen das Ertrinken im Nebel ankämpft. Irgendwo prallt er auf den Felsen auf und überschlägt sich. Ich ahne es mehr, als dass ich es sehe. Zu tief ist er schon gefallen.

Dann ist er verschwunden. Als hätte er nie existiert.

vier

Ich muss rennen, um mit ihm Schritt zu halten. Auf dem Schotter rutsche ich mit meinen Stiefeletten aus, verliere fast das Gleichgewicht. Gregor hat die Arme vor der Brust verschränkt und den Kopf zwischen die Schultern gezogen. Er marschiert den Berg hinunter, als könnte jeder seiner Schritte ihn weiter von dem wegbringen, was passiert ist und es damit ungeschehen machen.

Aber das ist unmöglich. Er hat den Tod eines Menschen verursacht. Ich glaube nicht, dass es seine Absicht war, aber das Ergebnis ist das gleiche. Dort unten im Fjord liegt ein toter Zeitreisender und obwohl ich den Mann kaum kannte, möchte ich am liebsten weinen und schreien. Es fühlt sich an, als würde Blut an meinen Händen kleben, auch wenn ich nur ein unsichtbarer Zeuge bin. Wie muss Gregor sich wohl fühlen?

Der Abstieg ist lang und beschwerlich. Zweimal rufe ich Gregors Namen, nur um sicher zu sein, dass er mich nicht hören oder sehen kann. Als wir am Rand des Felsvorsprungs standen, kurz bevor der Zeitreisende in den Abgrund gestürzt ist, war ich plötzlich nicht mehr sicher. Aber jetzt reagiert Gregor nicht mehr auf mein Rufen. Wahrscheinlich habe ich mir das alles eingebildet.

In der Ferne taucht eine kleine Ansiedlung auf. Ich bin erleichtert, dass wir endlich ankommen. Zwischen den Hütten kann ich im Nebel die gold-verzierten Steven von zwei Langschiffen ausmachen, die friedlich auf dem Wasser liegen und von den Wellen hin und her geschaukelt werden.

Die Siedlung wird links und rechts von grün bewachsenen Hügeln eingerahmt. Ich zähle siebzehn Häuser, die im Halbkreis um einen Hafen stehen. Schafe und Ziegen weiden auf einer Wiese, werden gerade zusammengetrieben. Ihr Geblöke hört man schon von weitem.

Mehrere Frauen waschen in einem Trog Wollkleider und Felle aus. Ich glaube Blutflecken an manchen Wäscheteilen auszumachen, aber ich bin mir nicht sicher.

Ein Junge spaltet mit lauten, kräftigen Schlägen Holz, und zwei andere dreschen mit Holzschwertern und Rundschilden bewaffnet aufeinander ein. Solange, bis der Kräftigere von beiden aufgibt, eine Hand hebt und um eine Pause bittet. Keuchend lässt er sich auf den Boden fallen. Die Jungs werden von einer Frau gerufen und verschwinden kurz darauf in einer der Hütten.

Eine leise Unruhe liegt über der Siedlung. Ich kann nicht genau ausmachen, woher dieser Eindruck kommt. Vor den Türen finden sich immer mehr Männer und Frauen ein, die aufgeregt miteinander schwatzen. Auch die Frauen, die eben noch Wäsche gewaschen haben, gesellen sich jetzt dazu. Körbe, bepackt mit Vorräten, Fell- und Stoffbündeln, stehen an der Hauswand. Ein Apfel ist heruntergefallen, liegt etwas verloren daneben.

Gregor ignoriert das Treiben und steuert geradewegs auf eine etwas abseits gelegene Hütte zu. Er scheucht ein paar Hühner beiseite, die vor dem Eingang Körner picken und stößt die morsche Tür auf, die dabei fast aus ihren Angeln bricht.

Ich bleibe im Eingang stehen und mustere die karge Einrichtung. Den Mittelpunkt des Raumes bildet eine zur Hälfte von Steinen eingerahmte Kochstelle, über der ein schwarzer Kessel hängt. Im Dachgebälk schützt ein Tierfell das Stroh davor, Funken zu fangen. Am Eingang einer überdachten Schlafnische hängen tropfnasse Wollhemden über einer Wäscheleine. Gregor hat sich nicht die Mühe gemacht, sie auszuwringen und ordentlich aufzuhängen. Auf dem Steinboden hat sich bereits eine Pfütze gebildet.

Der Esstisch und die verzierte Holzbank sehen chaotisch aus. Überall stehen Krüge und Kerzen und Körbe mit Lebensmitteln – Eier, Karotten, Kohl. Eine benutzte Pfanne steht so nah an der Tischkante, dass ich befürchte, sie fällt herab. Ein Holzbrett und ein benutztes Messer liegen auf einem Schafsfell, das eigentlich als Unterlage für die Sitzbank gedacht ist. Ein eigenartiger Ort, um sein Geschirr zu platzieren.

Gregors Hütte in Irland sah ähnlich aus – nur aufgeräumter, weniger dreckig und dunkel. *Das ist die Bleibe eines Menschen, der sich selbst aufgegeben hat*, denke ich. Was ist bloß mit ihm passiert? Mein Herz krampft sich schmerzhaft zusammen. Ich habe immer geglaubt, dass ich ihn brauche. Dass er der Starke von uns beiden ist. Mein Ritter in glänzender Rüstung. Aber jetzt sieht es so aus, als könne er sich nicht einmal selber helfen.

Während ich mich noch umschaue, hat Gregor ein Feuer entzündet. Die Flammen knistern leise, strecken sich gierig nach allen Seiten. Aber da ist nicht nur Holz in der Feuerstelle. Was hat Gregor zum Anzünden benutzt?

Ich trete näher, knie mich davor, um unter den Kessel schauen zu können. Dann sehe ich es: Pergamente mit ausgeblichenen Buchstaben und vereinzelte römische Zahlen.

VII / IX / DCCLXVII
XXIII / IV / MDLVIII
VII / IX / MMLXVII

Gregor verbrennt die Prophezeiung. Ich will nach den Pergamenten greifen, sie aus den Flammen ziehen, aber meine Hand geht durch sie hindurch.

»Das kannst du nicht machen«, schreie ich Gregor an.

Panik ergreift mich. Ich wünschte, ich könnte irgendetwas tun, aber ich kann nur hilflos dabei zuschauen, wie die Seiten in Flammen aufgehen.

»Sie bedeuten nichts, gar nichts. Sie haben mir nur Ärger gebracht. Du wirst mich nicht davon abhalten, sie zu verbrennen.«

Ich fahre zu Gregor herum, starre ihn mit weit aufgerissenem Mund an. Spricht er mit mir? Er hat mir schon wieder den Rücken zugekehrt, greift sich einen Tonkrug, um gierig daraus zu trinken. Eine honigfarbene Flüssigkeit tropft an seinem Mund vorbei auf den Boden. Der beißende Geruch von Alkohol schwappt zu mir herüber, als er den Krug wieder abstellt.

Wenn er mich wirklich wahrnehmen könnte, würde er doch etwas unternehmen, oder nicht? Schließlich muss mein Anblick ihm vollkommen fremd sein. Vermutlich ist es Zufall, dass seine Selbstgespräche zu meinen Worten passen.

Ich wende mich wieder dem Feuer zu. Für einen Moment war ich so abgelenkt, dass ich gar nicht mehr an die Prophezeiung gedacht habe. Es ist nicht viel von ihr übriggeblieben. Die Flammen haben aufgehört zu lodern, glimmen jetzt nur noch am Rand einzelner Pergamente. Ich reibe mir über die Augen, wende seufzend den Kopf ab. Dieser Metazustand, in dem ich nicht eingreifen, nichts tun kann, um das Geschehen zu beeinflussen, bringt mich langsam um den Verstand.

Theoretisch könnte ich gehen, meinen Reverser betätigen und zurück in meine Zeit reisen. Ich weiß nun, was mit dem Zeitreisenden passiert ist. Und ich weiß, warum Gregors Prophezeiung nur noch aus ein paar Zahlen und diesen kryptischen Sätzen besteht.

Ich ziehe den silbernen Stift hervor und drehe ihn zwischen meinen Fingern. Ist es wirklich das, was ich will? In meine Zeit zurückkehren und mein Leben weiterleben, als wäre nichts geschehen? Kann ich das? Es bricht mir das Herz, Gregor in dieser Verfassung zurückzulassen – ausgelaugt und verzweifelt. Er ist ganz allein mit dem Geheimnis seiner Unsterblichkeit und dem Wissen um die Prophezeiung. Ein Mensch, der am Abgrund steht. Ich weiß, dass er nicht fallen wird, dass bessere Tage vor ihm liegen. Aber er weiß es nicht. Und ich wünschte, es gäbe eine Möglichkeit, ihm genau das zu sagen.

»Wir brechen auf. Hat dir niemand Bescheid gesagt?«

Ein kleines Mädchen lehnt im Eingang der Hütte. Sie trägt die blonden Haare zu einem langen Zopf geflochten und ist in einen dicken, grauen Wollmantel eingewickelt. Doch das ist bei weitem nicht das Auffälligste an ihr. Leider. Das schöne Gesicht ist von einer schlimmen Hautkrankheit entstellt. Ich bin nicht sicher, was es ist – vielleicht Schuppenflechte. Blasen, aufgerissene Haut und graue Schuppen bedecken ihr Gesicht halbmondförmig.

»Ich komme nicht mit«, brummt Gregor, ohne das Mädchen weiter zu beachten.

Er hat sich im Schneidersitz in seiner Schlafnische niedergelassen, mit dem Rücken an die Wand gelehnt und ist hinter der tropfenden Wäsche kaum noch zu sehen.

»Aber du musst! Unser Jarl hat befohlen, dass jeder in der Siedlung am Herbstblót teilnimmt.«

Das Mädchen stößt sich vom Türrahmen ab und zieht die Wäsche von der Leine. Sie muss sich auf die Zehenspitzen stellen, um die verdrehten Kleidungsstücke von der Kordel zu lösen. Vor der Tür wringt sie Gregors Klamotten aus, als wäre es das Selbstverständlichste auf der Welt und als würde sie das jeden Tag machen. Das Wasser klatscht auf den Boden. Sie muss sich vorlehnen, um selbst nicht nass zu werden, wendet all ihre Kraft auf.

»Du weißt, dass ich nicht an eure Götter glaube, Meeri.«

Sie zuckt die Schultern, hängt die Wäsche wieder ordentlich auf die Leine. Ihre kleinen Finger streichen den Stoff mit schnellen, gleichmäßigen Bewegungen glatt.

»Ich weiß. Vater sagt, du bist komisch, und wir sollen nicht mit dir reden.«

Gregor zieht die Augenbrauen hoch und stößt ein freudloses Lachen aus.

»Und trotzdem treibst du dich hier herum.«

»Alle im Dorf sagen, ich wäre auch komisch. Nicht wie du, aber anders. Gezeichnet. Sie meiden mich.«

Sie fährt mit der Hand nachdenklich über ihre entstellte Haut. Gregor rückt aus seiner Schlafnische nach vorne, nimmt ihr Gesicht sanft in beide Hände.

»Nicht mehr lange und sie werden dich als Völva verehren. Du wirst einmal eine große Seherin werden, Meeri. Ist es nicht merkwürdig, wie nahe Furcht und Verehrung beieinanderliegen?«

Meeri kichert und entzieht sich ihm.

»Du lenkst ab, und wir müssen los. Versprich mir, dass du mitkommen wirst und dass du den Göttern ein Opfer bringst! Du magst unseren Glauben nicht teilen, aber du lebst mitten unter uns. Verärgere sie nicht!«

»Ich werde mir Mühe geben.«

Meeri läuft zur Tür, dreht sich noch einmal um. Sie sieht in meine Richtung, runzelt die Stirn. Ihre Augen gehen durch mich hindurch, aber dennoch scheint sie etwas zu verwirren.

»Gregor?«, fragt sie.

Als Antwort kommt nur ein Brummen. Meeri zögert.

»Ach nichts … Bis später!«

Sie scheint zu hüpfen, wenn sie rennt. Ihre Schritte auf dem Kiesweg werden leiser, bis sie in der Aufbruchsstimmung, die mittlerweile bis in Gregors Hütte vorgedrungen ist, nicht mehr zu hören sind. Gregor setzt sich auf und vergräbt den Kopf zwischen den Beinen, fährt sich durch die Haare.

Ich lasse mich auf dem Boden nieder und warte ab. Draußen klappern Töpfe, Ziegen meckern, und Menschen sprechen wild durcheinander. Ein Mann, der gerade einen schweren Korb auf die Schultern hebt, taumelt lachend bis vor die Tür. Er verstummt, als er Gregor sieht, beeilt sich, zurück zu den anderen zu kommen.

»Bei allen Göttern!«, flucht Gregor, als es draußen ruhiger wird und die Stimmen sich entfernen.

Er nimmt ein Fell aus seiner Schlafnische und rollt es zusammen. Zwei Äpfel, ein Brot und ein Bündel Kräuter verschwinden in seinem Lederbeutel. Dann macht auch er sich auf den Weg. Und ich folge ihm, lasse den Reverser in der Tasche meines Jeans-Minirocks verschwinden. Schließlich hat meine Rückkehr keine Eile. Ich werde ohnehin zu dem gleichen Zeitpunkt zurückkommen, von dem ich gestartet bin. Warum sollte ich Gregor nicht ein Stück seines Weges begleiten?

Weil du ihn liebst, wispert eine Stimme tief in mir drinnen, *Und weil jeder Augenblick, den du in seiner Nähe verbringst, die Trennung nur schmerzvoller macht.* Ich ignoriere sie. Mag sein, dass sie recht hat. Ganz bestimmt sogar. Aber ich kann jetzt nicht einfach gehen.

Wir laufen am Rande des Fjords entlang. Der Großteil der Dorfgemeinschaft ist bereits mehrere Meter vorausgegangen. Einige Nachzügler überholen uns, versuchen zu den anderen aufzuschließen. Einer zieht eine Ziege am Strick hinter sich her. Er hat alle Mühe, das widerspenstige Tier zum Laufen zu bewegen.

Gregor wirkt ermattet. Sein Humpeln ist stärker geworden, und er zittert vor Kälte. Ich bin froh, dass ich die eisige Luft im Metaraum nicht spüren kann. Unser Weg ist auch so beschwerlich genug. Und mir brennen noch immer die Oberschenkelmuskeln von unserem Bergabstieg.

Wir laufen vielleicht drei Stunden. Zwischendurch wird der Wind so stark, dass Gregor sich dagegen lehnen muss. Die letzten Meter müssen wir auf allen Vieren gehen, um den Aufstieg zu bewältigen. Der Mann mit der Ziege, der uns schon längst überholt hatte, fällt wieder zurück. Er muss das meckernde Tier von hinten anschieben, damit es sich bewegt und bekommt bei dem Versuch mehrmals ihre Hufe zu spüren.

Je weiter wir den Berg hinaufklettern, desto klarer wird die Luft. Wenn ich mich umdrehe, schaue ich auf ein Nebelbett herunter, von dem hier oben nichts mehr übrig ist. Wir überqueren einen Fluss, der sich nur wenige Meter von uns entfernt in die Tiefe stürzt, und dort unten in einem weißen Niemandsland versinkt.

Bald sind wir nicht mehr die einzigen auf dem Weg. Immer mehr Männer, Frauen und Kinder gesellen sich an den Weggabelungen dazu. Sie scheinen anderen Wikinger-Clans anzugehören. Manche grüßen Gregor mit einem Nicken, andere drängen sich rücksichtlos an ihm vorbei, als gehöre ihnen der Weg ganz alleine. Der Mann mit der Ziege sorgt für große Erheiterung, als das Tier plötzlich losgallopiert und er der Länge nach in den Matsch fällt.

Es dämmert. Bisher hat mich die Aufregung wachgehalten, aber mit dem schwindenden Tageslicht erinnert sich mein Körper wieder daran, wie lange ich schon auf den Beinen bin. Mir fallen im Gehen immer wieder die Augen zu. Und so ist es auch nicht verwunderlich, dass ich den Tempel erst wahrnehme, als wir schon fast davorstehen. Er dringt ebenso langsam in mein Bewusstsein wie das Läuten der Glocken, das uns auf einmal wie ein dunkler Klangteppich umhüllt.

Der Tempel ist von einem schimmernden Leuchten umgeben. Bei näherem Hinsehen erkenne ich, dass es von dem vergoldeten Dach ausgeht. Ohne diesen Goldschimmer wäre er eine einfache Holzhütte, deren Eingang mit Runen verziert ist.

In den Bäumen rings umher hängen Federn, Knochen und Silbermünzen, die als Opfergaben aufgehängt wurden. Die Münzen klimpern im Wind. Obst, Gemüse und Getreide liegen in Holzschalen, die links und rechts des Weges stehen. Ein großer silberner Teller am Eingang des Tempels ist mit Räucherwerk gefüllt. Weiße Schwaden quellen über den Rand, verströmen einen herb-würzigen Duft. Ein Priester, der in ein langes Leinengewand gekleidet ist, schwenkt ein Kräuterbündel in der Hand und verteilt den Rauch über unseren Köpfen.

Gregor holt seine Kräuter ebenfalls aus der Ledertasche und wirft sie zu den anderen in die Schale. Dabei weicht er dem Blick des Priesters beharrlich aus. Ich sehe ihm an, wie unwohl ihm bei dieser Sache ist. Er teilt diesen Glauben nicht.

Auf den letzten Stufen am Eingang des Tempels hat sich eine Schlange gebildet. Zwischen den rund hundert Menschen kann ich nur kurze Blicke auf das Innere erhaschen, das von mehreren Feuerschalen in ein warmes Licht getaucht wird. Holzgeschnitzte Götterfiguren stehen überall an den Wänden. Die Mitte des Raumes wird von einem Altar aus Stein beherrscht. Er ist mit Runensymbolen geschmückt.

Ein Priester, der um einiges älter ist als jener, dem wir draußen begegnet sind, beugt sich mit einem Tannenzweig über eine Schale auf dem Altar. Ich bin neugierig, was er macht, lehne mich ein Stück vor. Doch zwei Männer drängeln sich vor uns und er entgleitet meinem Blickfeld. Ich höre nur noch seine sonore Stimme, die sich mit dem Geläut der Glocken vermischt.

Möge Odin dich auf den Weg der Weisheit führen,
möge Thor in dunklen Stunden über dich wachen,
möge Freyr deinem Feld reiche Frucht gewähren,
möge Frigg dein Heim und deine Familie schützen,
möge Freya dir viele Söhne schenken.
Heil allen Asen und allen Vanen.
Heil allen Göttern.

Weiter vor uns in der Reihe erkenne ich Meeri, die Gregor zuwinkt, als ihre Mutter gerade nicht hinsieht. Gregor erwidert zögerlich den Gruß mit einem Heben seiner Hand. Doch er lässt sie sofort wieder sinken, als das braunhaarige Mädchen neben Meeri ihn aus schwarz umrandeten Augen warnend anfunkelt.

Sie könnte ihre Schwester sein. Ich schätze sie auf sechzehn oder siebzehn Jahre. Die beiden haben die gleiche niedliche Stupsnase. Das ist aber auch das einzige, was sie gemeinsam haben. Die Ältere hat Sonnensprossen im Gesicht und ein vorstehendes Kinn, das ihr einen trotzigen Ausdruck verleiht. Sie trägt die Haare offen und wild, den Ansatz zu kleinen Zöpfen geflochten. Auf ihren Schultern liegt ein braunes Lammfell und unter einem kugelrunden Babybauch, am Gürtel ihres dunkelroten Wollkleides, baumelt eine Axt. Während sie sich wieder nach vorne wendet, legt sie beschützend einen Arm um Meeri.

Je näher wir kommen, desto besser kann ich den Priester hören. Bald kenne ich seine Worte auswendig. Und jetzt sehe ich auch, wie er den Tannenzweig in die Schale taucht und mit der dunklen Flüssigkeit die Gesichter der Frauen und Männer, die vor ihm stehen, in einer T-förmigen Bewegung besprenkelt. Dafür stehen wir also an: eine Segnung.

Ein kleiner Junge zuckt zurück, als ihn die Flüssigkeit trifft. Mit zusammengepressten Lippen und geschlossenen Lidern wendet er sich ab, und ich kann die roten Sprenkel auf seinem Gesicht sehen. Ich bin sicher, dass es Blut ist. Von einem Tier? Der Vater des Jungen gibt ihm einen ärgerlichen Klaps auf den Hinterkopf. Wahrscheinlich ist es ein Frevel gegenüber den Göttern bei der Segnung zurückzuzucken.

Irgendwie fasziniert mich das Ritual. Es ist so roh und ursprünglich. Ich weiß, dass Opferblut bei den Wikingern eine wichtige Bedeutung hat. Dass sie nicht nur Tiere, sondern auch Menschen opfern.

Gregor vermeidet den Blickkontakt mit dem Priester, als er an der Reihe ist. Doch seiner Miene ist nicht anzumerken, ob ihm das Blut im Gesicht etwas ausmacht. Ich bin froh, dass ich diese Prozedur nicht über mich ergehen lassen muss.

Er wandelt an den Götterfiguren vorbei, bleibt vor jeder von ihnen einen Moment lang stehen. Ich habe das Gefühl, Gregor macht das nur für die Augen der anderen. Er würde diesen Ort am liebsten so schnell es geht verlassen.

Neben ihm werden innige Wünsche ausgesprochen, Gaben abgelegt und Geschichten über die nordischen Götter erzählt. Über Odin, den Allvater, dem die Götter wie Kinder dienen und dessen Weisheit unermesslich ist. Über Thor, den Donnergott, der seinen Hammer Mjöllnir schwingt. Und über Freya, die Göttin der Liebe und der Fruchtbarkeit, der sich vor allem die Frauen zuwenden und um Kindersegen bitten.

Nachdem Gregor allen Götterfiguren gehuldigt hat, verlässt er den Tempel. Ich folge ihm durch einen Seitenausgang. Auf einer Wiese etwas abseits stehen bereits die ersten Zelte – einfache Konstruktionen, die aus einem dreieckigen Holzgestell an der Front- und Rückseite und einer weißen Stoffplane bestehen. Daneben sind Ziegen und Schafe in einem Holzgatter eingezäunt. Ein kleiner Bach schlängelt sich zwischen den Zelten entlang.

Gregor scheint im Schutz der Bäume schlafen zu wollen. Er wirft sein Fellbündel, das er auf den Rücken geschnürt mit sich herumträgt, auf den Boden, rollt es aus und macht es sich darauf gemütlich.

Ich sehe mich um, entdecke Meeri, die ihr Trinkhorn am Bach mit Wasser auffüllt. Kurz bevor sie das Horn zum Mund führt, wird es ihr von einem grimmig dreinblickenden Burschen aus der Hand gestoßen. Er hat die Augen schwarz angemalt und drei Blutstreifen auf jeder Wange. Obwohl er bestimmt erst zwölf oder dreizehn Jahre alt ist, würde ich einer Konfrontation mit ihm lieber aus dem Weg gehen.

»Na, du kleine Missgeburt? Hat dein Vater dich immer noch nicht im Fluss ertränkt? Vielleicht sollte ich das für ihn erledigen.«

Er packt Meeri im Nacken, die zusammenzuckt, den Kopf einzieht und etwas murmelt. Der Junge lacht gehässig. Er muss sich ja besonders stark vorkommen, ein fünf Jahre jüngeres Mädchen zu bedrohen.

Ich schaue mich um, ob irgendwer außer mir die Szene beobachtet. Aber Gregor liegt mit geschlossenen Augen auf dem Rücken und scheint ganz in sich selbst versunken. Und die übrigen sind zu sehr damit beschäftigt, ihre Zelte aufzubauen, ihren Met herumgehen zu lassen und die Tiere zu versorgen. Ein paar von ihnen haben sehr wohl zur Kenntnis genommen, dass Meeri belästigt wird, aber sie schenken dem Geschehen keine weitere Beachtung. Wahrscheinlich halten sie es für einen harmlosen Zwist unter Kindern.

»Bettelst du jetzt Thor um Schutz an?«, höhnt der Junge.

Er geht neben Meeri in die Hocke, schüttelt ihren Nacken wie bei einem jungen Hund.

»Glaubst du, er wird seinen Hammer schwingend auf die Erde kommen, um ausgerechnet dich zu beschützen?«

Eine Stimme zerschneidet so laut und glasklar die Luft, dass der Junge am ganzen Körper zusammenzuckt und vor Schreck herumfährt.

»Er vielleicht nicht. Aber ich.«

Fünf

Sie marschiert mit langen, entschlossenen Schritten an mir vorbei, eine Hand unter ihren Babybauch gelegt, in der anderen die Axt. Ihre Haarsträhnen züngeln wie Schlangen im Wind, und ihr ganzes Auftreten lässt keinen Zweifel daran, dass wer auch immer sich ihr in den Weg stellt, es bitter bereuen wird. Schon ist sie bei dem Burschen, zieht ihm am Kragen seines Hemdes auf die Beine und presst die Klinge ihrer Axt an seine Halsschlagader.

»Wie hast du meine Schwester genannt?«

Er hebt abwehrend die Hände. Mit einem Mal sieht er gar nicht mehr so furchteinflößend aus.

»Nichts … ich wollte nicht …«

»Du willst nicht, dass ich dir die Hoden abschneide. Und deswegen wirst du dich jetzt bei Meeri entschuldigen und ihr versprechen, dass du ihr ab sofort die Achtung entgegenbringst, die sie verdient. Hast du verstanden?«

Als sie ihn loslässt und ihm einen unsanften Tritt verpasst, sackt er auf die Knie, winselt vor Schmerz.

»Es tut mir leid. Es tut mir so leid.«

»Ist schon in Ordnung, Sigrid. Er hat es nicht so gemeint«, besänftigt Meeri ihre Schwester.

Sie scheint tatsächlich Angst zu haben, dass Sigrid ihm etwas antut.

»Bei allen Göttern, verteidige diesen Abschaum nicht auch noch. Er hätte dir Schlimmeres angetan, wenn ich nicht hier gewesen wäre. – Nun komm! Jarl Bjarki hat ein Thing einberufen, wegen des Waffenstillstands mit Torhildson. Wenn Vater davon zurückkommt, hat er sicher schlechte Laune. Wir sollten zusehen, dass bis dahin das Abendessen fertig ist.«

Sigrid greift nach Meeris Hand. Bevor sie gehen, schnellt die ältere Schwester noch einmal in einer Angriffsgeste auf den Jungen zu, der rückwärts vor ihr wegkrabbelt und dabei mit dem Hintern im Bach landet. Das Grinsen in Sigrids Gesicht verrät, dass genau das ihre Absicht war.

Das Thing wird in einem großen Zelt abgehalten, dessen Holzstangen mit geschnitzten Drachenköpfen verziert sind. Weil es draußen mittlerweile dunkel ist, erleuchten Kerzen den Raum.

Gregor und ich drängen uns als letzte in das Zelt. Ich kann keine einzige Frau entdecken. Offenbar nehmen sie nicht an der Versammlung teil. Zwischen all den Männern ist nur noch wenig Platz. Es riecht nach Schweiß und muffigen Tierfellen. Einige haben bereits auf dem Boden Platz genommen, andere sitzen auf zwei langen Holzbänken. Der Rest muss stehen. Weil ich es unangenehm finde, wenn sie durch mich hindurchtreten, als wäre ich ein Geist, halte ich mich dicht hinter Gregor. Von dem Mann, der am hinteren Ende auf einem Stuhl sitzt und von allen als *Jarl Bjarki* angesprochen wird, kann ich nur das linke Knie sehen.

Die Versammlung hat bereits angefangen. Der Jarl dankt gerade den Göttern für die erfolgreichen Raubzüge im Sommer und spricht die Hoffnung auf eine reiche Ernte aus. Dann werden neue Strategien besprochen, Routen, die man segeln will, Städte, die geplündert werden sollen.

Erneut habe ich Mühe, die Augen offenzuhalten. Ich glaube, ich nicke sogar einmal im Stehen weg, denn als mein Kopf hochzuckt, hat Jarl Bjarki das Thema gewechselt.

»Ich habe es schon einmal gesagt und sage es nochmal: Niemand greift Jarl Torhildsons Männer an! Der Clan meines Bruders ist in der Überzahl, und ein Waffenstillstand ist für uns der einzig gangbare Weg. Ich weiß, ihr hegt Groll, und ich kann euch verstehen. Trotzdem werde ich Übergriffe nicht ungestraft lassen: Wer seine Hand gegen diese Männer hebt, wird es mit dem Leben bezahlen.«

Die Umstehenden murren. Das Knie des Jarls wippt unruhig auf und ab.

Gregor hat anscheinend genug gehört, denn er drängt sich zum Zeltausgang. Ich bin froh, als er zu seinem Lager zurückkehrt. Nachdem er einen Apfel gegessen und Äste gesammelt hat, entzündet er mit Feuerstein, Schlageisen und Zunder ein Feuer. *Vielleicht können wir jetzt endlich schlafen*, denke ich. Auch wenn ich wenig Lust habe, mich einfach auf die Erde zu legen.

Die Vorstellung, ohne Decke und Kissen hier zu nächtigen, erscheint mir merkwürdig. Von anderen Studenten, die mehrere Tage für ihre Forschungen im Metaraum verbracht haben, weiß ich, dass es möglich ist, dort zu schlafen. Da lediglich unser Geist aktiv ist, bekommen wir keinen Hunger oder Durst. Zumindest nicht wirklich. Manchmal täuscht uns unser Gehirn. Dann fühlt sich unser Magen leer an oder schmerzt, unsere Muskeln brennen oder unsere Knochen tun weh. Wir können sehen, hören und Gerüche wahrnehmen, aber nichts ertasten oder schmecken. Auch wenn ich auf meinen Zeitreisen mehr als einmal geglaubt habe, das Brennen der Sonne in meinem Nacken oder Hagelkörner wie kleine Geschosse auf meinem Rücken zu spüren: nichts davon passiert wirklich – es sind Phantomschmerzen. Aber ab und an braucht unser Gehirn Schlaf.

Ich selbst habe es nie getan, war nie lange genug im Metaraum, um dort zu übernachten. In Irland und Frankreich hatte mich Gregor in die reale Welt gezogen, lange bevor an Schlaf zu denken war. Jetzt bin ich so müde, dass mir die Augen sofort zufallen, als ich mich auf den Boden lege. Das letzte, was ich höre, sind Gregors gleichmäßige Atemzüge. Ein vertrautes Geräusch, das ich in den vergangenen Monaten mehr vermisst habe, als ich es mir eingestehen möchte.

»So schönes Haar.«

Jemand streicht über meinen Kopf. Erst denke ich, es ist ein Traum, aber dann öffne ich die Augen und sehe Gregor im schwachen Licht des Feuers neben mir knien. Seine Pupillen sind geweitet, und er trägt ein beinahe absurdes Lächeln auf den Lippen. Er hat eine ziemlich heftige Fahne, aber ich glaube nicht, dass es der Alkohol alleine ist, der ihn in diesen Rauschzustand versetzt hat.

Ich setze mich auf und sehe mich um. Überall um mich herum wird gefeiert. Mehrere Männer und Frauen sitzen um ein

Lagerfeuer und fächeln sich den Rauch zu. Einer von ihnen schmeißt aus einem kleinen Ledersäckchen irgendwelche Pflanzensamen ins Feuer. Vielleicht ist es Hanf oder eine andere Droge. Eine zurückgeschlagene Zeltplane gibt den Blick auf nackte, sich windende Körper frei. Es sind mindestens vier oder fünf. Ein surrealer Anblick.

»Komm und feiere mit uns!«, ruft jemand und ich bin nicht sicher, ob er Gregor meint. »Wir wollen die Götter ehren.«

Etwas steckt in meinem Haar. Ich betaste meinen Hinterkopf und erfühle einen glatten, kühlen Gegenstand, der sich in meinen Strähnen verknotet hat. Gregor beobachtet mich aufmerksam, wie ich ihn herausziehe. Es ist die Haarnadel aus Elfenbein, die einmal seiner Frau gehört hat. Er muss sie mir ins Haar gesteckt haben.

Erst langsam begreife ich, was das alles bedeutet: Dass er mich sehen kann. Dass er es erneut geschafft hat, mich in seine Zeit zu holen. Und dass er mich in dieser Zeit nicht kennt.

Meinem vernebelten Halbschlaf weicht ein kriechendes Entsetzen. Ich schrecke vor Gregor zurück, aber er greift mit einer Hand in meinen Nacken, legt einen Finger auf meine Lippen.

»Psst! Sie können dich nicht sehen. Du bist nur eine Halluzination. Meine Halluzination.«

Er lacht albern und dieses Lachen irritiert mich so sehr, dass ich meine Angst für einen Augenblick vergesse.

»Aber wer hätte gedacht, dass man Halluzinationen auch anfassen kann?«

Seine Hand gleitet meinen Hals hinab zu meiner Brust, wo sie kurz liegen bleibt, bevor er sie wie ein schuldbewusster kleiner Junge zurückzieht.

Seine Berührung lässt mich mit gemischten Gefühlen zurück. Monatelang habe ich mich danach gesehnt. Aber dieser Mann ist nicht derselbe, den ich kennengelernt habe. Er ist nur ein Teil von Gregor. Ein Teil, der einen Menschen in den Abgrund geworfen und getötet hat. Ein Wikinger, in dessen Augen der Wahnsinn funkelt und von dem ich nicht weiß, ob ich ihm trauen kann.

Gregor schwankt, lässt sich auf den Rücken fallen und bleibt liegen.

»Komm und leg dich zu mir!«, fordert er mit lauter Stimme.

Ich zögere. Auch wenn er berauscht und unkoordiniert ist, wird er keinen Widerspruch dulden. Und ich kann nicht riskieren, dass er einen Aufstand macht und andere auf mich und meine ungewöhnliche Kleidung aufmerksam werden. Mein Gott, ich trage einen Minirock. Unpassender könnte ich wirklich nicht gekleidet sein.

»Komm her!«, brummt Gregor ungeduldig.

Er hat eine Hand nach mir ausgestreckt. Auf allen Vieren komme ich zu ihm, lege mich widerstrebend in seine Armbeuge. Er riecht nach Alkohol und Schweiß – und Gregor. Sein körpereigener Geruch ist mir vertraut. Er erinnert mich an unsere gemeinsamen Nächte in Frankreich.

Gregor zieht das Tierfell zu sich heran und breitet es über uns aus. Ich bin erstaunt, wie gut es gegen die Kälte schützt. Dann drückt er mir einen Kuss auf den Haaransatz. Eine Geste, die so liebevoll und alltäglich ist, dass ich mir unvermittelt die Frage stelle, für wen er mich hält. Sehe ich einer Freundin oder

Geliebten ähnlich, die er kennt? Oder werde ich in Zukunft noch einmal in die Wikingerzeit reisen – zu einem Zeitpunkt, der vor dem Jahr 767 liegt – und Gregor begegnen? Möglich wäre es. Und warum nimmt er meine Gegenwart als so selbstverständlich hin? Vielleicht ist es nur der Rausch, der ihn so zutraulich werden lässt, aber ich kann nicht umhin zu glauben, dass mehr dahinter steckt.

Ich würde ihn all das fragen, aber ich spreche kein einziges Wort Altnordisch. Während Gregor wegdämmert, wird mir die Tragweite dessen bewusst. Wie soll ich in dieser Welt zurechtkommen, ohne mich mit jemandem verständigen zu können? Ich kann nicken und den Kopf schütteln, das sollte zu verstehen sein. Aber nichts, was darüber hinausgeht.

Ein schrilles Kichern schreckt mich aus meinen Gedanken. Eine junge Frau wird von einem schlaksigen Wikinger mit kunstvollen Bemalungen auf dem nackten Oberkörper gegen den Baum gepresst, unter dem wir schlafen. Es scheint die beiden wenig zu stören, dass wir hier liegen. Zum Glück verbirgt das Tierfell meine Kleidung. Mit einer Hand quetscht der Wikinger die Brüste der Frau, seine andere macht sich an ihrem Wollkleid zu schaffen. Er fängt meinen Blick ein, erwidert ihn grinsend, um dann mit der Zunge gierig in ihren Mund zu stoßen. Hastig schließe ich die Augen, lausche dem lustvollen Stöhnen, das sich mit Gregors Schnarchen vermischt.

Eine kleine Ewigkeit vergeht, bis die beiden ihres Liebespiels müde werden. Gregor schläft noch immer tief und fest seinen Rausch aus. Ich nutze den unbeobachteten Moment, um mich aus seiner Umarmung zu befreien und davonzustehlen. Neben einem der Zelte finde ich ein rotbraunes Wollkleid, ein Paar

Lederschuhe, einen Gürtel und ein kleines Messer mit einem Holzgriff. Vermutlich gehören die Kleider einer der Frauen, die sich im Inneren so genussvoll räkeln.

Ich streife das Kleid über, ziehe Schuhe und Gürtel an und beschließe, auch das Messer mitzunehmen. Meine eigene Kleidung drehe ich nach kurzem Zögern auf links, rolle sie zu einem Bündel zusammen und vergrabe sie unter einem schiefen Baum, der seine Äste gen Himmel reckt, als erhoffe er sich Hilfe beim Aufstehen. Der Boden ist fest. Ich schaffe es nur mit Mühe, eine kleine Kuhle auszuheben. Die Erde gräbt sich unter meine Fingernägel. Hoffentlich entdeckt niemand mein Versteck. Wenn ich in meine Zeit zurückkehre und Iman keine unbequemen Fragen stellen soll, bin ich auf meine Kleidung angewiesen.

Das blaue Band um meinen Knöchel und den Reverser behalte ich. Ich drücke den silbernen Stift einmal, doch wie erwartet, passiert nichts. Seufzend verstaue ich ihn im Schaft meines rechten Schuhs. Irgendwie werde ich Gregor mit Händen und Füßen begreiflich machen müssen, dass ich seine Hilfe brauche, um zurück in meine Welt zu kommen. Nur wie?

»Du!«

Erschrocken fahre ich herum. Eine Frau mit langen blonden Haaren, die zu einem Zopf geflochten sind, starrt mich an. Ich bin nicht sicher, ob sie zornig oder belustigt ist. Reflexartig greife ich das Messer in meiner Hand fester.

»Das sind nicht deine Kleider. Du hast sie gestohlen.«

Ich sehe mich hektisch um. Zu meiner Linken erstreckt sich ein dunkler Wald aus Eichen und Eschen. Ich könnte dorthin fliehen, doch mir graut es allein bei der Vorstellung. Noch ehe ich eine Entscheidung treffe kann, werde ich an den Haaren gepackt.

»Nun erzähl mal: Wofür brauchst du Ailas Kleider? Hast du selber keine?«

Ich nicke. Die blonde Frau runzelt die Stirn. Sie hat eine kleine Narbe an der rechten Augenbraue, die ganz frisch aussieht. Ihre herzförmigen Lippen und die glatte, durchscheinende Haut bilden einen Kontrast zu ihren sonst männlich wirkenden Gesichtszügen.

»Wer bist du? Ich habe dich noch nie bei einem Blót gesehen.«

Statt zu antworten, weiche ich ihrem Blick aus und bleibe stumm. Was soll ich auch sagen? Sie könnte mich ohnehin nicht verstehen.

»Hey, antworte mir!«

»Ich kann nicht«, stammele ich auf Englisch.

Da ist noch immer das Messer in meiner Hand. Ich könnte zustechen, sie verletzten und dann weglaufen. Aber ich bringe es nicht über mich. Ich spüre, wie der Griff an meinen Haaren lockerer wird.

»Du bist wirklich nicht von hier, nicht wahr? Du sprichst nicht einmal unsere Sprache. – Aber woher kommst du? Aus den Wäldern?«

Sie blickt sich suchend um, und ich bin ein wenig erleichtert. Wenn sie mich für den Diebstahl töten wollte, hätte sie das bestimmt schon längst getan. Vielleicht hält sie mich für eine entflohene Sklavin von einem anderen Stamm.

»Du hattest keine eigenen Kleider, deswegen musstest du diese hier klauen. Hat dir jemand etwas angetan? Brauchst du Schutz?«

Sie wirkt beinahe besorgt. Ich schüttele hastig den Kopf. Sie soll mich einfach wieder gehen lassen.

»Na schön. Dann gehen wir jetzt zu Aila und erzählen ihr, dass du ihre Kleider gestohlen hast.«

Wie ein borstiges Kind wehre ich mich gegen den Griff der blonden Frau, die mich mit sich ziehen will. Ich kenne Aila nicht, aber ich bin sicher, sie wird nicht sehr erfreut über den Diebstahl sein.

»Schutz … Schutz?«, versuche ich das Wort der Frau nachzuahmen.

Ich hoffe, dass es auch nur annähernd so klingt, wie das, was ich gehört habe. Wenn ich sie um Hilfe bitte, wird sie mich vielleicht nicht als Diebin ausliefern.

»Schutz?«, wiederholt sie fragend.

Ich nicke. Sie stemmt die Hände in die Hüfte, atmet langsam und geräuschvoll aus. Ich sehe ihr an, dass sie nachdenkt.

»Na schön, auch wenn du stumm wie ein Fisch bist, kannst du mich anscheinend verstehen. Ich werde dich mitnehmen. Ich kann noch eine Sklavin in meinem Haushalt gebrauchen.«

Eine Sklavin? Das ist nicht ihr Ernst! Ich will protestieren, aber mein Protest erstickt jäh, als ich Stimmen höre. Sie kommen aus der Richtung des Zeltes, vor dem der Klamottenhaufen lag, den ich geklaut habe. Bittend sehe ich die blonde Frau an.

Sie greift nach meinen Handgelenken, dreht die Handflächen nach oben und seufzt.

»Keine einzige Schwiele. Ich hoffe, du bist dir nicht zu fein, im Haushalt anzupacken?«

Ich schüttele den Kopf.

»Komm mit! Du kannst in unserem Zelt schlafen.«

Ich folge ihr langsam und mit einigem Abstand. Sie scheint keine Bedenken zu haben, dass ich fortlaufe. Und wo könnte ich auch hin? Zurück zu Gregor? Seine vertraute Art, obwohl er mich gar nicht kennen dürfte, ist mir unheimlich. Und ich höre noch immer die Stimmen, höre eine Frau, die sich lauthals über den Verlust ihrer Kleider beschwert und spöttisches Gelächter, das ihre Suche begleitet. Ich würde ihnen auf meinem Weg zurück zu Gregor geradewegs in die Arme laufen.

Das breite, weiße Zelt mit dem dreieckigen Holzgestell ist offenbar für eine ganze Familie gedacht. Es steht mit der Rückseite zum Wald. Vor dem Eingang züngeln Flammen in einer Feuerstelle, die tagsüber wohl zum Kochen benutzt wurde. Der schwarze Kessel steht noch daneben. Blau-rot bemalte Wikingerschilde lehnen an der Zeltwand.

Die blonde Frau schlägt die Zeltplane zurück, sieht mich erwartungsvoll an. Widerstrebend trete ich ein. Hier ist es noch dunkler als draußen. Meine Augen müssen sich erst an das Dämmerlicht gewöhnen. Ich brauche einen Moment, um zu begreifen, dass ich nicht alleine bin. Atemgeräusche und ein Flüstern sind zu hören. Umrisse schälen sich aus der Dunkelheit. Dann sehe ich in grüne, schwarzumrandete Augen, die mich misstrauisch ansehen. Sigrid. Sie ist aus ihrem Schlaflager nach vorne geklettert, streckt bereits eine Hand nach ihrer Axt aus, die am Fußende liegt. Sie sitzt ein wenig breitbeinig, vermutlich weil ihr Bauch gar nichts anderes mehr zulässt. Sie muss im achten oder neunten Monat schwanger sein. Hinter Sigrid drängen sich Meeri und ein blonder Junge in einer Ecke. Der Junge hat den Arm beschützend um das kleine Mädchen gelegt.

»Es ist alles in Ordnung, Sigrid. Lass deine Axt, wo sie ist!«

Die Frau, die mich hierher gebracht hat, tritt hinter mir in das Zelt, zündet ein paar Kerzen an. Sofort wird es heller. Vier Schlaflager, eine Bank mit Krügen und Töpfen und ein Tisch werden in das Licht der Flammen getaucht.

»Ich bin Una. Das sind meine Kinder Sigrid, Eirik und Meeri. Mein Mann Lodin ist unterwegs. – Und das ist unsere neue Sklavin ...«

Una sieht mich fragend an. Vermutlich will sie einen Namen hören. Ich lege eine Hand auf meine Brust.

»Alison«, murmele ich.

Irgendwas scheint sie daran zu irritieren.

»Alisdóttir«, verbessert sie mich schließlich.

Ist das die altnordische Aussprache meines Namens? Sigrid lacht gehässig.

»Was schleppst du uns hier an? Sie weiß nicht mal, ob sie ein Mann oder eine Frau ist.«

Jetzt verstehe ich. Una glaubt, ich habe ihr meinen Nachnamen gesagt, der bei den Wikingern aus dem Vornamen des Vaters und der Endung *-son* oder *-dóttir* besteht, je nachdem, ob es sich um einen Sohn oder eine Tochter handelt. Ich beschließe, dass Missverständnis einfach so stehen zu lassen. Sollen sie mich meinetwegen Alisdóttir nennen.

»Hast du Hunger?«

Una hat offensichtlich beschlossen, ihre älteste Tochter einfach zu ignorieren. Ich nicke. Tatsächlich bin ich trotz der Aufregung plötzlich furchtbar hungrig.

Während Una die Reste des Abendessens zusammensucht, kommen Meeri und Eirik aus ihrer Ecke gekrochen und mustern mich neugierig. Eirik nimmt mir mit bösem Blick und ohne ein Wort zu sagen, das Messer aus der Hand, das Una mir gelassen hat. Vermutlich war sie der Meinung, ich könnte damit sowieso nicht viel ausrichten. Meeri greift nach einer meiner rotbraunen Strähnen.

»Sie hat hübsche Haare.«

»Lasst sie in Frieden, Kinder!«, sagt Una, ohne sich zu uns umzudrehen.

Langsam komme ich mir vor wie ein exotisches Tier. Ich werde beäugt, betastet und man spricht über mich in der dritten Person. Fehlt nur noch, dass sie mich anketten und mir das Essen in einem Napf vorsetzen.

»Sie ist nicht wie wir, Mutter«, sagt Meeri.

Sigrid lacht höhnisch.

»Na, das kannst du laut sagen, kleine Schwester. Das Mädchen ist absolut stumpfsinnig.«

»Das meine ich nicht. Es ist etwas anderes.«

»Schluss jetzt!«, unterbricht Una die beiden Schwestern und drückt mir eine Schale mit Eintopf und eine Brotscheibe in die Hand.

Zerkochte Rüben, Kohl, Lauch und Kräuter schwimmen in einer trüben Flüssigkeit. Ich bin überrascht, dass es genießbar ist. Der Anblick ließ etwas anderes vermuten.

Sigrid hat sich wieder zurück auf ihr Lager geschmissen und versucht, ihre Schwester wegzuscheuchen, die fühlen will, ob das Baby tritt. Offenbar haben sie meine Anwesenheit in ihrer Mitte vorerst akzeptiert.

Nachdem ich fertig gegessen habe, schmeißt Una ein Schafsfell neben mir auf den Boden.

»Leg dich damit draußen ans Feuer. Du siehst aus, als könntest du ein wenig Wärme vertragen. Morgen beschließen wir dann, wo du für uns arbeiten kannst.«

»Da habe ich ja wohl noch ein Wort mitzureden«, dröhnt eine tiefe Stimme.

Ich fahre zum Zelteingang herum und blicke in das schmale, grimmige Gesicht eines Mannes, der an einem der Holzbalken lehnt. Er hat nur ein Auge. Das Lid über dem fehlenden Augapfel hängt schlaff herab. Eine lange Narbe klafft schräg darüber, zieht sich von seiner Augenbraue bis hinunter zur Wange. Ein Anblick, der so furchterregend ist, dass ich schnell den Kopf senke. Ich hebe das Fell, das Una mir gegeben hat, vom Boden auf und will mich an ihm vorbei nach draußen drängen. Nur weg von hier – so schnell es geht. Aber der Einäugige tritt mir entgegen, versperrt meinen Weg.

sechs

»Willst du mir Vorschriften machen, Mann?«

Während ich zitternd und in geduckter Haltung vor dem Einäugigen stehe, nehmen Una und ihre Kinder seine Anwesenheit gelassen hin. Ich erwarte, dass er mich packt und festhält, aber er stößt sich von dem Holzbalken ab und geht einfach an mir vorbei zu Una. Sie hält ihm ihre Wange hin, und er drückt einen flüchtigen Kuss darauf, reibt sich nachdenklich über die Stirn.

»Du weißt, das würde ich niemals wagen. – Also, wer ist sie?«

Er nickt zu mir hinüber.

»Sie nennt sich Alisdóttir. Anscheinend versteht sie, was wir sagen, aber sie spricht nicht.«

»Sie ist schwachsinnig«, mischt sich Sigrid ein.

Langsam geht sie mir gehörig auf die Nerven.

»Sie kann als Sklavin arbeiten. Ich brauche noch eine Hilfe in der Küche.«

Damit ist die Sache beschlossen. Der Einäugige, von dem ich vermute, dass es Unas Mann Lodin ist, widerspricht nicht.

Überhaupt wirkt er auf den zweiten Blick nicht mehr so furchterregend. Er schiebt einen der Körbe beiseite und setzt sich auf die Bank, sieht seiner Frau dabei zu, wie sie die Reste meines Essens forträumt. Meeri klettert auf den Schoß ihres Vaters, streicht über die grauen Bartstoppeln und über das schüttere braune Haar, das im Nacken zu einem kleinen Zopf geflochten ist.

Una sieht mich fragend an. Vermutlich wundert sie sich, warum ich noch immer mit dem Fell über dem Arm im Zelteingang stehe.

»Wir sollten sie anketten«, sagt Eirik.

Er wirft noch immer böse Blicke in meine Richtung, kneift dabei die Augen zu Schlitzen zusammen, sodass sich über seiner Nase eine Falte bildet.

»Ich glaube nicht, dass sie weglaufen wird«, erwidert Una. »Aber kette sie draußen an den Pfahl, wenn es dich heute Nacht tiefer schlafen lässt.«

Das ist nicht ihr Ernst. Das kann unmöglich ihr Ernst sein. Dieser Gedanke jagt mir immer wieder durch den Kopf, während Eirik zu mir kommt und das Messer an meine Kehle hält, das sich vor kurzem noch in meinem Besitz befand. Er muss den Arm ziemlich weit strecken, weil er zwei Köpfe kleiner als ich ist. Aber ich bezweifele nicht, dass er zustechen würde, wenn ich mich ihm widersetze. Schon jetzt pikst die Klinge unangenehm in meine Haut, und ich habe Angst, eine falsche Bewegung zu machen.

»Los, geh schon!«

Den Pfahl mit der Eisenkette und der Schelle neben dem Feuer habe ich vorhin gar nicht bemerkt. Ob sie sonst Tiere hier draußen anketten?

»Du brauchst das nicht zu tun. Ich werde hierbleiben. Ich weiß sowieso nicht, wohin ich gehen soll. Bitte!«, bettele ich.

Aber natürlich versteht Eirik kein Wort Englisch. Er grinst mich nur an.

»Setz dich hin, und gib mir deinen Fuß. Ich will dir nicht wehtun müssen.«

Ich schüttele den Kopf und will zurückweichen, aber Eirik stößt mich zu Boden und zerrt an meinem rechten Fuß. Hastig ziehe ich ihn weg und strecke ihm, mehr oder minder freiwillig, meinen linken hin. Nicht auszudenken, was passiert, wenn er den Reverser in meinem Schuh findet. Die Schelle schabt beim Schließen über meine Haut und lässt keinen Zweifel daran, dass mein Knöchel in kürzester Zeit wund sein wird.

Eirik stochert neben mir im Feuer, wirft noch einen dicken Ast hinein, bevor er zurück ins Zelt geht und die Plane zuzieht. Zumindest hat er so dafür gesorgt, dass ich es warm habe.

Was für ein Tag. Vor wenigen Stunden saß ich mit Iman in einem schicken Restaurant, habe Wein getrunken und hatte allen Luxus, den man sich nur vorstellen kann. Und jetzt liege ich wie ein angeleinter Hund vor dem Zelt irgendeiner Wikingerfamilie und bin nicht sicher, was mich erwartet.

Ich ziehe das Schafsfell zu mir heran, wickele mich darin ein und wünsche mir, Gregor wäre hier. Mein Gregor. Nicht jener, dem ich in dieser unwirtlichen Zeit begegnet bin, sondern der Gregor, der mich aus jeder Situation rettet. Der mich in den Arm nimmt und mir sagt, dass alles wieder gut wird. Ich vergieße ein paar Tränen, komme mir dabei furchtbar erbärmlich vor. Dann schlafe ich ein.

»Deine Sklavin taugt nichts. Sie liegt nur herum und schläft.«

Ich spüre einen Schuh, der in meine Seite drückt, und bin sofort hellwach. Zwischen meinen halb geschlossenen Lidern blinzele ich nach oben. Die Sonne ist bereits aufgegangen. Sigrid steht über mich gebeugt und mustert mich eingehend. Ich tue so, als würde ich im Schlaf den Kopf wenden und mustere meine Umgebung. Una kniet nur wenige Meter neben mir und schrubbt den Kessel. Die Flammen in der Feuerstelle sind erloschen. Es riecht noch immer ein wenig nach Rauch. Das Gras um mich herum ist feucht vom Morgentau und mein Fuß mit der Schelle schmerzt. So langsam wird das Liegen ungemütlich. Ich strecke unauffällig den Rücken durch, um ihn ein wenig zu entlasten.

»Kümmere dich lieber um deine eigenen Angelegenheiten«, erwidert Una ihrer Tochter.

Offenbar trifft sie damit einen Nerv, denn Sigrid lässt sich mit einem wütenden Schnaufen neben mir auf dem Boden nieder.

»Oh, es geht also wieder um das Baby, habe ich recht? Es geht immer um das Baby.«

»Natürlich geht es darum. Du hast eine Entscheidung getroffen und jetzt kannst du das Ergebnis nicht einfach ignorieren. Keiner kann das, denn es ist riesig.«

Una deutet mit einer vorwurfsvollen Geste auf Sigrids Bauch. *Herrje, wo bin ich denn da reingeraten?*

»Mag ja sein, aber es ist ganz allein meine Angelegenheit.«

»Du hast es zu unser aller Angelegenheit gemacht, als du dich ausgerechnet mit dem Sohn von Jarl Torhildson herumtreiben musstest. Denkst du, es ist ihm egal, dass du seinen Enkel austrägst und ihn im Clan seines verfeindeten Bruders großziehen willst? Was glaubst du wird er tun, wenn dein Kind erst einmal auf der Welt ist?«

Sigrids Augen funkeln wild.

»Wenn er mein Kind anrührt, werde ich ihm mit meiner Axt den Kopf abschlagen.«

Una schüttelt müde den Kopf.

»Ich weiß, du glaubst, mit der Axt könntest du alle Probleme lösen. Aber du wirst anders denken, wenn das Kind erst einmal auf der Welt ist.«

»Ich bin nicht wie du.«

Mühsam stemmt sich Sigrid wieder auf die Beine, reibt ihre erdverkrusteten Hände an ihrem Kleid ab und wendet sich zum Gehen.

»Deine Sklavin ist wach und belauscht uns«, bemerkt sie, so als wäre es völlig nebensächlich.

Ich presse die Augen fest aufeinander, wage nicht zu atmen. Una schüttet das Wasser, mit dem sie den Kessel geputzt hat, schwungvoll ins Gras. Ich kann hören, wie es klatschend auf den Boden trifft. Sigrid scheint gegangen zu sein. *Vielleicht hat Una ihre letzten Worte gar nicht gehört*, denke ich. Doch dann spüre ich eine Hand an meinem Fuß und zucke reflexartig zurück.

»Lass mich die Schelle öffnen. Du willst doch nicht den ganzen Tag hier angekettet sein. Du kannst mir beim Zubereiten des Mittagessens helfen.«

Una streicht mir beruhigend über den Rücken, als wollte sie ein aufgescheuchtes Tier beruhigen, während sie die Fessel löst.

Eine merkwürdige Geste, aber sie nimmt mir tatsächlich ein wenig die Angst. Mein Knöchel schmerzt und ist aufgescheuert. Ich würde ihn gerne verbinden, aber Una schenkt der Verletzung keine Aufmerksamkeit.

Nachdem sie mir aufgeholfen hat, gehen wir ins Zelt und Una zeigt mir, wie man Brot backt und den Gemüseeintopf kocht, den ich gestern Abend kalt gegessen habe. Meeri leistet uns Gesellschaft. Der Rest der Familie ist verschwunden.

Ich spähe immer wieder zum Ausgang, aber Gregor kann ich nirgendwo entdecken. Überhaupt sehe ich kaum jemanden dort draußen. Der Gedanke wegzulaufen, kommt mir mehr als einmal in den Sinn. Aber dann denke ich an meine erfolglosen Fluchtversuche in Irland bei meiner ersten Begegnung mit Gregor – als ich ihn noch für meinen Feind hielt – und mich verlässt aller Mut.

»Die Männer bereiten das Opfer vor«, sagt Una, als sie meine Blicke bemerkt, »Wir werden heute Abend mit ihnen gemeinsam die Götter ehren. – Teilst du unseren Glauben?«

Ich zucke mit den Schultern. Natürlich teile ich ihren Glauben nicht, aber das will ich Una nicht gleich auf die Nase binden. Sie nickt, als wäre mein Schweigen Antwort genug.

»Warte den Abend ab, dann wirst auch du den mächtigen Odin ehren.«

Mir ist ein wenig mulmig bei dem Gedanken, einem altnordischen Opferritual beizuwohnen. Ich stelle es mir recht blutig vor. Meeri nimmt meine Hand, mit der ich gerade Lauch schneide. Ich halte inne und schaue zu ihr hinunter.

»Du brauchst keine Angst zu haben. Ich kann während des Opfers deine Hand halten, wenn du möchtest.«

Ich bin dankbar für Meeris Vorschlag und auch dafür, dass sie ihn wahrmacht. Besonders in jenem düsteren Augenblick, als wir im Halbkreis um die Grube stehen, die die Männer im Laufe des Tages ausgehoben haben.

Gegen Mittag waren Lodin und Eirik zum Essen aufgetaucht. Ihre Schuhe waren matschig und ihre Arme mit feuchter Erde und Schlamm bedeckt. Una zwang sie, die Schuhe auszuziehen und sich zu waschen, bevor sie das Zelt betraten. Nach dem Mittagessen haben Una, Meeri und ich den Rest des Tages damit verbracht, Kerzen aus Bienenwachs zu rollen. Es müssen mindestens hundert Stück gewesen sein. Jetzt stehen sie alle rings um die Grube, die wenige Zentimeter dahinter in ein scheinbar bodenloses Nichts abfällt. Die Männer müssen tief gegraben haben. Über dem Abgrund liegt ein breiter Steg.

Sigrid stößt zu uns. Ihr Kleid ist voller Matsch, und sie trägt drei Blutstreifen auf jeder Wange, wie ich sie bereits bei dem Jungen, der Meeri belästigt hat, gesehen habe. Una wirft ihr einen vorwurfsvollen Blick zu. Doch sie wird von ihrer ältesten Tochter ignoriert.

»Wo warst du? Wir hätten deine Hilfe beim Rollen der Kerzen heute Nachmittag gebrauchen können.«

»Ich habe geholfen, die Grube auszuheben, was sonst?«, erwidert Sigrid trotzig.

»Bei allen Götter, das ist die Arbeit der Männer, und du bist hochschwanger, Sigrid. Ich kann nicht glauben, dass dein Vater dir das erlaubt hat!«

»Und ich kann nicht glauben, dass du denkst, er hatte eine Wahl! Ich bestimme selbst darüber, was ich tue und lasse.

Außerdem ist mein Baby auf das Wohlwollen der Götter angewiesen. Das weißt du selbst am besten.«

Meeri hält meine Hand fester. Sie hat als einzige mitbekommen, wie still es plötzlich geworden ist. Drei Priester tauchen hinter der Grube auf. Man kann ihre Gesichter kaum erkennen, nur die weißen Leinengewänder leuchten in der Dunkelheit. Erneut stimmen sie den Segen an, den ich bereits im Tempel in einer Abwandlung vernommen habe. Doch diesmal ist es ein dunkler Singsang, der von den Frauen und Männern um mich herum aufgegriffen wird. Auch Una, Sigrid und Meeri stimmen mit ein.

Odin führe uns auf den Weg der Weisheit,
Thor wache in dunklen Stunden über uns,
Freyr gewähre unserem Feld reiche Frucht,
Frigg schütze unser Heim und unsere Familie,
Freya schenke uns viele Söhne.
Heil allen Asen und allen Vanen.
Heil allen Göttern.

Es ist unheimlich, wie die Worte über dem Abgrund schweben – wie freigelassene Wünsche, die Erfüllung suchen. Wünsche an Götter, die ein Opfer für ihre Taten fordern. Nicht zum ersten Mal stelle ich mir die Frage, wofür die Grube eigentlich da ist. Um jemanden oder etwas hinabzustoßen? Ich suche in der Menge nach Gregor, aber es ist einfach zu finster, um etwas zu erkennen.

»Sieh nach vorne!«, wispert Meeri zwischen den Gesängen.

Der Mann mit der Ziege, der Gregor und mich auf dem Hinweg überholt hat, tritt auf den Steg. Er ist ganz zittrig und hat

Mühe die Ziege am Strick vorwärts zu ziehen. Als sie in der Mitte angekommen sind, nimmt er ein Messer von seinem Gürtel. Die Ziege meckert laut und will zurückweichen. Sie scheint zu ahnen, was man mit ihr vorhat, und auch ich habe es mir bereits gedacht. Schließlich wird das hier nicht umsonst *Opferritual* genannt.

»Sieh hin«, zischt Meeri noch einmal, als ich den Kopf abwenden will.

Es schwingt eine Warnung mit.

Der Mann setzt das Messer an der Kehle der Ziege an, ein Zucken geht durch das Tier, das sich nun heftig wehrt. Es ist ein blutiger Kampf, der anscheinend so nicht geplant war. Am Ende muss er zweimal auf den Kopf der Ziege einstechen, damit sie sich nicht mehr bewegt.

Ich starre auf das weiße Fell, das sich langsam mit Blut vollsaugt. Niemand von den Umstehenden hat seinen Gesang auch nur eine Sekunde unterbrochen.

Der Mann badet seine Hände im Blut der Ziege und reckt sie gen Himmel.

»Heil allen Asen und allen Vanen. Heil allen Göttern«, ruft er.

Seine Stimme überschlägt sich fast. Ich habe das Gefühl, er ist betrunken oder von einer anderen Droge berauscht. Mit den blutigen Händen fährt er sich über die Wangen. Dann wuchtet er die tote Ziege in die Grube. Ich kann den Aufprall des leblosen Körpers hören, zucke zusammen. Mir ist schrecklich übel. Doch außer mir scheint es niemanden zu geben, der sich an dem vielen Blut und dem toten Tier stört. Die Männer und Frauen wirken wie in Trance. Ihr Gesang verschmilzt zu einem einförmigen Klangteppich, aus dem man nur mit Mühe einzelne Worte herausweben kann.

Ein Schaf, ein Hund, ein Huhn, eine Gans, ein Bulle und ein Eber werden nach und nach auf den Steg gezerrt und getötet. Immer wieder recken die Männer ihre Hände zum Himmel, rufen die Götter an und schmieren sich das Blut auf die Wangen. Auch Lodin ist unter ihnen, nimmt mit ausdruckslosem Gesicht an dem blutigen Ritual teil.

Jarl Bjarki führt einen weißen Hengst auf den Steg. Er geht liebevoll mit dem Tier um, als wäre es ihm besonders wertvoll. Aber auch der Schimmel findet seinen Tod auf dieser Lichtung.

Acht Tiere zähle ich und frage mich, wie lange dieses Morden noch weitergehen soll. Man kann den metallischen Geruch des Blutes mittlerweile bis hierher riechen.

Und dann passiert das, wovor ich mich am meisten gefürchtet habe. Bisher habe ich es so gut es ging vermieden, an Orte und Zeitpunkte in der Geschichte zu reisen, an denen Menschen starben – Kriege oder Hinrichtungen zu besuchen.

Der junge Mann, der auf den Steg gezerrt wird, trägt eine Eisenkette um den Hals. Er ist abgemagert, wimmert und leistet kaum noch Gegenwehr. Vermutlich ist er ein Sklave. Er rutscht auf dem vielen Blut, das den Steg bedeckt, aus und fällt auf die Knie. Ich muss einen Schrei unterdrücken und presse die Hand vor den Mund. Ausgerechnet in diesem Moment kommen mir Unas Worte in den Sinn: *Warte den Abend ab, dann wirst auch du den mächtigen Odin ehren.* Ein Gott, der ein solches Opfer fordert, ist bestimmt keiner, an den ich glauben möchte.

»Du darfst den Blick nicht abwenden, sonst verliert sein Opfer in den Augen der Götter an Wert«, mahnt mich Meeri.

Sie drückt meine Hand fester. Ob sie wirklich an das glaubt, was sie sagt? Oder ist es eine gewisse Schaulust, die sie hinblicken lässt? Ich weiß, dass Hinrichtungen früher ein regelrechtes Massenspektakel waren. Vielleicht gilt das auch für die Opferrituale der Wikinger.

Ich schaue hin. Nicht weil ich die Götter ehren will, sondern weil ich einfach nicht wegsehen kann. Es ist zu grauenhaft, zu real. Ich kann nicht so tun, als würde es sich nicht direkt vor meinen Augen abspielen. Es ist, als könnte ich die Angst des Mannes riechen, schmecken, am eigenen Leib spüren.

Der Wikinger hat das Messer kaum angesetzt, da tritt bereits der erste Schwall Blut aus. Der Mann hustet kraftlos, gibt ein gurgelndes Geräusch von sich. Dann sackt er vornüber und bleibt mit dem Gesicht im Blut liegen. Sein Tod ist seltsam unspektakulär, so als wäre ein weiteres Tier ermordet worden und kein menschliches Wesen. Der Mann, der seinen Sklaven getötet hat, streicht ihm noch einmal über das Haar. Seine Geste ist beinahe zärtlich. Dann taucht er seine Hände in das Blut, ruft die Götter an und wirft den Leichnam in der Grube. Der Gesang um mich herum verstummt abrupt. Ein letztes Mal stimmen die Priester die Verse an. Als sie geendet haben, machen sie kehrt und verschwinden in den Wäldern. Das Ritual scheint beendet. Neun Opfer wurden den Göttern dargebracht.

Während die Frauen die Kerzen löschen und einsammeln, ziehen die Männer den Steg über der Grube weg und beginnen, das Loch zuzuschaufeln. Sigrid will sich zu ihnen gesellen, aber Una packt sie am Arm.

»Bitte, denk einmal an dein Kind und komm mit uns nach Hause. Kannst du das für mich tun, Sigrid?«

Ich sehe Sigrid an, wie sehr es ihr widerstrebt, klein beizugeben. Aber schließlich nickt sie erschöpft. Vielleicht haben sie die

Arbeiten an der Grube mitgenommen oder das Opferritual. Ich jedenfalls möchte nur noch hier weg.

Auf dem Weg zurück zum Zelt wendet sich Una zu mir. Sie lächelt selig.

»Hast du es gespürt?«

»Was?«

»Die Macht unseres Allvaters. Er hat auf uns herabgesehen und unser Opfer willkommen geheißen.«

sieben

Das Opferritual wird in dieser Nacht mit jeder Menge Met begossen. Die Stimmung ist so ausgelassen wie am Abend zuvor und Una lässt es sich nicht nehmen, auch mir ein Trinkhorn in die Hand zu drücken.

Ich sitze etwas eingeschüchtert zwischen grölenden Wikingern, die im Gesicht und an Händen und Armen mit Blut und Schlamm beschmiert sind. Wir haben uns um ein Lagerfeuer versammelt. Gregor kann ich nirgends entdecken. Immer wieder spähe ich in die Dunkelheit hinter unseren Rücken, warte auf den richtigen Augenblick, um mich wegzustehlen und ihn zu suchen. Doch Eirik, der mir gegenüber sitzt, behält mich im Blick wie ein hungriges Raubtier seine Beute. Ich versuche den Kloß in meinem Hals hinunterzuschlucken, der mit jeder Minute größer wird. Einer der Männer klopft mir freundschaftlich auf den Rücken, und ich fahre zusammen wie ein verschrecktes Reh. Sie lachen über mich. Ich möchte am liebsten weinen, aber ich lasse es mir nicht anmerken. Sie sollen nicht denken, ich wäre schwach. Sie könnten es ausnutzen.

Da ich mein Trinkhorn nirgends abstellen kann, trinke ich es leer, nur um sofort von jemandem nachgeschenkt zu bekommen. Der süße, alkoholische Geschmack ist angenehm auf der Zunge und brennt leicht im Hals.

Den ersten Becher trinke ich, um mich unbefangener zu fühlen, den zweiten, um nicht unhöflich zu sein und den dritten, um die grausigen Szenen des Opferrituals zu vergessen. Das funktioniert besser als gedacht, und als ich am nächsten Morgen mit dröhnendem Kopf aufwache, liege ich allein und mit meinem Trinkhorn in der offenen Hand am heruntergebrannten Feuer vor dem Zelt.

Stöhnend richte ich mich auf und reibe mir die Schläfen. Das war definitiv zu viel Alkohol für einen Abend. Ich kann mich kaum noch an etwas von der ausgelassenen Feier erinnern.

Als ich mich zum Zelt umdrehe, tritt Lodin gerade heraus und macht sich an der Plane zu schaffen. Mehrere Tragekörbe, zusammengerollte Felle und Lederbeutel stapeln sich bereits vor dem Eingang. Offenbar treten wir den Rückweg an.

»Na, hast du deinen Rausch ausgeschlafen?«

Es ist das erste Mal, dass er mich direkt anspricht, und ich weiß nicht genau, was ich ihm antworten soll. Mit seinem fehlenden Auge und der Narbe im Gesicht sieht er noch immer einschüchternd aus. Ich muss an gestern Abend denken, als er ohne mit der Wimper zu zucken, einem Schaf die Kehle durchgetrennt hat. Auch wenn er gegenüber seiner Familie sanft und gutmütig ist, ist er sicherlich mit Vorsicht zu genießen.

»Es war ein gutes Opferfest. Die Götter werden sich uns erkenntlich zeigen«, redet Lodin weiter, während er mit kräftigen

Bewegungen die Schnüre des Zeltes lockert, die um die Holzbalken gespannt sind.

Als ich immer noch nicht reagiere, dreht er sich zu mir um und mustert mich. Unter seinem Blick falle ich immer mehr in mich zusammen. Schließlich wendet er sich wieder dem Zelt zu.

»Geh und frag Una, ob du dich nützlich machen kannst!«

Una gibt mir leichte Aufgaben. Ich habe das Gefühl, sie hat Mitleid mit mir, weil mir der viele Met nicht bekommen ist. Ich muss die Trinkhörner ausspülen und gemeinsam mit Meeri die restlichen Vorräte in die Beutel packen.

Lodin und Eirik bauen das Zelt ab und laden die schweren Holzteile auf einen der vielen Wagen, die von stämmigen Pferden gezogen werden. Sie waren mir auf dem Hinweg nicht aufgefallen. Vermutlich nehmen die Sklaven, die die polternde Wagenkolonne begleiten, eine andere Route, die weniger steil nach unten führt. Ich kann mir nicht vorstellen, dass man mit den klapprigen Holzrädern heil den Weg hinuntergelangt, den wir gegangen sind.

Es ist Mittag, als wir endlich alles zusammengepackt haben und aufbrechen können. Am Himmel zeichnen sich dunkle Wolken ab. Der Lederbeutel auf meinem Rücken ist groß und schwer, sodass ich Angst habe, das Gleichgewicht zu verlieren und nach vorne zu fallen. Sigrid, die hinter mir läuft, packt ein oder zweimal meinen Halteriemen und bewahrt mich damit vor dem Stolpern. Ich glaube, sie macht sich mehr Sorgen um den Beutel als um mich.

Mir ist kalt. Ich hoffe darauf, dass der Wolkenvorhang endlich aufbricht und die Sonne zum Vorschein kommt, aber das

Gegenteil ist der Fall. Den ersten Tropfen halte ich noch für die Gischt des Wasserfalls, den wir passieren, aber dann öffnet sich der Himmel und gießt einen ganzen Regenschwall auf uns herab. Die Steine unter meinen Füßen werden glitschig, und ich kann kaum noch etwas sehen. Keiner kann das. Aber wir gehen Schritt für Schritt weiter, kämpfen uns einen Weg ins Tal. Ein mächtiges Donnergrollen rollt über uns hinweg.

»Thor schwingt seinen Hammer«, bemerkt Lodin hinter mir.

Bei den Wikingern scheint sich alles um ihre Gottheiten zu drehen. Jeden Wetterumschwung, jede gute Ernte, jedes neugeborene Kind schreiben sie dem Wohlwollen der Götter zu. Ob ihnen dieser Glaube dabei hilft, sich weniger den Naturgewalten ausgeliefert zu fühlen? Mir jedenfalls behagt die Vorstellung nicht, dass ein Gott kriegerisch seinen Hammer schwingt.

Ein Blitz schlägt nur wenige Meter von uns entfernt in einen Baum ein. Ich zucke zusammen. Das Geräusch ist ohrenbetäubend. Für den Bruchteil einer Sekunde sehe ich nur noch weißes, grelles Licht. Funken sprühen in alle Richtungen. Und da passiert es: Ich trete ins Leere, versuche auf dem glitschigen Untergrund Halt zu finden, aber es ist unmöglich. Zuerst knickt mein Knie weg, dann falle ich, mit dem Beutel auf meinem Rücken vornüber. Jemand versucht, meinen Fall aufzuhalten, nach mir zu fassen. Ich kann die Hand an meiner Schulter spüren. Aber es geht jetzt so steil bergab, dass ich mich überschlage. Ich weiß nicht mehr, wo oben und unten ist. Einmal verfehlt mein Kopf nur um Haaresbreite einen kantigen Stein, der hervorragt.

Dann wird mein Fall plötzlich aufgehalten, als zwei kräftige Hände mich am Oberarm packen. Ich spüre, wie ein Ruck durch meinen ganzen Körper geht, spüre einen reißenden Schmerz in meinem Schultergelenk. Sekunden vergehen, in denen ich versuche, die Orientierung wiederzuerlangen.

»Bist du in Ordnung?«

Mir ist schwindelig. Ich bin klatschnass und von oben bis unten mit feuchter Erde und Laub bedeckt. Mein Kleid ist am Arm eingerissen und meine Schulter fühlt sich an, als hätte ich sie mir ausgekugelt. Aber angesichts dieses dramatischen Sturzes hatte ich wohl Glück im Unglück. Ich will antworten, aber meiner Kehle entweicht nur ein Schluchzen. Am ganzen Körper zitternd blicke ich zu meinem Retter auf. Es ist Gregor.

Wir starren uns einen Moment sprachlos an. Gregor ist der erste, der wieder zu sich kommt. Er nimmt mein Gesicht in beide Hände, streicht nasse Haarsträhnen, Dreck und ein Blatt beiseite, das an meiner Stirn klebt.

»Du bist es wirklich«, flüstert er fassungslos.

Tränen treten in seine grauen Augen, aber vielleicht ist es auch nur der Regen. Er zieht mich in eine Umarmung, die so fest ist, dass ich kaum Luft bekomme, und presst seine Lippen auf meine. Sein Kuss ist nass und salzig – voller Sehnsucht und Verzweiflung.

Ich bin zu überrascht, um ihn zu erwidern. Mein Herz klopft wie wild. Das Adrenalin von dem Sturz pulsiert in meinen Adern, mischt sich mit dem überwältigenden Gefühl, Gregor wieder so nahe zu sein. Unsere Hände verflechten sich miteinander, wir sehen einander an, und ich will Gregor tausend Dinge fragen. Aber ich weiß, dass er kein einziges Wort davon verstehen wird.

»Lass gefälligst deine dreckigen Finger von meiner Sklavin!«

Ich fahre erschrocken herum. Una hat zu uns aufgeschlossen. Sie ist furchtbar wütend. Diesen Blick habe ich noch nie zuvor bei ihr gesehen. Ich hebe beschwichtigend die Hände. Hat sie nicht gesehen, dass Gregor mich eben gerettet hat? Ich werde einfach von ihr beiseite geschoben. Trotzdem sie einen Kopf kleiner als Gregor ist, sinkt er in sich zusammen, als Una mit drohender Geste auf ihn losgeht.

»Ich habe dir schon einmal gesagt, du sollst dich von uns fernhalten.«

Das ist nicht fair. Schließlich bin ich Gregor vor die Füße gekullert und nicht umgekehrt.

»Una«, rufe ich beschwichtigend und schüttele ihren Arm.

Der stechende Schmerz in meiner linken Schulter erinnert mich daran, dass das keine gute Idee ist.

»Geh und sammele deine Sachen wieder ein, Alisdóttir. Ich regele das.«

Ich will nicht, dass sie irgendwas regelt. Und ich bin verdammt nochmal nicht ihre Sklavin. Auch wenn sie hartnäckig etwas anderes behauptet. Ich suche Gregors Blick, aber der starrt nur auf den Boden, kratzt sich ungelenk am Kopf. Er murmelt etwas. Ich kann ihn kaum verstehen. Seine Stimme wird vom Regen fortgespült.

»Sie ist es gar nicht … Es tut mir leid, sie ist es gar nicht. So viel Zeit ist vergangen und ich dachte, sie wäre es. Aber sie ist es nicht …«

Una schüttelt genervt den Kopf. »Geh und lass uns mit deinem betrunkenen Gestammel in Frieden! Bei allen Göttern, du bist eine Schande für diesen Clan.«

Er sieht schrecklich verloren aus, als er murmelnd seinen Weg fortsetzt. Ich will ihm am liebsten folgen, aber Una beobachtet mich mit wachsamen Blick, und ich habe Angst, alles nur noch schlimmer für Gregor zu machen.

»Mach dir keine Sorgen. Er ist ein bisschen verrückt, aber harmlos. Ich werde mich darum kümmern, dass er nicht mehr in deine Nähe kommt. – Und nun geh deine Sachen suchen!«

Una will mich vor Gregor schützen? Beinahe möchte ich über die absurde Situation lachen. Auf sie muss das ganze sehr merkwürdig gewirkt haben. Ich verstehe ja selber nicht, warum Gregor mich geküsst hat, als wäre ich ihm vertraut – als würde er mich lieben. *So viel Zeit ist vergangen, und ich dachte, sie wäre es. Aber sie ist es nicht.* Was hat er bloß damit gemeint?

»Verlier den nicht noch einmal.«

Sigrid kommt durch den Regen auf mich zu und drückt mir den Lederbeutel in die Hand. Er ist ebenfalls über und über mit Schlamm bedeckt. Ich kann ihn kaum auf den Rücken nehmen, weil meine Schulter immer noch schmerzt. Aber es hilft nichts. Sigrids ist bereits an mir vorbeigetrottet. Ihr scheinen die glitschigen Steine nichts auszumachen. Und auch Una setzt sich wieder in Bewegung. Also beiße ich die Zähne zusammen, werfe mir den Lederbeutel über die unverletzte Schulter und setze meinen Weg auf wackeligen Beinen fort.

Gegen Abend kommen wir im Dorf an. Der Regen hat nachgelassen. Ich helfe Una und ihrer Familie, das Gepäck in die Hütte zu bringen. Sie ist geräumig mit vier breiten Betten, die links und rechts in die Wände eingelassen sind. Die beiden jüngeren Kinder werden sich wohl noch ein Bett teilen müssen. In der Mitte des Raumes befindet sich, ähnlich wie bei Gregor, eine Feuerstelle. Nur, dass diese hier größer ist. Riesige umgedrehte Kessel und ein Eimer mit Wasser stehen daneben. Dahinter schließt ein Tisch an und an der Wand lehnt eine mannshohe, geschnitzte Holzfigur mit riesigen Brüsten – vermutlich ist es eine Fruchtbarkeitsgöttin.

Nachdem alle Taschen abgestellt sind, stehe ich etwas verloren im Raum. Eirik und Meeri haben bereits ihre nasse Kleidung gewechselt und sind in eine der Schlafnischen geklettert. Una ist damit beschäftigt, die Kleidung auszuwringen, und Sigrid hat sich einen Apfel aus einem der Vorratskörbe genommen. Mit einem Messer schneidet sie Spalten ab, steckt sie sich von der Klinge direkt in ihren Mund.

»Du tropfst unseren Boden voll«, bemerkt sie zwischen zwei Apfelspalten mit einem missbilligenden Blick auf meine nasse Kleidung.

Als ob sie das nicht täte. Das Wasser tropft von ihrer Kleidung, ihren braunen Haaren. Sie macht sich nicht einmal die Mühe, es von ihrer Nasenspitze zu wischen. Auf dem Esstisch hat sich bereits eine kleine Pfütze gebildet. Und sie will mir erzählen, dass ich den Boden volltropfe?

Müde schaue ich an mir herunter. Ich bin durchgefroren und will nur noch ins Bett. Und ich habe Angst, dass sie mich wieder draußen anleinen. Der Boden ist völlig durchgeweicht. Ich würde wohl keine Nacht dort draußen überleben.

»Wo sollen wir sie unterbringen?«, fragt Sigrid an ihre Mutter gewandt.

Offenbar werde ich wenigstens nicht einfach vor die Tür geschickt.

»Bei Frida ist noch Platz. Sie soll da schlafen. Und gib ihr eines von meinen Kleidern, das sollte passen!«

»Komm!«

Sigrid steckt das Messer, mit dem sie den Apfel geschnitten hat, zurück an ihren Gürtel. Ich habe auch Hunger, aber ich traue mich nicht nach einem Apfel zu fragen. Auf dem Weg vom Tempel zum Dorf haben wir eine kurze Rast gemacht. Aber ich stand nach meinem Sturz so sehr unter Schock, dass ich kaum einen Bissen heruntergekriegt habe. Jetzt bereue ich es, mich nicht dazu gezwungen zu haben.

Nachdem ich mich umgezogen habe, trotte ich hinter Sigrid zum Ausgang über die Holzbohlen zu einer Reihe Grubenhäuser. Wir müssen aufpassen, wo wir hintreten, weil der Regen alles durchweicht und selbst die Bohlen überflutet hat. Sigrid leuchtet mit einer Fackel den Weg. Sie ist schnell, kennt die Stellen, an denen man vorsichtig sein muss, wenn man nicht knöcheltief im Matsch versinken möchte. Und sie ist genervt, weil ich so lange brauche.

Die Grubenhäuser sind winzige und primitive Unterkünfte, die etwa einen Meter tief in die Erde eingelassen sind. Da drin möchte man nicht einmal beerdigt sein, geschweige denn leben. Aber wir steuern geradewegs auf eines von ihnen zu. Sigrid schlägt mit der geballten Faust gegen die morsche Holztür, wartet nicht ab, ob sie eine Antwort bekommt.

»Frida, du bekommst Gesellschaft«, ruft sie, während sie die Tür mit Schwung aufstößt.

Frida ist klein, blass und zierlich. Sie liegt bereits eingewickelt in ein Fell in ihrer Schlafnische und scheint nicht sehr erfreut über ihre neue Mitbewohnerin zu sein. Kein Wunder. In diesem Erdloch ist nicht einmal genügend Platz für eine einzelne Person, geschweige denn für zwei. Neben der Schlafnische befindet sich eine Feuerstelle, an der Wand daneben ein Holzregal, auf dem einige wenige Essensvorräte liegen. Mehr findet in dem winzigen Grubenhaus keinen Platz.

»Sie ist schmächtig, aber sie ist uns eine große Hilfe beim Spinnen der Segel«, erklärt Sigrid.

Dann mustert sie mich kritisch von oben bis unten.

»Na, hoffentlich finden wir auch etwas, was du gut kannst. Dann bist du wenigstens keine komplette Platz- und Zeitverschwendung.«

Oh, wie ich dieses Mädchen hasse! Ich presse die Lippen aufeinander, um in meinem Zorn nichts Falsches zu sagen. Sigrid würde vermutlich allein am Ton meiner Stimme hören, was ich von ihr halte.

»Versuch gar nicht erst, dich mit ihr zu unterhalten, Frida. Sie ist schwachsinnig.«

Mit diesen Worten lässt sie mich in meiner neuen Unterkunft stehen. Fridas Augen gleiten mit mäßigem Interesse über mich.

»Da ist noch etwas Brot, wenn du hungrig bist. Und du kannst eins der Felle haben«, sagt sie mit leiser Stimme und zuckt mit den Schultern, als wollte sie sagen: *Das ist alles, was ich anbieten kann.*

Dann dreht sie sich zur Wand und wendet mir den Rücken zu.

Ich reiße mir ein zähes Stück Brot von dem halben Laib ab, der auf dem Holzregal liegt, und setze mich zu Frida in die Schlafnische. Die Tür ist nicht verschlossen. Sie klappert im Wind. Ich könnte einfach gehen und mich auf die Suche nach Gregor machen. Aber es ist dunkel, und ich habe keine Orientierung. Also beschließe ich auf den nächsten Morgen zu warten.

Ich verbringe die Nacht zwischen Schlafen und Wachen. Fridas kurze, hektische Atemzüge neben mir sind fremd und ungewohnt. Einmal träume ich, es stände jemand mit einer Axt in der Tür. Aber als ich hochschrecke und mich umsehe, ist dort niemand außer Frida und mir.

Bevor die Sonne richtig aufgegangen ist, stehle ich mich davon. Frida scheint noch zu schlafen und auch sonst ist es ruhig. Die Holzhäuser sehen in der Morgendämmerung alle gleich aus, aber ich weiß, dass Gregors Hütte etwas kleiner war und abseits stand. Ich beschließe, querfeldein über die Wiese zu gehen, um außer Sichtweite der Häuser zu bleiben. Doch schon nach wenigen Schritten merke ich, dass das eine schlechte Idee ist. Meine Schuhe und Socken, die gerade wieder getrocknet waren, sind nach kurzer Zeit triefend nass.

In Gregors Hütte brennt schwaches Licht. Es dringt durch die Türritzen nach draußen, beleuchtet Körbe mit Reisig und Stroh, einen Wasserbottich und einen Stapel Holz, der vor der Hütte aufgeschichtet ist. Ich vermute, das Licht kommt von der Feuerstelle. Unwillkürlich muss ich an die verbrannte Prophezeiung denken. Hat Gregor auch die letzten Reste verbrannt und sichergestellt, dass nichts mehr von den Pergamenten übrig ist?

Ich bin unsicher, wie ich mich verhalten soll. Klopfen? Oder einfach die Tür aufstoßen und reingehen? Gregor hat sich das letzte Mal ziemlich merkwürdig verhalten, und ich weiß nicht, wie ich ihm entgegentreten soll.

Letztendlich beschließe ich, den Überraschungseffekt zu nutzen. Ich schiebe die Tür vorsichtig auf. Drinnen ist alles ruhig, bis auf das Knistern des Feuers und Gregors Schnarchen. Er liegt in seiner Schlafnische, einen Unterarm schräg über die Stirn gelegt. Der andere hängt herab. Neben ihm liegt ein umgestoßener Tonkrug, aus dem Flüssigkeit tropft. Die Luft ist alkoholgeschwängert.

»Gregor?«, frage ich und erhalte als Antwort ein tiefes, sonores Schnarchen.

Na, das kann ja heiter werden! Ich hole einmal tief Luft, atme zitternd aus. Es ist merkwürdig: Gregor und ich waren gerade erst dabei, uns näher zu kommen, einander vertraut zu werden. Jetzt ist er plötzlich wieder ein völlig Fremder für mich. Ich nehme allen Mut zusammen und trete neben ihn, rüttele an seiner Schulter.

»Gregor!«

Sein letzter Schnarcher endet abrupt. Er schlägt die Augen auf, hat Mühe mich zu fokussieren. Vorsichtig ziehe ich meine Hand zurück. Und was jetzt? Ich habe keine flammende Rede vorbereitet, wer ich bin und warum er mir vertrauen kann. Wie auch? Ich kann nur dastehen und hoffen, dass er die richtigen Fragen stellt. Jene, die ich mit *ja* oder *nein* beantworten kann.

»Alison«, sage ich und lege eine Hand auf meine Brust.

Ein Lächeln huscht über sein Gesicht, endet in einem Ausdruck absoluter Verwirrung. Er stützt sich schwerfällig auf die Unterarme und starrt nachdenklich an mir vorbei. Der Alkohol muss ihm ganz schön zugesetzt haben.

»Du warst da, als ich ihn getötet habe«, stellt er mit matter Stimme fest.

Ich nicke. Er hat mich also schon die ganze Zeit gesehen. Aber warum hat er nichts gesagt? Warum hat er so getan, als wäre ich gar nicht da? Dachte er vielleicht, ich sei nur eine Halluzination?

»Eigentlich spielt es keine Rolle, ob du wirklich hier bist. Du darfst trotzdem dein Urteil über mich fällen«, beantwortet er meine unausgesprochene Frage.

Ich setze mich, ein wenig unsicher, zu ihm in die Schlafnische und lege meine Hand auf seine. Eine Welle des Mitleids überrollt mich.

»Ist das mein Schicksal? Sie einen nach dem anderen zu töten? Bin ich deswegen noch hier?«

Einen nach dem anderen? Ich sehe Gregor erschrocken an. Heißt das, er hat auch die anderen Zeitreisenden getötet? Jene, die die Ereignisse am *12 / 07 / 395* und am *27 / 01 / 622* verändert hätten? Ich weiß, er will damit ein noch größeres Unglück verhindern: den Weltuntergang im Jahr 2067. Trotzdem füllt mich seine Äußerung mit Entsetzen. Ein Entsetzen, das ich nicht in Worte fassen kann. Deshalb sitze ich einfach nur da und klammere mich an seine Hand, als könnte diese Berührung uns beiden Halt geben.

»Psst!«

Gregor ist mit einem Mal hellwach. Er richtet sich im Bett auf und lauscht. Irritiert schaue ich mich um. In der Hütte ist nur das Knistern der Flammen zu hören. Draußen fegt der Wind durch die Bäume, erzeugt ein gleichmäßiges Rauschen. Erst bin ich versucht, es auf Gregors ohnehin merkwürdiges Verhalten zu schieben. Doch dann höre ich es auch – tiefe, langgezogene Schreie.

»Schildwall!«

Das Trommeln von etwas Metallischem auf Holz durchschneidet die Morgendämmerung.

»Schildwall!«

acht

Gregor lässt ruckartig meine Hand los und streift durch den Raum.

»Wo ist das blöde Ding?«, brummt er.

Ich beobachte ihn verständnislos, fahre zusammen, als draußen noch einmal *Schildwall* gebrüllt wird. Die Rufe klingen gehetzt und aggressiv. Jeder einzelne von ihnen geht mir bis ins Mark. Ich glaube, Rauch zu riechen, aber vielleicht bilde ich mir das auch bloß ein. Was geht hier vor? Wird das Dorf angegriffen?

Durch die Fenster sehe ich nur graue Umrisse von Bergen und Bäumen. Einmal huscht ein Schatten vorbei. So schnell, dass ich mir nicht sicher bin, ob ich ihn mir eingebildet habe. War das ein Mensch? Und ist er noch hier? Streicht er um die Hütte, während wir drinnen in der Falle sitzen.

»Meine Axt – wo ist meine Axt?«, durchbricht Gregor lautstark meine Gedanken.

Er funkelt mich böse an, als hätte ich sie höchstpersönlich vor ihm versteckt. Ich muss mich vor ihm in Sicherheit bringen, als er die Felle in seiner Schlafnische zerwühlt. Hat er wirklich mit dem Ding geschlafen?

Etwas knackt im Unterholz.

»Bei allen Göttern!«, schimpft Gregor, der seine Axt noch immer nicht gefunden hat.

Hört er nicht, was ich höre? Hat er den Schatten nicht gesehen?

Gregor reißt die Eingangstür auf und verschwindet in der Dämmerung. Draußen höre ich Holz klappern. Momente lang bin ich sicher, dass Gregor unter dem Schlag eines Angreifers zu Boden gegangen ist. Und jetzt kommt er, um mich zu holen – mich zu vergewaltigen, zu töten. Zitternd presse ich mich an die kalte Rückwand der Schlafnische.

Dann ertönt ein erleichtertes *Ah* und Gregor kommt mit einem blau-rot bemalten Holzschild in der einen und einer langstieligen Axt in der anderen Hand wieder zur Tür herein. Er sieht ein wenig komisch aus, wie er mit dem riesigen, runden Schild in der kleinen Hütte steht und überlegt, was als nächstes zu tun ist, während ich vor Schreck nach Luft ringe. Der Alkohol hat seine Gedanken träge gemacht, lässt ihn die Gefahr nicht spüren.

»Rüstung«, murmelt er schließlich und drängt sich erneut an mir vorbei in die Schlafnische, wobei er Schild und Axt scheppernd auf den Boden fallen lässt.

Aus einer Ecke holt er ein zerknautschtes, ledernes Ding hervor, das sich beim Anlegen als Schuppenpanzer herausstellt. Mittlerweile sind der Ruf *Schildwall* und das Trommeln zu einem stetigen, bedrohlichen Hintergrundgeräusch verschmolzen. Ich höre Schreie und das Wiehern von Pferden, Hufgeklapper und das Klirren von Eisen auf Eisen – vermutlich ein Schwertkampf.

»Du bleibst hier!«, befiehlt Gregor, während er Schild und Axt wieder aufnimmt.

So fahrig, wie er sich zur Tür bewegt, sollte er ebenfalls nicht dort rausgehen. Aber im Gegensatz zu mir ist er kampferprobt und überlebt einen Hieb mit dem Schwert oder mit der Axt.

Ich kauere eine gefühlte Ewigkeit in Gregors Schlafnische und zucke bei jedem Kampfschrei zusammen. Mittlerweile bin ich sicher, dass ich mir den Rauchgeruch nicht eingebildet habe. Er zieht sogar bis in die Hütte hinein. Und das Knacken, das ich vorhin gehört habe, muss von einem Feuer kommen. Ich muss husten, weil der weißgraue Rauch bis zu mir in die Nische klettert. Wenn ich noch länger hierbleibe, werde ich ersticken. Ich presse den Ärmel meines Kleides vor Mund und Nase und klettere aus der Schlafnische. Der Rauch ist mittlerweile so dicht, dass ich kaum den Ausgang finde. Ich muss mich an der Wand entlangtasten. Meine Kehle schnürt sich zu, mit jedem keuchenden Atemzug werde ich von einem Hustenkrampf geschüttelt.

Endlich habe ich die Tür erreicht, ziehe sie auf, stolpere nach draußen und atme gierig die frische Luft ein. Jetzt sehe ich auch die Quelle des Rauchs: Ein Heuwagen hat Feuer gefangen. Die Flammen züngeln blassrot und orange im Morgengrauen, drohen Gregors Hütte anzugreifen. Ich schaue mich ängstlich um. Die Schlacht muss sich weiter ins Innere des Dorfes verlegt haben. Ich höre immer noch Kampfgeräusche, aber hier ist niemand zu sehen. Kein Schatten, der vorbeihuscht. Kein Angreifer, der plötzlich aus dem Nichts auftaucht.

Der Bottich neben der Hütte fällt mir wieder ein. Ich kann das Wasser darin nutzen, um die Flammen zu löschen. Er ist schwer und ich habe Mühe, ihn überhaupt zu bewegen. Beim Anheben bohren sich mehrere Holzsplitter in meine Handinnenfläche. Ich schwanke unter dem Gewicht, beinahe lasse ich alles fallen. Doch es gelingt mir, das Wasser auf die Flammen zu schütten, die sich zischend dagegen wehren. Ich stelle den Eimer auf den Boden und betrachte mein Werk. Das Feuer brennt noch immer, aber zumindest schlagen die Flammen nicht mehr ganz so hoch.

»Eyyy!«, höre ich einen langgezogenen Schrei hinter mir.

Ich fahre herum. Ein Wikinger auf einem kräftigen Rappen kommt in rasendem Galopp auf mich zugeprescht. Seine langen, zotteligen Haare wehen im Wind, und er hält eine Axt in der erhobenen Hand. Die Nüstern des Pferdes zittern, Speichel tropft aus seinem Maul. Es wird mich einfach zertrampeln. Und wenn es mir gelingt, zur Seite zu springen, wird mich seine Axt treffen. Dieser Gedanke lässt das Adrenalin durch meinen Körper schießen. Ich drehe mich weg, obwohl es mich alle Kraft kostet, meinem Gegner den Rücken zuzuwenden, und laufe los.

Der Weg aus dem Dorf heraus ist mir versperrt. Mir bleibt nichts anderes übrig, als zwischen den Häusern direkt ins Zentrum der Schlacht zu rennen. Auch hier wurden Heuwagen und Hütten angezündet. Durch den Rauch kriege ich kaum Luft, meine Lunge ist ohnehin schon malträtiert. Ich atme pfeifend, sehe mich hektisch nach einem Unterschlupf um. Zwei Männer, die sich im Schwertkampf befinden, taumeln rückwärts gegen mich. Ich kann mich gerade noch mit einem Sprung in Sicherheit bringen, aber der Reiter, der mir gefolgt ist, hat alle Mühe, sein Pferd ruhig zu halten. Es bäumt sich auf und scheut wiehernd vor den Kämpfern zurück.

Ich nutze den Moment, um durch einen schmalen Gang zwischen zwei Häusern zu entkommen. Hier ist es ruhiger, und ich bin ziemlich sicher, diesen Weg gestern Abend schon einmal gegangen zu sein. Der Reiter ist mir nicht mehr auf den Fersen. Den Holzbohlen um eine Ecke folgend, stehe ich plötzlich vor der Hütte von Una und ihrer Familie. Ich erkenne es an den bunten Schilden, die an einem Holzsteg über dem Eingang hängen. Gestern habe ich vier Schilde gezählt, heute sind es nur zwei.

Kurz glaube ich, Kampfgeschrei aus dem Inneren der Hütte zu hören. Doch beim Näherkommen wird mir klar, dass es Una und Sigrid sind, die lautstark diskutieren.

»Du wirst nicht da rausgehen. Du bist hochschwanger, Sigrid.«

Ein Schnauben, jemand läuft unruhig auf und ab, hält inne.

»Das sind Torhildsons Männer, und sie sind wegen mir hier. Ich werde mich nicht wie ein furchtsames Weib verstecken.«

»Wir wissen nicht mit Sicherheit, ob sie zu Torhildsons Clan gehören. Und wenn, dürfen sie dich auf keinen Fall in die Finger kriegen. Bei allen Göttern, Sigrid, mach einmal, was man dir sagt und lass andere für dich diesen Kampf ausfechten!«

»Bitte, Sigrid«, höre ich jetzt auch Meeri betteln.

Ich stelle mir vor, wie Sigrid mit ihrem riesigen Babybauch, die Axt schwingend und mit wehendem Haar in die Schlacht zieht. Keine Frage: Sie ist eine Kämpferin. Aber sie hat auch eine Verantwortung ihrem ungeborenen Kind gegenüber zu tragen.

»Gib mir deine Axt!«

»Nein«, herrscht Sigrid ihre Mutter so laut an, dass ich erschrocken einen Schritt zurückmache.

Dabei trete ich auf eine morsche Holzbohle, die krachend nachgibt. Una reißt die Tür auf, sieht sich um und zieht mich nach drinnen. Ehe ich mich versehe, piekst die Spitze ihres Schwertes in meine Kehle.

»Du bist es.«

Sie wirkt beinahe enttäuscht, dass sie keinen Feind angetroffen hat. Sie senkt ihr Schwert, dreht sich zu ihrer ältesten Tochter.

»Gib ihr deine Axt, Sigrid. Sie kann an deiner Stelle kämpfen.«

Sigrid bricht in ein trockenes Gelächter aus.

»Das ist nicht dein Ernst, oder? Ich gebe doch nicht meine Axt in die Hände dieser Schwachsinnigen. Sie überlebt dort draußen keine fünf Atemzüge. Irgendwer wird ihr den Schädel spalten und dann ist meine beste Waffe verloren.«

Abgesehen von der Frechheit, dass Sigrid ihre Axt mehr wert ist als mein Leben, sind wir uns ausnahmsweise mal einig. Auf keinen Fall werde ich noch einmal dort rausgehen.

»Genug der Worte«, beschließt Una.

Sie reißt Sigrid die Axt aus der Hand und streckt sie mir entgegen. In meiner Überraschung greife ich danach, werde von Una nach draußen gedrängt.

»Gib auf Meeri Acht!«, weist sie Sigrid an.

Wir bewaffnen uns mit den beiden Rundschilden, die über dem Eingang hängen. Ich habe Mühe, das schwere Schild von dem Steg zu angeln. Una muss mir helfen. Sie zeigt mir, wie man es vor die Brust hält und trotzdem seine Waffe führt. Ich bezweifele, dass ich das Schild lange halten, geschweige denn damit kämpfen kann. Aber es bleibt keine Zeit für Protest. Mit großen, schnellen Schritten eilt Una dem Hauptschauplatz des Kampfes entgegen.

Es ist laut und unübersichtlich. Überall brennen Hütten, schlagen Männer und Frauen mit Schwertern und Äxten aufeinander ein. Speere fliegen, ein Pferd geht wenige Meter vor uns zu Boden. Es wirft wiehernd den Kopf nach hinten, verdreht die Augen, bis nur noch das Weiß zu sehen ist. Der Reiter kämpft sich unter dem Tier hervor, gibt ihm mit dem Schwert den Gnadenstoß, bevor er sich wieder ins Getümmel stürzt.

Lodin löst sich aus der Menschenmenge und kommt auf uns zu. Er hat Blut im Gesicht und in seinem Haar klebt etwas, das aussieht wie Eingeweide. Ich unterdrücke ein Würgen.

»Una. – Wir haben nur zehn Männer gezählt. Aber sie haben den Schildwall durchbrochen und die Hütten angezündet. Sechs von ihnen haben wir erwischt, aber die restlichen schwingen ihre Waffen wie wilde Berserker.«

Er ist atemlos und seine Stimme ist rau, vermutlich von dem vielen Rauch und den Kampfschreien.

»Wo ist Jarl Bjarki?«, will Una wissen.

Sie streicht ihrem Mann die Eingeweide aus den Haaren. Ihr Ekel davor scheint sich in Grenzen zu halten. Ein metallischer Geruch weht zu mir herüber. Ich presse die Lippen aufeinander.

»Dort hinten«, Lodin zeigt in Richtung des Hafens. »Er versucht einen neuen Schildwall zu formieren, aber er wird keinen Erfolg damit haben. Es ist alles viel zu chaotisch für ein solches Vorhaben.«

»Vier Männer, sagst du? Die sollten doch in den Griff zu kriegen sein. Wir sind ein ganzes Dorf, verdammt nochmal.«

Das Gespräch wird von einem fliegenden Speer unterbrochen, der Una nur um Haaresbreite verfehlt. Während ich noch versuche, meinen Herzschlag zu beruhigen, stürzt sich Una unter lautem Kampfgeschrei in die Schlacht, dicht gefolgt von Lodin. Ich kann sie bald nicht mehr sehen, halte nach einem Versteck Ausschau. Der Schweiß steht mir auf der Stirn. Ich will weg hier, nur weg. Was habe ich mir bloß dabei gedacht, in diese Zeit zu reisen? Ich werde hier sterben, zwischen irgendwelchen Wikingern, die mich als Sklavin halten wollen, und Gregor, der so sehr mit sich selbst beschäftigt ist, dass ihn das alles vermutlich gar nicht interessiert.

Mühsam versuche ich meinen hektischen Atem unter Kontrolle zu bringen, schaue mich um. Ich könnte zurück zu Gregors Hütte laufen, aber bis dorthin sind es bestimmt zweihundert Meter, auf denen ich ungeschützt bin und von jeder Seite angegriffen werden kann. Nicht weit von mir steht eine Stalltür offen. Ohne lange nachzudenken, haste ich darauf zu, lasse mein Schild fallen, um schneller voranzukommen. Die letzten Meter lege ich in geduckter Haltung zurück, um nicht gesehen zu werden.

Der Stall ist dunkel und es riecht nach nassem Fell und Pferdeäpfeln. Stroh raschelt unter meinen Füßen. Ich ziehe die Tür bis auf einen Spalt zu und spähe nach draußen.

Lodin hatte recht. Es herrscht das reinste Chaos. Überall sind Flammen und Rauch. Menschen fliehen, stolpern dabei übereinander. Ein Mann humpelt in Richtung Hafen davon. Er schleift sein Schwert nur noch hinter sich her und hat eine Hand auf die klaffende Wunde an seinem Oberschenkel gepresst. Er kommt nicht weit. Eine Axt trifft ihn in den Rücken.

Der Angreifer muss einer der Berserker sein, von denen Lodin gesprochen hat. Er ist groß und furchterregend, mit einem narbigen Gesicht und wehendem Haar. Die Axt hat er über den Kopf gehoben, dreht sich wie ein Besessener im Kreis und lässt seine Waffe immer wieder niederfahren. Um ihn herum ergießt sich ein wahrer Blutregen. Ein Kopf wird abgetrennt und rollt über die Holzbohlen. Er bleibt nur wenige Meter vor der Stalltür liegen.

Ich schrecke zurück und presse die Hand auf meinen Mund, um nicht laut zu schreien. Dabei stoße ich an etwas Warmes. Einen Körper? Etwas atmet in meinem Nacken. Hier ist jemand. Ein langgezogenes Wimmern presst aus meiner Kehle hervor. Er wird mich töten. Wer immer es ist, er wird mich töten. Ich klammere meine Hand um die Axt. Sie ist so schweißnass, dass ich Angst habe, die Waffe fallen zu lassen. Langsam wende ich den Blick zu dem Körper hinter mir. Er steht ganz dicht bei mir, aber er regt sich nicht. Wartet ab. Lauert.

Es ist ein Pferd. Ich muss über mich selbst lachen, als ich in die treuen Augen und auf die zitternden Nüstern blicke. Da stehe ich in einem Stall, verstecke mich vor wilden Wikingern und bekomme fast einen Herzinfarkt, weil ein Pferd in meinen Nacken atmet.

Rums. Hinter mir fliegt die Stalltür auf, ächzt in ihren Scharnieren und knallt gegen die Außenwand. Ich weiche zurück. Der Berserker, den ich eben noch beobachtet habe, steht in der Tür. Ich kann sein Gesicht nicht erkennen, weil er die Morgensonne, die von draußen hereinscheint mit seiner gewaltigen Statur aussperrt. Aber ich bin sicher, dass er mich gesehen hat.

»Wer versteckt sich denn hier?«

Er lässt seine Axt polternd fallen, tritt zwei Schritte nach vorne und greift in mein Haar. Ich hebe zitternd meine Axt, aber er verdreht meine Hand mit seiner riesigen Pranke und zwingt mich, sie fallen zu lassen. Ich bin sicher, unter seinem Griff würden meine Knochen wie ein dürres Streichholz zerbersten.

»Hmm, ich mag rote Haare.«

Er zieht meinen Kopf zu sich heran, schnuppert. Dann stößt er mich hart auf den Boden und zerrt mich an den Haaren hinter sich her nach draußen. Ich schreie. So laut, dass sich meine Stimme überschlägt und ich das Gefühl habe, dass meine Lunge in tausend Teile zerbirst. Die rauen Holzbohlen schaben über meinen Rücken. Ich spüre, wie sich die Splitter durch mein Kleid in meine Haut bohren. Blut tropft auf mein Gesicht, als der Berserker lachend den Kopf zurückwirft. Es klebt in seinen Haaren, an seinem Körper.

»Hey, du einfältiger Riese! Warum suchst du dir nicht jemanden, der dir ebenbürtig ist?«

Der Griff um meine Haare lockert sich. Mein Kopf knallt hart auf die Bohlen, als der Berserker mich glucksend loslässt. Etwas scheint ihn furchtbar zu erheitern. Für einige Sekunden ist mir schwarz vor Augen, dann versuche ich, mich mühsam aufzurichten.

»Du willst mir ebenbürtig sein? Du bist ein Mädchen und hast ein Baby im Bauch. Geh nach Hause, Kleine, ich schände keine Schwangeren!«

»Du sollst mich nicht schänden, du sollst Bekanntschaft mit meiner Axt machen.«

Sigrid. Sie muss ihre Axt aufgehoben haben, nachdem ich sie fallen gelassen habe, und mir gefolgt sein. Sie hält sie in der einen

Hand, ein Kurzschwert in der anderen. Auch ihre Kleidung ist mit Blut beschmiert. Das ist nicht der erste Kampf, den sie heute ficht. Sie muss die Worte ihrer Mutter ignoriert haben.

»Ich werde wie ein Sturm über dich hinwegfegen, Mädchen. Du solltest dich fürchten!«

Der Berserker stößt ein wieherndes Lachen aus. Er kriegt sich gar nicht mehr ein. Sigrid wartet – ruhig und konzentriert. Wenn sie Angst hat, lässt sie es sich nicht anmerken.

»Kannst du nur Reden schwingen, oder handelst du auch?«

Das Lachen stoppt abrupt.

»Du kleine …«

Seine Worte gehen im Kampfgeschrei unter. Er stürzt sich auf sie, die bloßen Händen zu Fäusten geballt. Offenbar glaubt er, dass es nicht mehr braucht, um Sigrid zu besiegen. Er hat sich getäuscht.

Sigrid duckt sich seitlich weg, stellt ihm ein Bein und holt gleichzeitig mit der Axt aus. Sie streift den fallenden Körper an der Hüfte, rammt ihm mit einer Halbdrehung ihr Schwert zwischen die Schulterblätter und zieht es wieder heraus.

Der Hüne bäumt sich auf, fährt zu ihr herum. Er greift die Klinge des Schwertes mit seiner Hand. Blut tropft auf den Boden. Er funkelt sie zornig an. Sigrid macht einen Schritt nach hinten, versucht ihm das Schwert zu entziehen, aber es gelingt nicht. Der Hüne taumelt auf sie zu, packt ihre Kehle, hebt sie hoch und drückt zu. Er wird Sigrid zerquetschen.

Ich versuche auf die Beine zu kommen und ihr zu helfen. Aber mir ist noch immer ganz schummerig. Es gelingt mir, mich auf die Seite zu rollen und mit den Armen nach oben zu drücken.

Sigrid ringt keuchend nach Luft. Ich werde nicht rechtzeitig bei ihr sein.

Und dann rast die Axt auf den Hinterkopf des Berserkers zu. Sigrid hat sie keine Sekunde losgelassen. Sie hat nur auf den richtigen Augenblick gewartet.

Der Hüne lässt sie los, fasst sich überrascht an den Hinterkopf. Dann fällt er mit einem krachenden Geräusch nach hinten. Sigrid landet auf ihren Füßen, befreit ihre Axt mit beiden Händen aus dem gespaltenen Schädel. Sie lehnt sich über den toten Berserker, ein triumphierendes Grinsen auf den Lippen. Ihre Stimme ist atemlos, aber sie zittert nicht, als sie spricht.

»Ich fürchte keinen Sturm. Ich bin der Sturm.«

neun

»Komm mit mir!«

Sigrid reicht mir ihre Hand und zieht mich auf die Beine. Ich folge ihr noch immer leicht benommen, vorbei an einem brennenden Heuwagen, der gerade von einigen Frauen mit Wassereimern gelöscht wird. Die Kampfgeräusche haben aufgehört. Einige Krieger lassen erschöpft ihre Schwerter und Waffen fallen. Offenbar sind die Angreifer besiegt.

»Gute Arbeit, Sigrid«, ruft einer der Männer anerkennend.

Er muss ihren Kampf beobachtet haben.

Wir laufen querfeldein zurück zur Hütte. Sigrid trägt noch immer ihre Waffen in der Hand. Mit dem Unterarm wischt sie sich über die Stirn, verteilt dabei das Blut überall in ihrem Gesicht. Ihre Haare stehen in alle Richtungen ab. Sie sieht erschöpft aus. Kein Wunder. Sie hat mein Leben gerettet. Ich wüsste jetzt gerne, was *Danke* auf altnordisch heißt.

Kurz bevor wir die Hütte erreichen, bleibt Sigrid stehen, presst eine Hand auf ihren Bauch und atmet lange und schnaufend aus. Als sie meinen besorgten Blick sieht, grinst sie.

»Sie tritt wie ein Pferd – eindeutig ein Mädchen.«

»Sigrid?«, hören wir Meeris ängstliche Stimme, als wir eintreten.

»Es ist vorbei. Die Götter haben uns beigestanden. Wir haben gekämpft und gesiegt.«

Die Kleine atmet erleichtert auf.

»Du hättest da nicht rausgehen dürfen.«

»Hätte ich es nicht getan, wäre die hier verloren.«

Ich bin nicht sicher, ob sie mich oder die Axt meint, aber Meeri nickt mit ernstem Blick. Sigrid sieht mich an.

»Du musst lernen zu kämpfen. Meeri ist noch jung, aber du könntest schon längst eine Schildmaid sein.«

Ich hebe abwehrend die Hände, schüttele den Kopf und wiederhole das Wort *Schildmaid.* Ich bin keine Kämpferin. Nicht wie Sigrid. Ich habe zwei linke Hände. Wenn man mir eine Waffe in die Hand gibt, ist die Wahrscheinlichkeit groß, dass ich mich selbst damit verletzte. Und ich will es auch gar nicht lernen. Die Vorstellung, jemanden zu verletzen oder gar zu töten, macht mir eine Heidenangst. Mir wird ganz schlecht, wenn ich an die Schlacht zurückdenke – an die Eingeweide und all das Blut, an die markerschütternden Schreie und Äxte, die sich in Schädel bohren. Ich bin keine Kämpferin.

Sigrids Augen verengen sich.

»Willst du immer darauf warten, dass dich jemand rettet? Glaub mir, niemand wird als Kämpfer geboren. Du triffst eine Entscheidung. Du entscheidest dich, niemand anderen über dein Leben bestimmen zu lassen. Du entscheidest dich, nicht wegzusehen. Du entscheidest dich, den Schmerz zu ignorieren und wieder aufzustehen, wenn du fällst. Denn wenn du nicht für dich einstehst, wird es über kurz oder lang auch kein anderer tun.«

Die Aufräumarbeiten nehmen den größten Teil des Tages in Anspruch. Die Leichen werden geplündert und verscharrt, vom Feuer beschädigte Hütten wieder Instand gesetzt und eingerissene Zäune repariert. Besonders schlimm sieht es am Hafen aus. Der Schildwall, der sich neu formieren wollte, ist von den Berserkern regelrecht überrannt worden. Abgetrennte Gliedmaßen werden von den Wellen ins Meer gezogen. Das Wasser zieht eine blutrote, schäumende Spur über den Strand.

Acht Tote und unzählige Verletzte sind zu beklagen, aber wir haben die Schlacht gewonnen. Die gefallenen Krieger werden auf einem brennenden Schiff eingeäschert. Einige von ihnen lassen Frau und Kinder zurück. Ein kleiner Junge neben mir schnieft laut.

»Sie machen sich auf den Weg nach Walhall«, flüstert mir Meeri ehrfürchtig zu, als wir dem davontreibenden Schiff hinterhersehen, das schon bald in einer mächtigen Wolke aus tiefroten Flammen und grauem Rauch am Horizont verschwindet.

Nach der Seebestattung beruft Jarl Bjarki ein Thing ein, an dem erneut nur die Männer teilnehmen dürfen und von dem Lodin mit vor Zorn hochrotem Kopf zurückkommt. Ich höre ihn drinnen schreien, während Sigrid ihren Plan in die Tat umsetzt und mir das Kämpfen zeigt.

Una versucht ihren Mann zu beschwichtigen, hat aber wenig Erfolg. Es geht um die Herkunft der Angreifer, über die große Uneinigkeit herrscht. An den Toten ließ sich kein Hinweis darauf finden, zu welchem Clan sie gehören. Lodin und einige andere

Männer sind der Meinung, die Angreifer wurden von Jarl Torhildson geschickt. Aber Jarl Bjarki ist sich sicher, dass sein Bruder nichts mit dem feindlichen Vorstoß zu tun hat. Ein Gegenangriff wurde abgelehnt und Lodin ist kurz davor, ein paar Männer zu versammeln und auf eigene Faust loszuziehen.

»Glaubst du, Vater wird wirklich gegen den Willen unseres Jarls aufbrechen?«, fragt Meeri ihre Schwester, während sie meine ersten Kampfversuche unter Sigrids Anleitung beobachtet.

Sie sitzt mit der Spindel in der rechten Hand auf einer Holzbank vor dem Haus, zupft mit der linken einen Faden aus dem Wollvlies.

Sigrid macht eine wegwerfende Handbewegung.

»Ich wünschte, wir würden endlich losziehen und Torhildsons Männern ihre Grenzen aufzeigen. Aber Vater wird sich niemals Jarl Bjarkis Befehlen widersetzen. – Verdammt, ich habe es dir schon einmal gesagt, Alisdóttir: Du brauchst mehr Spannung in den Armen!«

Sigrid ist nicht gerade eine geduldige Lehrerin. Sie hat mir gezeigt, wie ich einen sicheren Stand habe, damit mein Gegner mich nicht so schnell von den Beinen holt. Wie ich meine Arme und Schultern halten soll und was ich bei der Atmung beachten muss. Anschließend hat sie mir einige Hiebe und Stiche beigebracht, aber ihre Ausführungen waren so schnell, dass ich irgendwann ausgestiegen bin. Jetzt pariert sie jeden meiner Angriffe mit einem festen Schlag und fegt mir das Schwert aus der Hand. Ich komme ganz schön ins Schwitzen.

»Nochmal!«, wiederholt sie herrisch.

Gerade hat sie mir das Schwert weggeschlagen und mir mit

der flachen Seite der Klinge einen Hieb auf das Handgelenk verpasst. Der Schmerz lässt mir die Tränen in die Augen schießen. Ich funkele sie wütend an. Sie wollte mich trainieren, nicht verletzen. Ich glaube nicht, dass ich das schwere Schwert mit dem pochenden Handgelenk noch einmal anheben kann.

»Nimm dein Schwert auf!«

Ich schüttele entschieden den Kopf, presse die Hand um mein verletztes Handgelenk. Sigrid hebt ihr Schwert an meine Kehle.

»Tu, was man dir sagt, Sklavin!«

Ihre Stimme ist leise und bedrohlich. Wenn ich mich weigere, ihrer Aufforderung nachzukommen, wird sie zustechen.

»Bitte, lass sie!«, bettelt Meeri.

Aber Sigrid ignoriert ihre kleine Schwester. Unter ihrem wachsamen Blick hebe ich mein Schwert auf, presse die Lippen fest zusammen, als ein stechender Schmerz durch meinen rechten Arm und hinauf zu meiner Schulter zuckt. Ich bin wütend, schrecklich wütend. Sie hat mir das Leben gerettet, aber das gibt ihr nicht das Recht, mich so zu behandeln. Vielleicht kann ich nicht so gut mit dem Schwert umgehen wie sie, aber wehrlos bin ich deswegen noch lange nicht.

Als Sigrid mir den Rücken zukehrt, nutze ich den unbeobachteten Moment, lasse das Schwert fallen und trete ihr gegen das Schienbein. Keine Ahnung, was ich erwartet habe. Vielleicht, dass sie ins Taumeln gerät. Aber sicher nicht, dass sie mit einem überraschten Schrei auf dem Rücken im Schlamm landet. Einen Augenblick bin ich über mich selbst erschrocken. Ich habe eine Schwangere angegriffen. Und viel schlimmer: Ich habe Sigrid angegriffen. Sie wird ihr Schwert nehmen und mich mit einem einzigen Hieb enthaupten.

»Es – es tut mir so leid«, stammele ich, aber natürlich versteht Sigrid kein Wort.

Sie scheint unverletzt. Ich erwarte, dass sie auf die Beine springt und ihr Schwert gegen mich hebt. Doch sie lacht. Ein Lachen, das tief aus dem Bauch herauskommt. Meeri, die ebenso erschrocken wie ich geblickt hat, stimmt zögerlich mit ein. Und dann lachen wir alle. Es ist befreiend. Ich habe zum ersten Mal das Gefühl, dazuzugehören. Wenn auch nur für einen kurzen Augenblick.

»In dir steckt ja doch eine Kämpferin«, sagt Sigrid und rappelt sich auf.

In ihrer Stimme schwingt Anerkennung. Ich helfe ihr hoch. Ihr Kleid ist am Rücken feucht und mit Schlamm bedeckt, aber es scheint sie nicht zu stören. Sie nimmt ihr Schwert, nickt zu meinem hinüber.

»Nochmal.«

Ich zögere kurz. Dann nehme ich mein Schwert wieder auf, ignoriere den Schmerz in meinem Handgelenk und nehme einen festen Stand ein – so wie Sigrid es mir gezeigt hat.

Am nächsten Vormittag begleite ich Sigrid und Meeri zum Handelsplatz. Wir wollen Getreide gegen getrockneten Fisch eintauschen und ich trage einen schweren Korb mit Gerstenkörnern auf dem Rücken. Meeri stützt den Korb seitlich, damit ich nicht umgestoßen werde und sich der Inhalt auf die feuchte Wiese ergießt.

Auf dem Platz herrscht ein reges Treiben. Händler feilschen lautstark miteinander. Manchmal hat man das Gefühl, sie ziehen gleich ihre Waffen. Es riecht nach Fisch und Malz und Schaf. Der Wind spielt im Gras, das Meer rauscht und in der Ferne glitzern Sonnenstrahlen auf dem Wasser. Was für ein überwältigendes Gefühl, im 8. Jahrhundert auf einem Wikingermarkt zu stehen und all diese Eindrücke auf sich einprasseln zu lassen.

»Schau, die alte Hallkatla«, sagt Meeri zu Sigrid und nickt zu einer weißhaarigen, kleinen Frau hinüber, die hinter einem Stand mit frischen Fischen steht.

Ein muskulöser Wikinger streicht mit Zeige- und Mittelfinger über die schuppige Fischhaut, schnüffelt an seinen Fingern.

»Dafür gebe ich dir nichts. Der riecht«, donnert er die Alte an.

Doch die lässt sich nicht unterkriegen. Sie kommt hinter ihrem Stand hervor, schnappt sich einen Fisch und prügelt damit auf den Mann ein. Sie ist viel kleiner als er, und ihre Schläge erreichen nur seine Brust, aber er hebt abwehrend die Hände.

»Wasch dir deine dreckigen Pfoten, Jorund. Und dann behaupte noch einmal, dass mein Fisch riecht.«

Sie hält ihm den Fisch wie einen erhobenen Zeigefinger unter die Nase. Die trüben Augen glotzen den Wikinger ausdruckslos an. Die Umstehenden lachen, und auch Sigrid und Meeri stimmen mit ein.

»Nimm dich bloß in Acht, Jorund«, ruft einer, »Sonst sorgt Hallkatla dafür, dass du heute Abend bei den Fischen schläfst.«

»Sigrid?«, fragt eine sanfte Männerstimme.

Ich drehe mich ein Stück, vorsichtig, damit der Korb nicht kippt. Hinter Sigrid steht ein Mann mit Dreitagebart und lockigem, schwarzen Haar. Er hat ein gutmütiges Gesicht und traurige Augen, die Sigrids Blick suchen. Aber sie weicht ihm aus, starrt an ihm vorbei auf den Boden.

»Jorah.«

»Es ist schön dich zu sehen. Geht es dir und dem Kind gut?«

Sigrid legt eine Hand auf ihren Bauch. Sie wirkt beinahe schüchtern.

»Die Götter haben über uns gewacht.«

»Ich bin sicher, das brauchten sie nicht. Du kannst gut auf dich selbst aufpassen. Ich habe gehört, du hast gestern wie eine echte Schildmaid gekämpft.«

Jorah lächelt sie an, neigt den Kopf ein wenig, doch sie hält ihre Augen weiter auf den Boden vor ihren Füßen gerichtet. Wenn er über ihr Verhalten enttäuscht ist, lässt er es sich jedenfalls nicht anmerken. Er wirft einen kurzen, fragenden Blick auf mich, geht dann vor Meeri in die Hocke.

»Und du, Meeri? Hast du tapfer ausgeharrt und zu den Göttern gebetet?«

Meeri nickt.

»Ja. Und ich habe dich in meine Gebete eingeschlossen.«

»Das hast du gut gemacht. – Schau her! Ich habe dir was von meinem letzten Raubzug mitgebracht.«

Er holt einen kleinen Bernsteinanhänger an einem schwarzen Lederband aus seiner Tasche, hängt ihn Meeri um den Hals.

»Gefällt er dir?«

Meeri dreht den Bernstein zwischen den Fingern. Sie beobachtet fasziniert, wie sich das Sonnenlicht in ihm bricht.

»Ich hätte dir auch etwas mitgebracht, Sigrid. Aber ich weiß, du machst dir nichts aus Schmuck. Vielleicht willst du dir bei Gelegenheit die Waffen ansehen, die ich erbeutet habe?«

Was bei uns die Briefmarkensammlung ist, ist bei den Wikingern also das Waffenarsenal. Ich muss mir ein Schmunzeln verkneifen.

»Mal sehen. Aber jetzt müssen wir weiter. Sag *danke*, Meeri.«

»Dankeschön.«

Ich muss den Korb vor Sigrid in Sicherheit bringen, die sich hastig auf den Weg zu Hallkatlas Fischstand macht und mich dabei beinahe umrennt. Während sie mit der Alten zu handeln beginnt, werfe ich Meeri einen fragenden Blick zu.

»Das war Sigrids Verlobter«, flüstert sie.

Ich runzele die Stirn, deute mit der Hand einen Babybauch an. Ist er etwa der Vater des Kindes? Ich dachte, der Sohn von Jarl Torhildson wäre der Vater. Jorah sah nicht so aus, als würde er sich hier im Feindgebiet bewegen.

»Nein, er ist nicht der Vater. Er ist schon seit Jahren in Sigrid verliebt, aber sie hat ihn immer abgewiesen. Trotzdem will er das Kind als sein eigenes annehmen und mit ihr zusammen großziehen.«

»Ich kann dich hören, Meeri«, zischt Sigrid unwirsch.

Ihre Verhandlungen sind offenbar zu einem Ergebnis gekommen. Sie zieht mir den Korb von den Schultern, stellt ihn vor Hallkatla ab und bekommt dafür einen Korb mit getrockneten Fischen, der zu meiner Erleichterung nicht ganz so schwer ist. Die beiden Frauen nicken sich zufrieden zu.

»Warum bist du nicht netter zu ihm?«, will Meeri von ihrer Schwester wissen.

Sie hat eine Hand um ihren Bernsteinanhänger geschlossen. Ihr ist anzumerken, dass sie Jorah mag.

»Er soll nicht glauben, er könnte mich besitzen, nur weil ich in die Ehe mit ihm einwillige. Das Kind braucht einen Vater. Das ist alles.«

»Es hat einen Vater. Mutter sagt, du hättest dich Jarl Torhildsons Clan und seinem Sohn Magnus anschließen müssen.«

Sigrid streicht Meeri grinsend über das Haar und zuckt mit den Schultern, als würde es sie nicht kümmern. Aber ich sehe ihr an, dass die Äußerung ihrer Mutter tiefe Wunden gerissen hat.

»Mutter sagt viel, wenn der Tag lang ist. Magnus ist ein selbstverliebter Trottel. Das einzige, was er kann, ist gut aussehen. Was soll ich mit so einem? Und ich kann dich hier unmöglich allein lassen, Meeri. Wer würde auf dich aufpassen, wenn ich weg bin?«

Sigrid zieht ihre Schwester an sich, drückt ihr einen Kuss auf den blonden Haarschopf.

»Komm, wir machen uns auf den Heimweg.«

Die beiden Mädchen setzen sich in Bewegung, aber ich stehe wie angewurzelt. Denn nur eine Armlänge von mir entfernt steht Gregor über Hallkatlas Auslage gebeugt. Er hat mich noch nicht bemerkt. Ich bin froh, dass er unverletzt ist. Gestern Abend, als meine neue *Mitbewohnerin* Frida bereits geschlafen hat, bin ich zu seiner Hütte geschlichen. Ich wollte sehen, ob Licht brennt, ob er in Ordnung ist. Aber ich habe mich nicht getraut, an die Tür zu klopfen und einzutreten. Und auch jetzt fühle ich mich befangen in seiner Nähe, weiß nicht, was ich tun oder sagen soll.

»Willst du dort Wurzeln schlagen, Alisdóttir? Ich bin ziemlich sicher, der getrocknete Fisch schwimmt nicht von selbst in sein neues Zuhause. Also komm!«

Nun ist auch Gregor auf mich aufmerksam geworden und dreht sich zu mir. Seine Augen sind glasig. Ich kann sehen, dass er schon wieder getrunken hat. Es fällt ihm schwer, mich zu fokussieren. Ist es der Tod des Zeitreisenden, der ihm so sehr zu schaffen macht?

»Hallo«, stammele ich und komme mir reichlich dämlich vor, weil ich nicht einmal dieses eine Wort auf Altnordisch gelernt habe.

»Alison.«

Mein Name aus seinem Mund klingt fremd und gleichzeitig vertraut. Ich möchte ihm am liebsten in die Arme fallen und scheue doch davor zurück. Nicht zuletzt, weil Sigrid und Meeri mich mittlerweile aufmerksam beobachten.

»Sag bloß, das ist dein Liebhaber, Alisdóttir! Ihr passt zueinander.«

Sigrid prustet los und mir schießt die Röte in die Wangen. Ich komme mir vor wie ein kleines Mädchen auf dem Schulhof, das heimlich in den Klassenrowdy verliebt ist und nun von allen dafür ausgelacht wird. Gregor legt eine Hand an meine glühende Wange, streicht darüber. Seine Finger sind rau, aber die Berührung ist warm und sanft. Ich möchte am liebsten die Augen schließen, mich ihr hingeben.

»Hey, Gregor! Wenn du dich in unsere Sklavin verguckt hast, wirst du das mit Una aushandeln müssen. Ich glaube nicht, dass sie dir das Mädchen so einfach gibt. Sie hat einen Narren an ihr gefressen.«

Sigrids Kommentar schmerzt. Für kurze Zeit war ich der Meinung, sie hätte mich als ebenbürtig anerkannt. Aber jetzt spricht sie über mich wie über ein Stück Vieh, dass man einfach an den nächsten verschachern kann.

Gregor lässt seine Hand sinken und tritt einen Schritt zurück.

»Ich frage mich die ganze Zeit, wer er war. Und woher er kam«, murmelt er, den Blick auf den Boden geheftet.

Erst begreife ich nicht, von wem er redet. Aber dann wird es mir klar: Er meint den Zeitreisenden.

zehn

Ich frage mich die ganze Zeit, wer er war. Gregors Worte hallen noch lange Zeit in meinem Kopf wider. Ein wenig plagt mich das schlechte Gewissen, weil ich den Zeitreisenden über all den Vorkommnissen fast vergessen habe. Schließlich bin ich hier, um etwas über die Prophezeiung in Erfahrung zu bringen. Nur, dass ich den Zeitreisenden nun nicht mehr fragen kann, wer er war, woher er kam und warum er hier aufgetaucht ist. Oder ob er ebenso wie Anthony sein Gedächtnis verloren hat.

In meine Gedanken versunken führe ich die alltäglichen Aufgaben aus, die Una mir aufgetragen hat. Ich bereite das Mittagessen, miste den Stall aus und melke die Ziegen. Meeri sitzt neben mir, gibt mir Anweisungen, damit ich alles richtig mache. Ich glaube, sie ist ein wenig einsam und froh über meine Gesellschaft. Gegen Nachmittag wird sie von Una ins Haus gerufen.

Ich mustere den blaugrauen Himmel. Es sieht nach Regen aus, aber mein Beschluss ist gefasst: Ich werde zu der Stelle wandern, an der ich die Leiche des Zeitreisenden vermute. Er kann mir zwar nichts mehr über sich, den Ort von dem er kommt oder die Zeit aus der er stammt, erzählen. Aber vielleicht finden sich an seiner Kleidung Hinweise.

Die Tür zur Hütte steht halb offen. Meeri hat sie nicht hinter sich zugezogen, als sie eingetreten ist. Ich spähe zwischen den morschen Holzbrettern des Stalls nach draußen. Auf dem Gelände darf ich mich frei bewegen. Trotzdem will ich Una oder Sigrid nicht begegnen und ihnen erklären müssen, wohin mich mein Weg führt.

Im Haus ist alles ruhig, und ich kann weit und breit niemanden erkennen. Bis auf den Schmied, der unweit der Hütte seinen Unterstand hat. Aber er ist so in seine Arbeit vertieft, dass er mich vermutlich gar nicht zur Kenntnis nehmen wird. Mit zwei Blasebälgen pumpt er Luft ins Feuer, wartet ab, bis die Flammen lodern, um dann mit dem Hammer das Eisen in Form zu bringen.

Ich senke den Kopf, verschränke die Arme vor der Brust und marschiere unter den gleichmäßigen Hammerschlägen des Schmieds los. Nach fünf Schlägen habe ich den Stall und das Grundstück verlassen, trete auf die Holzbohlen. Zehn weitere Schläge, und ich habe die Grubenhäuser erreicht. Von hier ist es ein Leichtes, das Dorf unbemerkt zu verlassen. Es gibt Späher, aber die kümmern sich nicht um ein einzelnes Mädchen, das in Richtung Strand läuft. Ich schlage einen kleinen Bogen, gelange schließlich zum Fjord und laufe über Schotter, Sand und Wiesen entlang des Wassers. Mein Atem geht schnell und unregelmäßig, obwohl ich nicht gerannt bin. Vermutlich liegt es an der Aufregung. Neben mir plätschert das Wasser fröhlich. Ich sehe hinunter und entdecke einen Fischschwarm, der im flachen

Wasser seine Bahnen zieht. Der Wind streift in wilden Böen um mich herum, zerrt an meinen Haaren.

Je länger ich laufe, desto mehr beschleicht mich das Gefühl, dass mich jemand verfolgt. Erst ist es nur eine Ahnung, dann glaube ich, Schritte im Gras zu hören. Ich sollte mich umdrehen. Vermutlich ist es nur ein aufgeschrecktes Reh oder ein Fischer, der auf dem Weg zu seinem Boot ist. Aber etwas in mir weigert sich beharrlich, einen Blick über die Schulter zu werfen. Stattdessen verfalle in einen unregelmäßigen Laufschritt. Die Schritte hinter mir werden ebenfalls schneller. Ich höre ein amüsiertes Schnauben.

»Glaubst du, du kannst mich abhängen, Alisdóttir?«

Sigrid. Die hat mir gerade noch gefehlt. Ich stapfe stur weiter geradeaus. Sie wird mich ohnehin bei Una verpfeifen. Daran kann ich jetzt nichts mehr ändern. Aber wenn Sigrid mich nicht aufhält, gelingt es mir womöglich, den Zeitreisenden zu finden und zu untersuchen.

Vielleicht ist sie neugierig, wohin ich gehe. Vielleicht genießt sie unseren kleinen Spaziergang. Auf jeden Fall unternimmt Sigrid keine Anstrengungen, mich zu stoppen. Ich muss mir eine Reihe dummer Sprüche anhören: Ob ich hier draußen meinen Liebhaber treffe. Ob ich zurück in die Wildnis gehe, dorthin, wo ich hergekommen bin. Ob Una mich wohl am Leben lässt, wenn ich zurückkehre. Aber weil ich nicht reagiere, verliert sie die Lust und trottet nur noch schweigend hinter mir her.

Wir sehen die beiden Wikinger, die uns entgegenkommen, schon von weitem. Beide groß und muskulös, mit breiten Schultern, vollen Bärten und stolzem Gang. Sigrid schließt zu mir auf.

Ich spüre, wie sich ihr Körper spannt, ihre Hand zu der Axt an ihrem Gürtel wandert.

»Die gehören zu Torhildsons Clan«, zischt sie.

Jetzt werde auch ich nervös. Was, wenn sie es auf Sigrid abgesehen haben? Sie ist eine gute Kämpferin, aber ist sie den beiden Hünen gewachsen?

»Sigrid Lodinsdóttir. Wir haben viel von dir gehört«, ergreift der Fülligere beim Näherkommen das Wort.

Er streicht über das Fell, das um seine Schulter liegt, und mustert Sigrid mit einem anzüglichen Lächeln von oben bis unten.

»Schön und wild sollst du sein. Alles, was sich ein Mann im Bett wünscht. Und mein Gott, sieh dir diesen Bauch an, Bjorn. Wenn das kein starker Krieger wird. Ich bin sicher, unser Jarl wird dich für diesen prächtigen Enkelsohn reich entlohnen.«

Sigrid spuckt vor ihm auf den Boden. Ich sehe ihr an, dass sie ihm am liebsten den Kopf abreißen würde. Aber vermutlich klingt ihr noch immer Jarl Bjarkis Warnung in den Ohren: *Wer seine Hand gegen diese Männer hebt, wird es mit dem Leben bezahlen.*

»Sagt Eurem Jarl, wenn er Hand an mein Kind legt, werde ich dafür sorgen, dass er keine mehr hat!«

Der Füllige legt den Kopf in den Nacken und heult wie ein Wolf, sein Begleiter stimmt lachend ein. Am liebsten würde ich den beiden Idioten gegen das Schienbein treten.

»Du spuckst ganz schön große Töne, Mädchen. Ob du das auch noch tun wirst, wenn unser Jarl dir seinen Besuch abstattet?«

Unwirsch drängt sich Sigrid zwischen den zwei Männern

durch, versetzt dem einen dabei einen kräftigen Stoß mit dem Ellenbogen. Er will schon ein Messer ziehen, aber sein Begleiter hält ihn mit einer warnenden Geste auf. Offenbar haben auch sie einen Waffenstillstand auferlegt bekommen. Mit gesenkten Kopf marschiere ich ebenfalls an den Männern vorbei, bin froh für jeden Meter, den Sigrid und ich zwischen uns und die beiden bringen.

»Was bilden die sich eigentlich ein?«, fragt Sigrid aufgebracht.

Sie ist blass um die Nasenspitze geworden. Ich muss mir Mühe geben, mit ihr Schritt zu halten, sie zu überholen, um den Weg wieder selbst bestimmen zu können. Er führt immer weiter vom Fjord weg ins Landesinnere. Wir müssen über steile Felsen hinunterklettern, um dem Wasserverlauf zu folgen. Immer wenn Steine unter meinen Füßen wegrollen und ich fast wegrutsche, schaue ich besorgt zu Sigrid hinüber. Aber sie bewegt sich trotz ihres dicken Babybauches sicher und elegant, als würde sie den ganzen Tag nichts anderes tun.

Als wir endlich an der Stelle ankommen, an der ich den Zeitreisenden vermute, hat es gerade zu regnen begonnen. Feine Tropfen peitschen über das Land. Sigrid sieht erst mich an, mustert dann die Umgebung.

»Ein lauschiges Plätzchen. Und was wollen wir hier?«

Das *lauschige Plätzchen* ist eindeutig ironisch gemeint. Wir sind umgeben von einer kargen Steinlandschaft. Hier und da versuchen kleine Büsche und Gräser sich zwischen den Felsen einen Weg an die Oberfläche zu bahnen. Doch mit wenig Erfolg. Das Gras ist dort, wo es seine Halme nach oben reckt, bereits gelb, und nackte Äste zittern im Wind.

Die Leiche des Zeitreisenden kann ich nirgendwo entdecken. Vielleicht ist sie bereits vom Wasser davongetragen oder von Tieren fortgeschleppt worden. Meine Hoffnung, den Toten doch noch zu finden, sinkt mit jedem weiteren Schritt, den wir machen.

Ich verschränke die Arme vor dem Körper. Es ist kalt und ungemütlich. Wir sollten lieber umkehren – auch Sigrid und des Kindes wegen.

»Wen haben wir denn hier?«

Die Faszination in Sigrids Stimme ist kaum zu überhören. Sie ist hinter einem Felsen in die Hocke gegangen. Ich sehe nur noch ihr rechtes Knie.

»Sind wir deswegen hier, Alisdóttir?«

Ich schließe zu ihr auf und blicke auf den Toten. Sein Anblick ist schlimm, aber lange nicht so schlimm, wie ich es vermutet hätte. Er liegt auf dem Rücken, die Arme ausgebreitet, als versuche er zu fliegen. Vermutlich ist er mit dem Hinterkopf auf dem Felsen aufgeschlagen. Man kann kaum Blut sehen, aber sein Kopf wirkt merkwürdig eingedrückt. Maden fressen sich in seine Augen, kriechen über die blassen Lippen. Ein süßlicher Geruch geht von ihm aus. Ich presse mir die Hand vor Mund und Nase.

Sigrid zerrt bereits an den Schuhen des Mannes.

»Komisches Material, habe ich noch nie gesehen. Aber sie wirken stabil. Was meinst du, Alisdóttir?«

Ich schüttele entschieden den Kopf, aber Sigrid grinst nur. Es scheint sie nicht zu interessieren, woher der Tote kommt, oder warum ich sie gerade zu diesem Ort geführt habe. Sie ist nur mit dem Fleddern der Leiche beschäftigt.

Während sie die Schuhe eingehender untersucht, überwinde ich mich und trete näher an den Toten heran. Auf dem Anzug ist kein Logo, kein Hinweis darauf, ob der Zeitreisende zu irgendeiner Universität oder einem privaten Forschungsinstitut gehört. Einzig das schimmernde, weiße Material des Anzugs kann mir einen Hinweis geben, denn ich bin sicher, ich habe es noch nie zuvor gesehen. Es fühlt sich eigenartig unter meinen Handflächen an – so als würde es vibrieren. Vielleicht stammt der Mann gar nicht aus meiner Zeit, sondern aus einer Zukunft, in der dieses Material erst noch entwickelt wird.

Ich taste den Anzug ab, stoße auf eine leichte Ausbeulung über der rechten Seite seiner Brust. Die kleine Tasche, die hier eingenäht ist, ist kaum zu sehen. Ich greife hinein und halte einen dünnen, silbernen Stift in der Hand. Vermutlich ist es der Reverser des Zeitreisenden, aber er ist viel schmaler als jene, die ich kenne, und auch von ihm geht ein leichtes Vibrieren aus. Neugierig betätige ich den Druckknopf, aber es passiert nichts. Ich greife noch einmal in seine Brusttasche, ziehe ein kleines, zusammengefaltetes Fotopapier heraus. Ob er ein Bild seiner Frau mitgenommen hat? Der Gedanken, dass er vielleicht Frau und Kinder hat, die auf seine Rückkehr warten, stimmt mich traurig.

Der Anzug scheint wetterfest zu sein. Zumindest ist das Foto trotz des vielen Regens noch nicht aufgeweicht. Nur die Seiten, an denen es geknickt wurde, sind leicht eingerissen. Ich erkenne den Zeitreisenden wieder. Er strahlt mir lachend aus dem Bild entgegen. Neben ihm posieren zwei weitere Männer und zwei Frauen in weißen Anzügen für das Foto. Und einer von ihnen – da bin ich ganz sicher – ist Anthony. Die wuscheligen, braunen Haare, die wachen Augen, die schlaksige Figur. Unverkennbar. Ich stoße einen überraschten Laut aus. Die beiden kannten sich also, haben vielleicht sogar an demselben Institut gearbeitet, in einem gemeinsamen Team.

Ein Rascheln neben mir erinnert mich daran, dass ich nicht alleine bin. Ich verstecke das Foto hastig im Ärmel meines Wollkleids. Sigrid scheint nichts bemerkt zu haben. Die Schuhe des Zeitreisenden liegen neben ihr. Offenbar hat sie das Interesse daran verloren. Sie sitzt da und stiert mit aufeinandergepressten Lippen ins Leere, eine Hand auf ihren Bauch gelegt.

»Sigrid?«, frage ich.

Sie atmet langsam und konzentriert aus, sieht mich an, als hätte sie kurz vergessen, dass ich überhaupt da bin.

»Hilf mir hoch!«

Ich nehme ihre Hände, die mit einem Mal schweißnass sind. Sie wird doch jetzt keine Wehen bekommen.

»Sigrid?«, frage ich noch einmal besorgt.

Hast du Wehen? Kommt das Baby? Ich will diese Fragen hinausschreien, aber sie würde mich ja doch nicht verstehen.

»Los, geh, verdammt!«, zischt sie und scheucht mich mit einer unwirschen Handbewegung vor sich her.

Sie selbst klettert hinter mir die Felsen hoch, macht immer längere Pausen, in denen sie sich vornüberbeugt und eine Hand in die Seite ihres Bauches presst.

Ich fühle mich furchtbar hilflos. Nicht nur, dass ich keine Ahnung habe, was bei einer Geburt zu tun ist, Sigrid lässt mich ihr nicht mal den Abhang hinaufhelfen. Immer wenn ich meine Hand nach ihr ausstrecke, wehrt sie ab, funkelt mich böse an.

Es scheint eine Ewigkeit zu dauern, bis der Aufstieg endlich geschafft ist. Und das ist nur das erste Drittel des Weges. Wir sind auf dem Hinweg lange Zeit geradeaus gelaufen. Was, wenn sie es nicht bis nach Hause schafft? Ich schaue mich hilfesuchend um, aber weit und breit ist niemand zu sehen.

»Willst du Wurzeln schlagen? Geh weiter, verdammt!«, presst Sigrid hervor.

Sie ist blass, und ich kann ihr ansehen, dass sie mit sich kämpft. Aber sie geht weiter, lässt sich die Schmerzen kaum anmerken. Das Dorf ist schon in Sichtweite, als eine Wehe sie in die Knie zwingt. Ich höre ihren hechelnden Atem und ein Geräusch, das wie das Platzen einer Kaugummiblase klingt. Die Rückseite ihres grauen Wollkleides färbt sich dunkel. Was der Nieselregen nicht geschafft hat zu durchweichen, erledigt jetzt die geplatzte Fruchtblase. Ich gehe unruhig neben Sigrid auf und ab. Meine Panik ist vermutlich größer als ihre. Sie sieht mich entnervt an.

»Krieg dich wieder ein! Du bist schließlich nicht diejenige, die das Kind bekommt.«

Sigrid hat recht: Ich muss mich zusammenreißen. Nachdem sie die nächste Wehe überstanden hat, ziehe ich sie wieder auf die Beine. Sie protestiert schwach gegen die ihr angebotene Hilfe, aber sie nimmt sie trotzdem an.

Am Dorfeingang laufen uns Una und Meeri entgegen. Vermutlich hat einer der Späher uns gesehen und ihnen Bescheid gesagt. Una streicht ihrer Tochter die Haare aus dem Gesicht, die ihr schweißnass an Stirn und Wangen kleben.

»Ist es soweit?«

»Sehe ich so aus, als würde ich nur einen netten Spaziergang machen?«, faucht Sigrid ihre Mutter an.

Una klopft ihr auf die Schulter, legt einen Arm um die Hüfte ihrer Tochter.

»Glaub mir, in Bezug auf alles, was noch kommt, war das hier ein Spaziergang. Lass uns dich nach Hause bringen. – Alisdóttir, lauf und setz einen großen Kessel Wasser auf! Meeri, du holst Jorah! Er sollte da sein, wenn das Kind kommt.«

»Nein.«

Sigrid schüttelt heftig den Kopf, wird von einer Wehe unterbrochen, die so heftig ist, dass sie einen erstickten Schrei ausstößt. Bisher hat sie die Wehen stumm ausgehalten, aber jetzt kommen sie in kürzeren Abständen, werden schmerzhafter.

»Er muss dabei sein, um das Kind als sein eigenes anzunehmen. Das ist es doch, was du willst, Sigrid. Oder hast du deine Meinung geändert?«

Sigrids fehlender Widerspruch ist Una Antwort genug. Sie nickt Meeri und mir zu.

»Lauft!«

Ich bin noch nie bei einer Geburt dabei gewesen. Ich dachte immer, es würden nur Minuten vergehen, höchstens ein oder zwei Stunden, bis das Kind kommt. Aber nachdem ich das Wasser aufgesetzt und das Lager für Sigrid bereitet habe, beginnt das Warten.

Meeri kommt mit Jorah zurück, der ebenso unruhig vor der Hütte auf- und abstreicht wie Sigrid im Inneren. Bei jedem ihrer Schreie zuckt er zusammen, wirft einen besorgten Blick auf die angelehnte Tür. Ich beobachte ihn durch das Fenster, um Sigrid etwas Privatsphäre zu geben, die im Vierfüßlerstand auf dem Boden kniet. Una hat schon mehrfach versucht, ihr warme Tücher zur Entspannung auf den unteren Rücken und in den Nacken zu legen. Aber Sigrid zieht sie immer wieder fort, steht auf, läuft umher, kniet sich hin. Ihre Unruhe überträgt sich auch auf Meeri, die mit einer Räucherschale in den Händen herumläuft und mit zitternder Stimme den Segen der Götter erbittet.

»Oh, bei allen Göttern, sie soll endlich die Klappe halten!«, schreit Sigrid, als ihre Schwester das Gebet noch einmal von vorne beginnt.

Sie hat Schweißperlen auf der Stirn, und ihre Haare stehen in alle Richtungen ab. Wenn ich Sigrid nicht sowieso schon furchteinflößend fände, wäre spätestens jetzt der Zeitpunkt gekommen.

»Schluss jetzt. Ihr wartet draußen!«, weist Una uns an.

Jorah, der sich gerade auf einen Stein niedergelassen hat, schreckt hoch, als wir nach draußen treten.

»Ist es soweit?«

Meeri schüttelt bedauernd den Kopf. Jetzt stromern wir zu dritt vor der Hütte umher.

Geschätzte drei Stunden sind bereits vergangen, als Lodin und Eirik mit Pfeil und Bogen von der Jagd zurückkehren. Sie haben vier Hasen geschossen. Lodin drückt väterlich Jorahs Schulter. Man merkt ihm an, dass er Sigrids Verlobten in sein Herz geschlossen hat.

»Das dauert. Unas erstes Kind kam erst nach einem vollen Tag und einer durchwachten Nacht auf die Welt. Du kannst nichts anderes tun, als zu warten.«

Meeri und ich bereiten die Hasen für das Abendessen zu. Es ist ein merkwürdiges Gefühl, diese Alltagsarbeit zu verrichten, während Sigrid vor Schmerzen schreiend ein Kind gebärt. Der Nieselregen hat aufgehört. Wir setzen uns ums Feuer und essen draußen. Auch Una kommt für kurze Zeit zu uns nach draußen, lehnt ihren Kopf an Lodins Schulter.

»Sie will nichts trinken, keine warmen Tücher, lässt sich von mir kaum anfassen und schon gar nichts sagen«, stöhnt sie erschöpft.

Lodin grinst.

»Unsere Älteste war schon immer eine Kämpferin.«

Er legt einen Arm um seine Frau und drückt ihr einen Kuss auf die Stirn. Von drinnen ertönt ein wütender Schrei, der uns alle zusammenzucken lässt.

»Ich gehe wohl besser wieder rein«, meint Una.

Nach dem Essen nimmt Lodin Eirik mit hinunter zum Hafen, wo irgendein Fest gefeiert wird – oder vielmehr ein gigantisches Trinkgelage. Er bietet auch Jorah an, mitzukommen, aber der will in Sigrids Nähe bleiben. Um auf andere Gedanken zu kommen, spielen er und Meeri ein Würfelspiel. Doch Jorah ist viel zu abgelenkt, lässt sie ein ums andere Mal gewinnen, bis sie die Lust daran verliert.

Sigrids Schreie klingen erschöpft. Wir alle sind müde, aber keiner von uns will sich schlafen legen. Stunden vergehen, in denen die Sonne untergeht und wir uns um das Feuer drängen. Ein Halbmond steht am Himmel, taucht die Häuser und Bäume in ein bizarres Licht. Das Feuer knistert und zu den Schreien gesellt sich der Ruf eines Käuzchens.

Ich frage mich, was Gregor gerade macht. Ob er mit den anderen am Hafen ist und feiert? Bestimmt hat er davon gehört, dass Sigrid in den Wehen liegt. Das Dorf ist nicht besonders groß, und solche Neuigkeiten sprechen sich schnell herum. Er wird wissen, dass wir hier draußen sitzen und auf das Baby warten. Vielleicht kommt er ja vorbei, um nach mir zu sehen. Mit den

Augen suche ich die Dunkelheit nach ihm ab, aber da ist niemand.

Meeri und ich teilen uns ein Schafsfell, sacken aneinander gelehnt immer wieder weg. Ich registriere nur im Halbschlaf, dass eine zweite Frau dazukommt, um Una bei der Geburt zu assistieren. Dann geht erneut die Sonne auf.

»Raus mit dir! Mach, dass du wegkommst!«

Unas energische Stimme lässt mich hochfahren. Auch Jorah ist sofort auf den Beinen, mit einer Hand an seinem Schwert. Meeri, die an meiner Schulter gelehnt hat, wird durch mein Hochschrecken unsanft auf die Erde befördert und blinzelt benommen.

»Was ist los?«

Während ich den Eindringling mustere, der lachend und mit erhobenen Händen rückwärts aus der Tür stolpert, hat Jorah bereits eine Angriffsposition eingenommen.

Der Typ, der Jorah mit hochgezogenen Augenbrauen ansieht, ist attraktiv. Wahnsinnig attraktiv. Groß und muskulös, mit markanten Gesichtszügen, kinnlangen, blonden Haaren und blauen Augen. Wäre Melissa jetzt hier, würde sie sich vermutlich in Pose schmeißen und mit ihm flirten. Sogar mich überkommt das Verlangen, meine Kleidung zurechtzurücken.

»Was willst du hier, Magnus?«, fragt Jorah.

Magnus. Torhildsons Sohn, der Vater des Kindes. Ich versteife mich.

Obwohl Jorah groß ist, ist er bestimmt fünfzehn Zentimeter kleiner als der Blonde. Und er sieht nicht so aus, als würde er einen Kampf gegen Magnus gewinnen, der mit einem Haifischgrinsen auf ihn zuschlendert.

»Jorah. Ich wollte nur sehen, ob es schon so weit ist. Dein Mädchen schreit so laut, dass man sie über die Dorfgrenze hinweg hört. Sag, hat sie dich wenigstens mal rangelassen, dafür, dass du den kleinen Bastard als deinen eigenen akzeptierst?«

»Sei still!«

Jorah zittert vor Wut. Meeri klammert sich an meinen Arm. Sie scheint ebenso wie ich Angst zu haben, dass die beiden Männer aufeinander losgehen.

»Ich schätze, sie wird einen mächtigen Krieger gebären. Niemand wird dir abnehmen, dass du der Vater bist.«

Mehr braucht es nicht, um Jorah aus der Reserve zu locken. Mit einem wütenden Schrei und erhobenem Schwert stürzt er auf Magnus zu. Aber der ist schnell und zieht ebenfalls sein Schwert. Metall trifft auf Metall. Meeri und ich weichen zurück und bringen uns im Hauseingang in Sicherheit, während die beiden Männer miteinander kämpfen – Jorah gepresste Wutlaute ausstoßend, Magnus lachend.

»Was in Thors Namen ist hier los?«

Una steht mit einem feuchten Lappen in der einen und einer Axt in der anderen Hand vor der Tür. Sie ist rot im Gesicht und wirkt übernächtigt.

»Das ist weder der Ort noch die Zeit, um sich zu prügeln. Habt ihr denn gar keinen Respekt vor der Geburt eines neuen Lebens? Eure Mütter würden sich für Euch beide schämen.«

Una muss wirklich müde sein. Sie droht den beiden Männern mit dem Lappen, statt mit der Axt. Trotzdem senken beide die Waffen und lassen wie zwei Lausbuben, die beim Bonbonsklauen erwischt wurden, die Köpfe hängen.

»Magnus, deine Mutter ist bei der Geburt deines jüngeren Bruders gestorben. Was würde sie wohl von dir halten, wenn sie dich jetzt sehen könnte?«

Sigrids Schrei lässt uns alle herumfahren. Sie ist in den vergangenen Stunden leiser geworden – vermutlich vor Erschöpfung. Jetzt bin auch ich sicher, dass man sie über die Dorfgrenze hinweg hört.

Una wirft beiden Männern einen warnenden Blick zu, droht noch einmal mit dem Lappen. Dann verschwindet sie wieder im Inneren. Magnus verabschiedet sich mit einem gemurmelten: *Viel Spaß noch!* Er hat offenbar die Lust daran verloren, auf Jorah herumzuhacken.

»Meint ihr, Sigrid geht es gut?«

Meeri schaut ängstlich zwischen Jorah und mir hin und her. Aber wir sind beide zu aufgebracht, um ihr eine Antwort geben zu können. Wir lauschen in die Stille nach dem Schrei, warten auf einen nächsten. *Geht es Sigrid gut?* Ich wünschte, ich könnte Meeris Frage beantworten. Doch mich plagen dieselben Ängste wie sie.

Und dann ertönt der Schrei, auf den wir alle gewartet haben. Nicht einer jener wütenden, qualvollen Laute, die Sigrid in regelmäßigen Abständen von sich gegeben hat. Sondern ein hohes, abgehacktes Plärren. Der Schrei eines neugeborenen Kindes.

Meeri lässt sofort meine Hand los, stürmt ins Haus. Ich schaue zu Jorah, der Tränen in den Augen hat und muss schlucken. Obwohl ich das Kind noch nicht einmal gesehen habe, fühle ich mich überwältigt. So, als wäre ich Teil von etwas Großem geworden.

Minuten später kommt Meeri wieder zu uns nach draußen.

»Sigrid geht es gut«, verkündet sie munter, »Sie wartet noch auf die Nachgeburt. Ich gehe schon mal das Dorf zusammentrommeln.«

Ich runzele irritiert die Stirn. Dürfen jetzt etwa alle das Kind bestaunen? Und warum ist Jorah noch nicht zu Sigrid gegangen? Ist es ihm als Mann nicht erlaubt, die Hütte zu betreten? Bevor ich Meeri eine Antwort abringen kann, ist sie bereits zwischen den Hütten entlang verschwunden.

Wir warten. Jorah ist sichtlich nervös. Er hat sich wieder auf den Stein gesetzt, aber sein Bein wippt unruhig.

Nach und nach trudeln die Dorfbewohner ein. Manche drücken Jorahs Schulter oder klopfen ihm auf den Rücken, als hätte er das Kind zur Welt gebracht. Bald hat sich ein Halbkreis aus Männern und Frauen um die Hütte gebildet, in dessen Mittelpunkt Jorah sitzt. Ich sehe Gregor, der sich an einem Holzpfahl festhält, um nicht umzufallen. Vermutlich war er auch Gast des nächtlichen Saufgelages am Hafen. Am liebsten würde ich zu ihm gehen, aber dafür müsste ich mich an mehreren Menschen vorbeidrängeln, und ich will keine Aufmerksamkeit auf mich ziehen.

Meeri tritt neben mich und mustert zufrieden ihr Werk.

»Jetzt liegt es an ihm.«

Ich werfe ihr einen fragenden Blick zu.

»Jorah. Er muss sich entscheiden, ob er das Kind annimmt oder nicht. Es ist ein alter Geburtsritus: Die Frau tritt vor dem versammelten Dorf nach draußen und legt ihr Kind vor die Füße des Vaters. Lässt er es liegen, wird es verstoßen und die Frau ist gezwungen, es auszusetzen. Hebt er es auf, erkennt er es als sein Kind an.«

Was für ein grausames Ritual. Ich schaue Meeri entsetzt an, die nur mit den Schultern zuckt.

»So wollen es die Götter.«

Ich kann mir nicht vorstellen, dass Jorah das Kind verstößt – auch wenn es nicht sein eigenes ist. Aber ich sehe den Zweifel in Sigrids Augen, die mit dem Kind auf dem Arm und gestützt von ihrer Mutter aus der Tür tritt.

Sie ist blass und ausgezehrt. Die Geburt hat ihr einiges abverlangt. Ihre Augen schweifen über die Umstehenden, bleiben an Jorahs Füßen hängen. Offenbar wagt sie nicht, seinen Blick zu erwidern.

Auf den letzten Schritten macht sie sich von Una los. Ihre Beine sind wacklig, aber das Kind hält sie mit festen Händen. Eine Hand liegt schützend über dem kleinen Köpfchen, auf dem schon die ersten schwarzen Haare wachsen. Die andere streicht über das eingewickelte Bündel. Sie zögert, als sie vor Jorah stehen bleibt. Man sieht ihr den inneren Kampf an. Um nichts auf der Welt möchte sie ihr Kind aus den Händen geben. Aber sie hat keine andere Wahl. Das Ritual verlangt es so.

Als sie sich hinabbeugt, beginnt das Baby zu schreien. Vermutlich spürt es die Unruhe seiner Mutter. Das Gesicht ist noch ganz schrumpelig und rot, die Augen geschlossen. Eine Hand hat sich aus dem Tuch befreit. Noch nie habe ich so winzige Finger gesehen.

Sigrid packt die Hand sorgsam zurück in das Tuch, streicht

über das Köpfchen. Sie richtet sich auf und tritt einen Schritt zurück. Ihre Augen bleiben auf dem Kind liegen, wandern dann hinauf zu Jorahs. Und zum ersten Mal begegnen sich ihre Blicke.

elf

Sigrid begegnet Jorahs warmen Blick mit den grünen, funkelnden Augen einer Kriegerin. Bitte und Warnung schwingen gleichermaßen darin mit. Sie ist auf seine Unterstützung angewiesen: Er muss das Kind als sein eigenes annehmen. Doch ich bezweifele nicht, dass sie ihre Axt ziehen und das Neugeborene mit ihrem Leben verteidigen wird, wenn er das schreiende Bündel nicht auf den Arm nimmt. Auf keinen Fall wird sie es aussetzen und seinem eigenen Schicksal überlassen.

Die Anspannung ist spürbar. Ich bin sicher, die Umstehenden wissen von Sigrids Fehltritt und warten nur darauf, dass Jorah sich von ihr und dem Kind abwendet. Selten habe ich das Dorf so ruhig erlebt. Nur der Wind raschelt in den Bäumen und von fern branden die Wellen an das Ufer. Als Jorah sich hinabbeugt, geht ein Flüstern und Tuscheln durch die Menge. Er nimmt das Baby mit ungelenkem Griff in seine Arme. Man sieht ihm die Angst an, an dem kleinen Körper etwas zu zerbrechen.

»Er hat das Kind als sein eigenes anerkannt«, flüstert Meeri mir hinter vorgehaltener Hand zu, »Jetzt unterzieht er es einer genauen Betrachtung. Wenn das Kind keine Schwächen oder Missbildungen aufweist, wird er ihm einen Namen geben und es somit in unsere Gemeinschaft aufnehmen.«

Ich blicke auf Meeris vernarbtes Gesicht, frage mich, ob sie die Schuppen und Blasen schon bei ihrer Geburt hatte und ob Lodin sie deswegen hätte verstoßen müssen. Vielleicht hat er es einfach nicht übers Herz gebracht hat.

Jorahs Hände zittern, als er das Baby aus dem Tuch wickelt. Auf den letzten Zentimetern strampelt es sich selber frei. Es ist ein Mädchen, so wie Sigrid es vorhergesagt hat. Die Kleine quiekt, reckt ihrem Vater eine Hand entgegen, zart und unbeholfen. Ich glaube, Jorah inspiziert die speckige, leicht gerötete Babyhaut nur zum Schein. Dem verzückten Lächeln auf seinem Gesicht zufolge, kann er der Kleinen sowieso nicht widerstehen. Er hat sie in jenem Moment in sein Herz geschlossen, als er das Bündel vom Boden aufgenommen hat.

Dann hebt er das Kind auf sein Knie, nickt einem der Umstehenden zu, der ihm eine Schale mit Wasser bringt. Das Baby, das für einen Moment zu schreien aufgehört hat, setzt erneut an. Jorah hat Mühe, sie zu übertönen, als er mit belegter Stimme spricht.

»Halla Jorahsdóttir, bei den Göttern und Göttinnen, allen Hohen und Niederen, bei allen Ahnen: Hiermit nehme ich dich in unsere Sippe auf.«

Mit der hohlen Hand schöpft er Wasser aus der Schale, beträufelt das Köpfchen des Kindes. Ich bin überrascht, dass es bei den Wikingern schon etwas Ähnliches wie eine Taufe gab. Aber vermutlich hat das nur wenig mit dem Ritual zu tun, das wir heute kennen.

Die Kleine wedelt abwehrend mit den Armen, als ihr das Wasser übers Gesicht läuft. Jorah beeilt sich, die Tropfen mit dem Ärmel seines Hemdes abzutupfen. Es wird geklatscht und gejubelt. Lodin tritt einen Schritt nach vorne.

»Ich denke, es darf gefeiert werden«, ruft er mit weit ausgebreiteten Armen.

Auch ihm ist die Erleichterung anzumerken, dass seine Tochter und das frischgeborene Enkelkind wohlauf sind. Wahrscheinlich hat er in dieser Nacht ebenfalls keine ruhige Minute gefunden.

Sigrid schießt nach vorne, nimmt Jorah das Mädchen ab, wickelt es wieder in sein Tuch und wiegt es auf den Armen. Ein schmales Grinsen huscht über ihr Gesicht.

»Halla?«

»Ich dachte, der Name wäre passend. Er bedeutet *unerwartetes Geschenk* und für mich ist sie genau das. – Genau wie du.«

Er streckt eine Hand nach Sigrid aus, streicht eine widerspenstige Strähne aus ihrem Gesicht. Doch sie entzieht sich der zärtlichen Geste.

»Sie muss trinken«, murmelt sie beinahe entschuldigend und verschwindet mit Una in der Hütte.

Jorah bleibt etwas verloren zurück. Ich bin sicher, er hat auf mehr Entgegenkommen von Sigrid gehofft, jetzt da sie eine Familie sind.

An diesem Tag geschieht noch ein weiteres, kleines Wunder. Zumindest ist es für mich eines. Die Wikinger scheinen es kaum wahrzunehmen.

In den dunklen Abendstunden sitzen wir unten am Hafen um ein großes Lagerfeuer, singen Lieder, rufen Trinksprüche und stoßen mit Met auf das Wohl des neugeborenen Kindes an. Der Met und das Feuer sorgen dafür, dass mir trotz der Kälte wohlig warm und ein wenig schummerig ist. Ich sitze im Schneidersitz und beobachte die ausgelassen Feiernden.

Und dann sehe ich sie: sanfte, grüne Streifen, die sich am Horizont abzeichnen. Ich denke, dass irgendwo ein großer Scheinwerfer den Himmel beleuchtet, aber dann fällt mir wieder ein, wo ich bin und dass es hier keine Elektrizität gibt. Wie feine Rauchschwaden wandern die Lichter über den Himmel, schimmern mal dunkel, mal fast rosa. Dann werden sie heller, tauchen das Schwarzblau über unseren Köpfen in ein atemberaubendes Meer aus Farben. Nordlichter. Ihr Anblick treibt mir die Tränen in die Augen. Ich glaube, ich habe noch nie etwas so Schönes gesehen.

»Irgendwo auf der Welt wird gerade eine große Schlacht geschlagen«, erklärt Meeri, die meinen staunenden Blick bemerkt.

Sie hat ihren Kopf in meinen Schoß gelegt und mustert schläfrig das Lichtermeer. Für sie muss es ein alltäglicher Anblick sein.

»Die Walküren reiten über den Himmel und suchen nach gefallenen Kriegern, um sie nach Walhall zu führen. Auf ihren Rüstungen bricht sich das Mondlicht.«

Ich stelle mir die geisterhaften Schildjungfern vor, die auf ihren Pferden galoppieren, den Blick zum Schlachtfeld gerichtet. Eine schöne Vorstellung. Und auch irgendwie passend, denn die Bewegungen der Nordlichter wirken beinahe überirdisch, geisterhaft.

Meeri dreht den Kopf.

»Er blickt nicht zu den Sternen, weißt du? Er sieht die ganze Zeit dich an.«

Sie meint Gregor, der uns gegenüber am Lagerfeuer sitzt. Durch die züngelnden Flammen kann ich ihn nur undeutlich erkennen, aber mir ist natürlich aufgefallen, dass er mich schon eine ganze Weile ansieht. Mein Herz klopft schneller, jedes Mal, wenn ich nur daran denke. Wie gerne würde ich mich neben ihn setzen, meinen Kopf an seine Schulter lehnen und noch eine Weile in den Himmel schauen.

Zu dem leisen Rauschen der Wellen und dem Knistern der Flammen gesellt sich lautstarkes Gelächter. Ein paar Männer haben sich rund um Lodin versammelt, der mit einem krummen Holzstock einen Lageplan in den Staub zeichnet. Einer von ihnen hat ein Säckchen mit Münzen dabei, legt sie an bestimmten Stellen auf dem Lageplan ab. Vermutlich planen sie ihren nächsten Beutezug und markieren mit den Münzen vielversprechende Gegenden, an denen Gold und andere Schätze auf sie warten.

Einer der Männer, ein großer Blonder mit buschigen Augenbrauen, nimmt eine Münze auf, testet mit den Zähnen, ob sie echt ist und wirft sie grinsend zurück zu den anderen.

»Wir sollten gen Westen segeln«, beginnt Lodin, »Dort gibt es zahlreiche Klöster.«

»Aber keine hübschen Frauen, Allvater.«

Der Blonde macht eine eindeutige Bewegung mit seinem Becken, erntet dafür Gejohle. Lodin lächelt nachsichtig. Offenbar findet er das Gebaren der Männer reichlich albern.

»Bevor wir in die Ferne segeln, sollten wir lieber erstmal vor der eigenen Tür aufräumen«, fährt der Blonde fort, der sich der

Aufmerksamkeit seiner Zuhörer gewiss ist und sie ganz offensichtlich genießt.

Zustimmendes Gemurmel.

»Jarl Bjarkis Waffenstillstand mit Torhildson kann er sich in den Arsch schieben. Der hält genauso lange wie sein Ständer, wenn er es seiner dürren Frau besorgen muss.«

Gelächter. Ich verdrehe die Augen über den derben Humor der Männer. Man sollte glauben, es handele sich um eine Meute pubertierender Jungs. Dabei ist der Jüngste von ihnen bestimmt schon achtzehn oder neunzehn Jahre alt.

»Ja verdammt«, mischt sich nun auch ein kleiner Dicker ein, »Lasst uns ihre Häuser verbrennen, ihre Männer erschlagen und ihre Frauen vergewaltigen, bevor sie uns zuvorkommen.«

Lodin hebt erstaunt die Augenbrauen.

»Ihr wollt Euch unserem Jarl widersetzen?«

»Das habe ich doch gerade gesagt, Allvater!«, tönt der Blonde.

»Ich hoffe, du weißt, dass du allein mit dieser Aussage deinen Kopf riskierst? An deiner Stelle würde ich etwas mehr auf dein loses Mundwerk achten, Sven.«

Während die anderen Männer erneut in Gelächter ausbrechen, ertränkt Sven jeden weiteren Kommentar in Met.

Offenbar hat sich die Sache damit erledigt. Lodin beginnt erneut mit dem Stock über den Boden zu kratzen und die Pläne für die nächsten Beutezüge werden fortgesetzt.

Ich sehe Meeri fragend an, wiederhole: »Allvater?«

Warum nennen sie Lodin so? Nur wegen der Namensähnlichkeit zu Odin?

Meeri scheint zu verstehen, was ich fragen will. Sie schaut zu ihrem Vater hinüber.

»Du weißt nicht viel über unsere Götter, habe ich recht?«

Ich schüttele den Kopf. Meeri klatscht in die Hände und setzt sich auf. Ihr scheint es zu gefallen, mir ihre Welt zu erklären.

»Unser Allvater Odin ist sehr weise. Von seinem Thron Hlidskialf aus kann er alles sehen, was sich in der Welt ereignet. Doch seine Weisheit verdankt er zahlreichen Opfern und Entbehrungen. So hat er sich am eigenen Speer an den Weltenbaum Yggdrasil gehängt, um die Fähigkeit des Runenschreibens zu erlangen. Und sein Auge gab er als Pfand gegen einen Schluck aus Mimirs Brunnen, um seherische Kräfte zu bekommen. – Sie ziehen Vater wegen seines verlorenen Auges auf und weil er immer alles besser zu wissen glaubt.«

Sie zuckt mit den Schultern und ordnet die fliegenden Haare, die sich aus ihrem Zopf gelöst haben.

»Der Punkt ist: Meistens weiß er es wirklich besser. – Komm!«

Meeri springt auf. Zögernd ergreife ich ihre dargebotene Hand und lasse mich von ihr auf die Beine ziehen. Ich habe keine Ahnung, wohin sie will, aber sie wirkt sehr zielstrebig, als sie das Feuer umrundet. Erst spät wird mir klar, dass sie geradewegs auf Gregor zusteuert. Wir bleiben neben ihm stehen. Ich habe das Gefühl, vor lauter Nervosität kaum atmen zu können. Was denkt sich Meeri bloß dabei? Ist das irgendein merkwürdiger Verkupplungsversuch, der gleich in eine furchtbare Peinlichkeit ausarten wird? Meeri ergreift auch Gregors Hand, legt meine Hand in seine.

»Sie ist die, die du suchst«, stellt sie fest, als hätten Gregor und sie bereits eine lange Unterhaltung über mich geführt.

Dabei sieht er ebenso überrascht und erschrocken aus wie ich. Bevor einer von uns etwas sagen oder tun kann, ist Meeri bereits davonmarschiert. Ich schaue auf unsere ineinander verschränkten Hände, traue mich nicht, Gregor in die Augen zu blicken. Was denkt er jetzt bloß? Soll ich meine Hand fortziehen? Seine Wärme fühlt sich viel zu gut an, lässt mich zögern.

»Willst du dich setzen?«

Seine Stimme ist ganz rau, jagt mir einen wohligen Schauer über den Rücken. Ich löse meine Hand aus seiner, lasse mich neben ihm auf dem Boden nieder und schaue in die Flammen. Weil ich nicht weiß, wohin mit meinen Händen, schlinge ich sie um den Körper.

»Ist dir kalt?«

Kurz spüre ich seine Hand an meinem Oberarm, dann legt er das Fell, das er bis eben noch um seine Schultern getragen hat, um meine.

Ich komme mir reichlich albern vor, wie ich dort stumm neben ihm sitze und abwechselnd ins Feuer und in den hell erleuchteten Himmel starre, über den die Nordlichter wie farbige Schleier tanzen. Ich benehme mich wie ein kleines Mädchen, das von der Lehrerin neben den Klassenschwarm gesetzt wurde. Fehlt nur noch, dass ich schüchtern mit meiner Haarsträhne spiele und ihm verstohlene Blicke zuwerfe.

Aber auch Gregor scheint nicht zu wissen, was er sagen soll. Wir sitzen eine Weile schweigend, bis ein paar betrunken taumelnde Wikinger sich die Kleider vom Leib reißen und grölend ins Wasser laufen. Das Wasser spritzt und schäumt unter ihren Füßen. Einer von ihnen taucht mit einem Hechtsprung in die Wellen. Sie müssen verrückt geworden sein. Es ist Oktober und viel zu kalt, um schwimmen zu gehen.

Ich werfe ein schiefes Grinsen in Gregors Richtung, aber der deutet meinen Blick falsch.

»Möchtest du auch ins Wasser gehen?«

Eine Erinnerung an Frankreich steigt in mir auf und lässt das Blut in meine Wangen schießen. Gregor und ich im See, Haut an Haut. Wasser, das unsere hitzigen Körper umspült.

Ich nicke und frage mich im gleichen Moment, was ich da eigentlich tue. Das ist nicht der Gregor, den ich kenne. Auch wenn er so vertraut tut, weiß ich überhaupt nichts über jenen Mann, der er im 8. Jahrhundert war. Und selbst wenn ich ihm trauen kann: Hatte ich nicht all dem abgeschworen? Waren Gregor und ich uns nicht einig, dass es für uns ohnehin keine gemeinsame Zukunft gibt? Ich spüre seine Hand an meinem Armgelenk, seine Finger, die auf meinem rasenden Puls liegen und das lässt mich all meine Zweifel vergessen.

Über Steine und Sand folge ich Gregor in eine entlegene Ecke des Fjords, der durch Felsen ein wenig abgeschirmt ist. Hier plätschern leise die Wellen, die Gespräche am Feuer sind nur noch entfernt zu vernehmen und die Nordlichter spiegeln sich auf der Wasseroberfläche. Es fühlt sich irreal an – wie ein Traum, aus dem ich nie wieder erwachen möchte.

Wir bleiben am Ufer des Fjords stehen und Gregor wendet sich mir zu. Er strahlt mit einem Mal eine beinahe unnatürliche Ruhe aus. Seine grauen Augen suchen meine, bitten um Erlaubnis, als seine Hände sanft über meine Arme wandern und erst das Fell und schließlich das Kleid von meinen Schultern schieben. Ich dränge mich an ihn, weil es so kalt ist und weil es sich so unglaublich gut anfühlt.

Zu behaupten, ich hätte seine Nähe, seinen Geruch, seiner Hände auf meiner Haut vermisst, wäre eine Untertreibung. Das Gefühl ist so berauschend, dass ich mich einfach treiben lasse, ihn noch näher zu mir ziehe und in seiner Wärme versinke.

Alles ist so leicht, so selbstverständlich. Wir setzen keinen Fuß ins Wasser, sondern finden unser Lager zwischen unseren verstreuten Kleidern am Ufer des Fjords. Gregor zieht mich auf sich, legt seine Hände auf meine Hüfte. In seinen Augen spiegelt sich das Grün und Rosa der Nordlichter. Sein Körper ist voller Narben und sehniger, als ich ihn in Erinnerung habe. Ich wandere mit den Fingern über seine Brust, bis hinunter zu seinem Bauchnabel. Versuche mir jede Narbe einzuprägen, die bis zu unserem Zusammentreffen in Frankreich wieder verschwunden sein wird. Ein Zusammentreffen, an das er keine Erinnerung hat, weil es noch vor ihm liegt.

Unsere Lippen finden sich. Er schmeckt salzig und süß zugleich, nach Meerwasser und Met. Sein Bart kitzelt an meinem Kinn.

Für einen kurzen Augenblick packt mich die Scham, weil ich mich diesem vertrauten Fremden einfach so hingebe – unter freiem Himmel und nur wenige Meter entfernt von einem Haufen Wikinger. Vermutlich würden sie in lautes Gejohle ausbrechen, wenn sie uns jetzt sehen könnten. Aber das Gefühl wird von einer Welle der Lust fortgespült, die mich mit sich nimmt und wie verlorenes Strandgut auf dem Meer treiben lässt.

Ich weiß nicht, warum wir in dieser Nacht einander so vertraut sind. Vielleicht liegt es an den Nordlichtern, die Vergangenheit, Gegenwart und Zukunft irgendwie aus den Fugen geraten lassen. Die ein schillernd-leuchtendes Band durch Raum und Zeit knüpfen und uns auf magische Weise vereinen.

Vielleicht ist das auch der Grund, warum ich dem Mann, der mich kaum kennt, glaube, als er mein Gesicht zwischen seine Hände nimmt und flüstert: »Ich liebe dich.«

zwölf

Ich erwache mit brummendem Schädel und müden Augen, die sich erst an die Helligkeit im Raum gewöhnen müssen. Dem Met sei Dank! Mein Haar ist zerzaust und voller Sand. Offenbar habe ich das ein oder andere Andenken vom Strand mitgenommen. Auch ein paar Zweige finden sich auf meinem Schlaflager, pieken mich in den nackten Rücken.

Mit einem herzhaften Gähnen setze ich mich auf. Die Erinnerungen an gestern Abend kommen nach und nach zurück. Gregor und ich sind irgendwann in seine Hütte gegangen. Der Met hat uns beide schläfrig werden lassen. Ich muss an seiner Brust eingenickt sein. Draußen geht bereits die Sonne auf. Aber wo ist Gregor jetzt? Ich fühle mich wie nach unserer ersten gemeinsamen Nacht, die wir in Frankreich miteinander verbracht haben. Auch damals war Gregor fort, als ich aufwachte und auch damals beschlich mich dieses überwältigende Gefühl der Einsamkeit.

Ich streife meine Klamotten über, die ich zusammengerollt neben dem Bett finde. Gestern Nacht hat mir die kühle Luft nichts ausgemacht, aber jetzt fühle ich mich ihr ausgeliefert. Sie streift um die Hütte, lässt die angelehnte Eingangstür immer wieder auf- und zuschlagen.

Gregor sitzt auf einem Hocker vor dem Haus und schnitzt an etwas, das aussieht wie ein Speer. Er schaut nicht einmal auf, als ich zur Tür heraustrete. Neben ihm steht ein Tonkrug mit Met. Der süßliche Geruch sorgt dafür, dass sich mir sofort der Magen umdreht. Offenbar hat Gregor beschlossen, das Ausnüchtern zu überspringen und unmittelbar zum nächsten Besäufnis zu wechseln. Ich räuspere mich, bleibe mit einem fragenden Blick neben ihm stehen. Irgendwann hebt er den Kopf, schaut mich aus grauen, wehmütigen Augen an.

»Du erinnerst mich an jemanden, der mir sehr viel bedeutet hat. Das ist alles, was du für mich bist: nur eine vage Erinnerung.«

Seine Stimme ist belegt und seine Worte wirken bruchstückhaft, aus dem Kontext gerissen. Aber deswegen tun sie nicht weniger weh. Gregor macht eine fahrige Geste, als wolle er eine lästige Fliege wegscheuchen und widmet sich wieder der Schnitzerei in seiner Hand. Ich bin wie erstarrt. Glaubt er, damit hat sich das Thema erledigt? Dass ich jetzt einfach meines Weges gehe und ihn und seine verletzenden Worte hinter mir lasse?

Ich habe keine Ahnung, an wen ich ihn erinnere. Ob er mir in seiner Vergangenheit bereits schon einmal begegnet ist oder ob er von einer anderen Frau spricht. Aber ich bin hier. Ich stehe vor ihm, ich bin ein lebendiges Wesen, keine tote Erinnerung. Er kann nicht einfach so tun, als wäre letzte Nacht nicht geschehen.

Er kann. Das wird mir klar, als er an mir vorbei in die Hütte geht und die Tür hinter sich zuschiebt. Ich beiße mir fest auf die

Unterlippe, versuche die aufkommenden Tränen zu unterdrücken. Das alles war ein Fehler. Ich hätte nie hierherkommen dürfen. Es war albern, mir einzureden, dass es nur um die Prophezeiung geht. Ich wollte Gregor sehen, wollte bei ihm sein, weil ich eben nicht über ihn hinweg bin. Die letzte Nacht ist der Beweis und hat es nur noch schlimmer gemacht.

Ich trotte müde und traurig zu Unas und Lodins Haus zurück – dem einzigen Ort, an dem ich Unterschlupf suchen kann. Schon von weitem höre ich Halla schreien. Sie hat bereits jetzt, obwohl sie noch so furchtbar klein ist, ein lautes Organ, das einem in den Ohren schmerzt. Sigrid wirkt leicht entnervt, als ich zur Tür eintrete. Sie schaukelt das Kind auf dem Arm, geht mit ihm nervös im Raum auf und ab.

»Da bist du ja. Setz Wasser auf! Halla muss gebadet werden.«

Sigrid hält mir ein Stück Stoff vors Gesicht, und mir weht ein entsetzlicher Gestank entgegen, der mich Gott für die Erfindung der Plastikwindel danken lässt.

»Und wasch das aus!«

Ich will mich weigern, aber ihr erschöpfter Blick und ihre eingefallenen Gesichtszüge sorgen dafür, dass ich es mir anders überlege. Mit angehaltenem Atem und spitzen Fingern nehme ich die Stoffwindel entgegen. Sigrid mustert mich neugierig.

»Warst du bei deinem Liebhaber? Meeri sagt, du bist mit diesem komischen Gregor verschwunden. – Glaub mir, der ist nichts für dich.«

Wenn sie wüsste, wie recht sie hat. Ich lasse den Kopf sinken, trotte an ihr vorbei zur Tür, um frisches Wasser zu holen und die Windel auszuwaschen.

Als ich wiederkomme sitzt Sigrid draußen auf der Holzbank. Halla liegt friedlich an ihrer Brust und trinkt. Ich entzünde das Feuer unter dem Topf und hänge die feuchte Windel über einen Holzpfosten. Sigrid beobachtet mich.

»Du siehst nicht so aus, als hättest du einen netten Abend gehabt.«

Ich zucke betont gleichgültig mit den Schultern, obwohl mich allein ihre nüchterne Äußerung schmerzt. Auch wenn sie falsch liegt: Der Abend war magisch, nur nicht der Morgen danach. Ich fühle mich wie nach einem missglückten One Night Stand.

»Weißt du, du kannst dein Glück nicht von irgendeinem Mann abhängig machen. Vor allem nicht von so einem wie Gregor.«

Sie spuckt auf den Boden, fährt sich mit dem Ärmel ihres Kleides über Mund und Nase. Halla blinzelt mit halbgeöffneten Augen zu ihrer Mutter auf.

»Du musst dir nehmen, was du brauchst und dann weiterziehen.«

Man sieht ja, wohin es dich geführt hat, möchte ich trotzig antworten. Aber dann blicke ich das kleine Mädchen auf ihrem Arm an und muss zugeben, dass dieses *Wohin* gar nicht so schlecht ist. Auch wenn sie unentwegt schreit und ihre vollen Windeln eine ganze Armee in die Flucht schlagen könnten, ist sie doch ein kleines Wunder. Und Jorah wird dem Kind sicherlich ein liebevoller Vater sein.

Ich habe mich selten so leer gefühlt. Gestern Abend dachte ich noch, alles wäre möglich. Dass es für Gregor und mich einen magischen Ort gibt, irgendwo zwischen Raum und Zeit, in dem wir zusammen sein können. Doch das war nur ein Traum. Ein Traum, der bei Tageslicht ebenso schwer zu fassen ist wie die Nordlichter, die uns durch die Nacht begleitet haben.

Es war dumm von mir, mich so treiben zu lassen. Ich bin nur aus einem einzigen Grund hier: der Prophezeiung. Jenen Zahlen, die Gregor vernichtet hat, als er sie in seiner Verzweiflung ins Feuer warf. Ob er eine Abschrift besitzt? Oder bin ich nun die Einzige, die die Zahlen kennt und die sie bewahren kann?

Wenn Gregor jetzt aufgibt und nicht mehr daran glaubt, die Prophezeiung verhindern zu können, werden wir uns vermutlich weder in Irland noch in Frankreich treffen. Er wird mich nie in seine Zeit entführen, mir nie von den Koordinaten erzählen. Und er wird mir nie das blaue Band schenken, das ich noch immer um meinen Knöchel trage.

Irgendetwas muss ich tun. Mit jeder Stunde, die vergeht, jeder Aufgabe, die Sigrid mir stellt, werde ich unruhiger. Als Meeri dazukommt, um das Kind zu nehmen und Sigrid sich für einen Moment schlafen legt, stehle ich mich davon.

Ich werde nicht zulassen, dass Gregor mich aus seinem Leben aussperrt. Diesmal nicht. Mit jedem Schritt über die morschen Holzbohlen kehrt die Entschlossenheit zurück, die mich verlassen hat, als Gregor mir heute Morgen die Tür vor der Nase zuschlug.

Als ich vor seiner Hütte ankomme, bin ich richtig in Rage. Ich stoße die Tür auf und finde ihn im Bett liegend, einen Krug mit Met in der Hand und mit dem Arm die Augen gegen das Tageslicht abschirmend. Wieviel Met passt in diesen verdammten Kerl eigentlich rein? Wenn er sich nicht ständig betrinken würde, könnten wir es vielleicht schaffen, uns über die Prophezeiung zu verständigen – soweit es ohne eine gemeinsame Sprache möglich ist.

Ich entreiße ihm den Krug mit einer solchen Wucht, dass er mich überrascht ansieht. Die honigfarbene Flüssigkeit schwappt über den Rand des Bechers, verteilt sich über meine Hand und den Ärmel meines Kleides. Ich ignoriere die klebrige Nässe, trete zum Eingang und schütte den restlichen Inhalt des Krugs auf die Wiese. Er landet mit einem lauten Klatschen und sickert sofort ein. Danach sehe ich mich im Raum um. Zwei riesige Tonkrüge mit Deckeln stehen auf dem Boden neben der Holzbank. Ich habe schon so eine Vermutung, was da drin ist.

Gregor setzt sich schwerfällig auf und lehnt seinen Kopf gegen den Holzpfosten an seinem Bett.

»Hey«, protestiert er mit wenig Nachdruck.

Sein schwacher Protest bewirkt nur, dass ich noch zorniger werde. Auf ihn, auf mich selbst, auf die ganze Welt. Ich verstehe, warum er trinkt. Warum ihm das alles zu viel wird und er der Welt am liebsten entschwinden möchte – auf die ihm einzig mögliche Weise. Aber er muss zu mir zurückkehren. Er muss der Gregor werden, den ich in Irland kennengelernt habe. Stark und souverän und mit einem Ziel vor Augen.

Ich packe den Krug mit beiden Händen, muss leicht in die Knie gehen, um ihn anzuheben. Immer nur drei Schritte auf einmal, dann muss ich ihn wieder absetzen. Ich erwarte jeden Moment, dass Gregor mich aufhalten wird, dass seine Hand sich über meine legt. Aber nichts passiert. Gregor sieht mir nur zu, wie ich die beiden Krüge nach draußen befördere und einen nach dem anderen umkippe.

Auf dem Tisch stehen einige halbvolle Becher, die ich ebenfalls ausleere. Ich komme mir wie ein Kobold vor, der in Gregors Hütte wütet. Unter einem der Becher befördere ich ein dünnes Bündel Karten hervor, deren Rückseite auf dem Tisch festklebt. Das müssen die Karten sein, mit denen Gregor immer arbeitet, die ihm helfen, die Koordinaten zu ermitteln. Vorsichtig löse ich sie von dem rauen Holz und werfe sie Gregor vor die Füße.

»Glaubst du nicht, es gibt noch etwas Wichtigeres, als diesen dummen Met, den du die ganze Zeit in dich reinkippst?«

Ich weiß, er versteht kein Wort, aber es tut gut, ihn anzuschreien. Tränen treten mir in die Augen. Ich wische sie achtlos weg und funkele ihn böse an.

Gregor erwidert meinen Blick, richtet sich langsam auf und kommt auf mich zu. Er bleibt so nah vor mir stehen, dass ich zu ihm aufschauen muss. Mein Herz rast. *Er ist nicht derselbe Mann, den du kennst*, schießt es mir durch den Kopf. Ich zucke erschrocken zusammen, als er mich am Armgelenk packt. Seine Hand ist warm und sein Griff nicht schmerzhaft, aber fest. Ich drehe den Kopf, um die Alkoholfahne, die von ihm ausströmt, nicht riechen zu müssen.

Gregor zieht mich zur Tür raus und den Weg entlang. Ich stolpere hinter ihm her, bin viel zu überrascht, um mich zu wehren. Habe ich ihn so wütend gemacht, dass er mir etwas antun will? Obwohl sich alles in mir gegen diese Vermutung wehrt, keimt leiser Zweifel.

Eine der Holzbohlen vor meinen Füßen bricht. Ich rutsche ab, trete in eine tiefe matschige Pfütze. Aber Gregor bemerkt es nicht, verlangsamt seinen Schritt nicht. Er steuert auf das Dorfzentrum zu, biegt rechts ab und geht einen schmalen Gang zwischen zwei Häusern entlang. Es ist jener Weg, den ich von Unas und Lodins Haus zu Gregor genommen habe.

Una hängt an einer Leine, die zwischen zwei Holzpflöcken gespannt ist, Wäsche auf. Die grauen Leinenhemden blähen sich im Wind. Sigrid scheint noch immer zu schlafen und auch Meeri kann ich nirgends sehen.

»Hey!«, ruft Gregor und macht damit Una auf sich aufmerksam, die mit zusammengekniffenen Augen und einem nassen Wollkleid in der Hand zu ihm herumfährt. Sie braucht einen Augenblick, um die Lage zu überblicken. Ich sehe ihre Frage, was ich in Gregors Begleitung mache.

»Ich habe dir gesagt, du sollst dich fernhalten«, zischt sie Gregor an, »War dir mein Wort nicht genug? Muss ich es erst mit dem Schwert besiegeln?«

»Ich will deine Sklavin kaufen«, erwidert Gregor, ohne auf Unas Drohung einzugehen.

Er gibt mir einen leichten Schubs nach vorne, lässt mein Armgelenk so plötzlich los, dass ich beinahe falle. Mit einem großen Ausfallschritt kann ich mich nach vorne retten. Una sieht irritiert zwischen Gregor und mir hin und her.

»Du willst sie?«, fragt sie ungläubig.

Ich schnaube beleidigt. Ist das wirklich so schwer zu glauben?

Gregor nickt.

»Sie amüsiert mich.«

So? Ich amüsiere ihn also. Jetzt ist es an mir, ungläubig den Kopf zu schütteln und Gregor vorwurfsvoll anzusehen.

Una scheint kurz zu überlegen, ob sie mit Gregor einen Preis für mich verhandeln soll. Dann winkt sie ab.

»Ich hätte keine Sorgen, dir meine älteste Tochter zu überlassen. Sie würde dir die Eier abreißen, wenn du sie anrührst. Aber sie hier ist schwach. Sie hat nicht gelernt, sich gegen Männer wie dich zu verteidigen.«

Ich bin nicht sicher, ob ich über ihre Aussage beleidigt sein oder mich freuen soll, dass sie sich so um mich sorgt. Gregor ist mit dieser Antwort jedenfalls ganz und gar nicht zufrieden. Er holt schnaubend Luft. Doch bevor er etwas erwidern kann, wird er von einer tiefen, vollen Stimme in unserem Rücken unterbrochen.

»Una, wie schön dich wiederzusehen. Ich hoffe, die Götter waren dir und deiner Familie wohlgesonnen, nachdem ihr euch dafür entschieden habt, meinem Bruder auf dem Weg des Verrats zu folgen.«

»Manche würden sagen, du bist der Verräter, Torhildson«, erwidert Una trocken.

Jarl Torhildson? Steht etwa der Anführer des verfeindeten Clans hinter mir, von dem immerzu geredet wird? Magnus Vater? Eine Gänsehaut überzieht meine Arme. Ich versuche aus den Augenwinkeln etwas von dem Mann zu erkennen, spüre plötzlich seine Hand auf meinem Rücken. Torhildson beugt sich zu mir.

»Dich kenne ich noch nicht, meine Liebe. Bist du neu?«

Ich halte vor Schreck den Atem an, nicke.

»Dann hat man dir vielleicht noch gar nicht erzählt, wer ich bin. Und was mich in den Augen dieses kleinen Clans zum Verräter macht. Habe ich recht?«

Ich sehe ihn stumm an, wage nicht, mich zu rühren. Seine Stimme und die Art, wie er vertraut einen Arm um mich legt, als wäre er der nette Erzählonkel, der gleich seine schönsten Märchen auspackt, haben etwas Schlangenartiges.

Irgendwie habe ich mir Torhildson jünger vorgestellt. Zwischen ihm und Jarl Bjarki müssen mindestens zehn Jahre liegen. Weiße Strähnen durchziehen seine schwarzen, langen Haare und den Bart. Seine Hände sind faltig und die Tränensäcke unter seinen Augen hängen schlaff. Das Einzige, was an einen Kämpfer erinnert, ist der unnachgiebig düstere Zug um seinen Mund und der Höcker auf seiner Nase, der ihm etwas Verwegenes gibt.

Una sieht abwechselnd zur Tür und zu ihrer Axt, die auf der Holzbank liegt. Ich habe sie noch nie so nervös gesehen, und das macht mir Angst. Auch Torhildson bemerkt es. Er wirft lachend die Hände in die Luft.

»Una, entspann dich! Das ist ein Freundschaftsbesuch.«

»Und deswegen hast du auch Bjorn und Orvar mitgebracht, wie?«

Bjorn und Orvar? Ist hinter mir eine ganze Armee angerückt?

Torhildson zuckt mit den Schultern.

»Was soll ich machen? Sie wollten unbedingt meinen Enkelsohn sehen. Sie lieben kleine Babys – mit ihren zarten, zerbrechlichen Fingern und den speckigen Ärmchen und Beinchen.«

Die Männer in meinem Rücken brechen in höhnisches Gelächter aus. *Wie Hyänen*, schießt es mir durch den Kopf. Torhildson wendet sich wieder zu mir und grinst sparsam.

»Weißt du, ich war nicht immer der gefürchtete, böse Bruder. Unter der Herrschaft meines Vaters waren wir ein großer Clan, der friedlich zusammenlebte. Bis Vater starb und Bjarki es mir anlastete, mich einen Verräter genannt hat.«

»Weil du genau das bist, Torhildson«, fällt Una ihm wütend ins Wort, »Du und dein Vater, ihr wart immer anderer Meinung, was das Bündnis mit den Clans im Westen anging. Ihm ging es um Tradition und Ehre, dir nur um das Gold. Keiner glaubt dir, dass sein Sturz ein Unfall war.«

»Oh bitte, er war alt. Ich habe ihm gesagt, er soll nicht so nah an der Felskante entlanglaufen. – Aber lass uns doch nicht die alten Geschichten aufwärmen. Ich bin schließlich hier, um mein Enkelkind zu sehen.«

Torhildson schiebt mich beiseite, geht zwei Schritte auf Una zu. Bjorn und Orvar folgen ihm, kommen nun auch in mein Blickfeld. Es sind die beiden Männer, denen Sigrid und ich auf meiner Suche nach dem Zeitreisenden begegnet sind. Erneut bin ich von ihrer Größe und Kraft eingeschüchtert. Wenn sie ihre Waffen zücken, haben wir wohl kaum eine Chance.

Una handelt schnell. Sie schnappt sich ihre Axt und stellt sich in Angriffshaltung zwischen Torhildson und die Tür. Ihre blonden Haare wehen kriegerisch im Wind, und ich zweifele keine Sekunde daran, dass sie Torhildson den Schädel spaltet, wenn er auch nur einen Schritt näherkommt. Der Jarl wirkt gelassen. Er schüttelt tadelnd den Kopf, als würde er ein kleines Kind auf sein schlechtes Benehmen hinweisen.

»Na, na, Una. Wir wollen doch friedlich bleiben. Schließlich haben unsere Clans einen Waffenstillstand ausgehandelt. Und ich will lediglich mein Enkelkind in der Familie begrüßen. Schließlich fließt auch mein Blut in seinen Adern. Nicht wahr?«

Una zittert vor Wut. Ihr steht die Verachtung für Torhildson ins Gesicht geschrieben, aber sie rührt sich keinen Zentimeter, als er an ihr vorbei in die Hütte tritt. Einer der beiden Männer, die zu

Torhildsons Gefolge gehören, ich weiß nicht, ob es Bjorn oder Orvar ist, stößt mich von hinten an.

»Na los! Wir wollen doch dem kleinen Baby *hallo* sagen.«

Seine Hand in meinem Rücken fühlt sich widerlich warm an, und sie wandert immer weiter nach unten. Ich schüttele sie ab und werfe ihm einen drohenden Blick zu. Der Hüne lacht gehässig, doch er traut sich kein zweites Mal, mich anzufassen.

Ich bin nur froh, dass Jorah nicht hier ist. Er hätte sicher nicht so viel Selbstbeherrschung wie Una, die vor uns in die Hütte geht, noch immer ihre Axt in der Hand umklammernd.

Gregor folgt uns als einziger nicht. Der Mann, auf den ich immer vertraut habe, dass er mich beschützt, steht unschlüssig auf dem Rasen vor dem Haus. Ich sehe ihm durch die halb geöffnete Tür dabei zu, wie er sich drei Schritte entfernt, dann umdreht und wieder zurückkommt. Aber er macht keine Anstalten, die Hütte zu betreten.

Drinnen ist es ziemlich dunkel. Meeri sitzt mit der kleinen Halla auf einer Holzbank, die sie nah an das knisternde Feuer gestellt hat. Sie sieht alarmiert aus, aber weil Torhildson einen Finger auf seine Lippen gelegt hat, sagt sie kein Wort. Sigrid liegt mit dem Rücken zu uns in ihrer Nische und schläft. Ihre gleichmäßigen Atemzüge und das unterdrückte Kichern von Bjorn und Orvar füllen den Raum.

»Still, mein Kind! Wir wollen deine Schwester doch nicht wecken. Sie hat sich ihren Schlaf wohl verdient«, flüstert Torhildson Meeri zu, »Und jetzt lass mich den Kleinen anschauen.«

Torhildson scheint der festen Überzeugung zu sein, dass sein Enkelkind ein Junge ist. Meeri sieht ihre Mutter fragend, beinahe bittend an. Sie ist sich der Gefahr, die von dem Jarl ausgeht, wohl bewusst. Aber ich bin sicher, sie würde alles tun, um Halla zu schützen. Als Una nickt, reicht sie das Bündel zögernd an Torhildson weiter. Er muss sich zu Meeri vorbeugen und das Kind fast schon aus ihren Armen zerren, um es zu bekommen.

»Es ist ein Mädchen«, flüstert sie trotzig.

Ein Ausdruck der Enttäuschung huscht über Torhildsons Gesicht.

»Ein Mädchen also.«

Er nimmt das Bündel in seine Arme, zieht das Tuch ein Stück zur Seite, in dem Halla ihr Gesicht vergraben hat.

»Hallo, meine Hübsche.«

Bis eben war es angespannt ruhig. Nicht nur, weil Torhildson es befohlen hat. Sondern weil wir wohl alle fürchteten, was passiert, wenn Sigrid aufwacht und ihn mit ihrem Kind sieht. Doch Halla erklärt die Ruhe mit einem quiekenden Schrei für beendet. Selbst Torhildson zuckt bei der Lautstärke erschrocken zusammen und lässt das Kind fast fallen. Meeri reißt Halla aus seinen Händen und drückt sie an ihre Brust.

»Du machst ihr Angst«, sagt sie vorwurfsvoll und legt beschützend eine Hand über das Köpfchen.

Sigrid richtet sich stöhnend auf, erstarrt in der Bewegung, als sie Torhildson entdeckt. Sie hat wohl angenommen, Halla wolle trinken oder gebadet werden oder einfach nur an die Brust ihrer Mutter. Doch bevor sie reagieren kann, ertönt von draußen eine Stimme – laut und schneidend.

»Torhildson, mach, dass du aus meinem Haus kommst! Und lass gefälligst deine dreckigen Finger von meinem Enkelkind!«

dreizehn

Lodin. Mit gezogenem Schwert steht er draußen neben Gregor und Jorund, dem ich schon einmal auf dem Markt begegnet bin. Ich erinnere mich daran, wie er von der Alten am Fischstand verprügelt worden ist. Lodin und er scheinen gerade von der Jagd zurückzukommen. Sie tragen noch ihre Pfeilköcher auf dem Rücken. Die Bogen haben sie neben sich fallen lassen.

Obwohl ich Lodin in den vergangenen Tagen als einen sanftmütigen Menschen kennengelernt habe, macht mir sein Anblick in diesem Moment Angst. Er hat den Kopf ein wenig nach unten geneigt, funkelt Torhildson aus seinem einen Auge zornig und entschlossen an. Seine Finger krampfen sich um das Schwert, die Knöchel treten weiß hervor. An seiner Stirn pulsiert eine Ader.

»Na los!«, brüllt er mit sich überschlagender Stimme.

Wir zucken alle gleichzeitig zusammen. Selbst Torhildson ist eine gewisse Unruhe anzumerken, die er mit einem Grinsen zu überspielen versucht. Die Hände in einer abwehrenden Geste gehoben, schlendert er betont langsam nach draußen.

»Warum denn so aufbrausend, Lodin? Ich bin nur hier …«

»Es kümmert mich nicht, warum du hier bist«, fährt Lodin dazwischen, »Ich verlange, dass du auf der Stelle gehst.«

Er macht drei lange Schritte nach vorne, hält ihm das Schwert unter die Kehle. Torhildson schielt mit halbgeschlossenen Lidern auf die Klinge. Auch ihm muss klar sein, dass Lodin kurz davor ist, zuzustechen, aber er provoziert ihn weiter.

»Was würde wohl mein kleiner Bruder dazu sagen, dass du mich mit so wenig Gastfreundschaft behandelst? – Und das, obwohl ich doch ein Recht habe, hier zu sein. Schließlich hat deine Tochter bereitwillig ihren Körper hergegeben, um etwas zu empfangen, was ich nun guten Gewissens mein Eigen nennen kann.«

Orvar drängt sich an Torhildson vorbei, macht eine eindeutige Geste und lacht: »Die Kleine brauchte wohl mal einen richtigen Mann.«

Es ist der letzte Tropfen, der das Fass zum Überlaufen bringt. Mit einem Mal geht alles sehr schnell. Lodin holt zum Stoß aus, aber Gregor drängt sich dazwischen, schiebt ihn von Torhildson weg. Es kostet ihn viel Kraft, den wutentbrannten Lodin aufzuhalten. Er muss sich regelrecht gegen ihn lehnen.

»Denk an deine Familie. Tot nützt du ihnen gar nichts«, versucht Gregor ihn atemlos zu beschwichtigen.

Doch seine Worte prallen an Lodin ab, der weiterhin stur sein Schwert umklammert.

»Komm schon, Torhildson!«, ruft er, »Lass es uns wie Männer regeln.«

Im gleichen Moment holt Jorund zum Angriff auf Orvar aus. Keiner von uns sieht es kommen und kann ihn rechtzeitig aufhalten. Seine Axt zerschneidet mit einem scharfen Geräusch die

Luft, bohrt sich zwischen Hals und Schulter. Orvar gibt ein gurgelndes Geräusch von sich, greift sich an den Hals, um wenige Sekunden später zu Boden zu sacken. Blut spritzt auf den Saum meines Kleides. Ich fahre entsetzt zurück. Bjorn stößt einen verzweifelten Schrei aus und will nach seiner Axt greifen, aber Torhildson stoppt ihn mit einer energischen Geste.

»Das genügt! Wir werden gehen. Aber das hier«, er deutet mit einem Kopfnicken auf Orvars Leichnam, aus dessen Wunde tiefrotes Blut schießt, »wird ein Nachspiel haben.«

Sie sind in der Unterzahl – anders kann ich mir nicht erklären, warum Torhildson und Bjorn das Dorf verlassen, ohne den ermordeten Gefährten zu sühnen. Ich werfe Gregor einen flüchtigen Blick zu, der ebenso erleichtert aussieht, wie ich mich fühle. Er hat seine Hand noch immer nicht von Lodins Schulter genommen, hält ihn fest, als fürchte er, dass dieser Torhildson hinterhereilt. Lodin atmet schwer, schaut mit wildem Blick zwischen dem Leichnam und Una hin und her. Jorund tritt mit dem Fuß gegen den leblosen Körper und schnaubt wütend.

»Ich mochte Orvar noch nie. Aber ich schätze, dieser kleine Ausrutscher wird mich teuer zu stehen kommen.«

»Wenn du mir nicht zuvorgekommen wärst, hätte ich es selbst getan«, murmelt Sigrid mit Grabesstimme.

Sie lehnt mit ihrer Axt in der Hand im Türrahmen und betrachtet den Toten nachdenklich.

Wer seine Hand gegen diese Männer hebt, wird es mit dem Leben bezahlen. Das hat Jarl Bjarki gesagt. Wird er Jorund wirklich auf diese Art bestrafen?

Es vergehen nur wenige Stunden zwischen Jarl Bjarkis Urteil und seiner Vollstreckung: Tod durch Enthauptung. Jarl Torhildson ist jener Mann, der auf dem Thingplatz am Strand vor allen Augen das Schwert führt. Und er genießt es sichtlich. Es ist, als wolle er sagen: *Schaut her! Ich stehe mitten unter euch und töte einen der euren. Und ihr könnt nichts dagegen tun.* Dass diesem Schauspiel der Mord an einem seiner eigenen Männer vorausgegangen ist, lässt er sich nicht anmerken.

Jarl Bjarki steht mit schmalen Lippen daneben und tritt nervös von einem Bein auf das andere. Seine Sätze sind abgehackt, als er spricht.

»Jorund Svenson, du hast dich deinem Jarl widersetzt. Du hast einen Friedensvertrag gefährdet, der unsere Clans seit vielen Jahren in Einklang miteinander leben lässt. Ich verurteile dich hiermit zum Tode. Mögen die Götter dir gnädig sein.«

Jorund spuckt Jarl Bjarki abfällig vor die Füße, der wie ein geprügelter Hund zusammenzuckt. Ich glaube nicht, dass der Jarl sein Urteil aus freien Stücken fällt. Obwohl er sich von seinem Bruder abgewandt hat, fürchtet er noch immer dessen Überlegenheit. Torhildson zieht belustigt die Augenbrauen hoch, wirft seinem Bruder einen hämischen Blick zu.

»Können wir anfangen?«

Wenn Gregor ihn nicht aufgehalten hätte, würde Lodin jetzt dort vorne stehen, schießt es mir durch den Kopf. Ich kenne Jorund kaum, aber trotzdem geht mir sein Schicksal nahe. Meeri drückt ihren Kopf gegen meinen Oberarm.

»Du musst nicht hinsehen«, flüstere ich und wende kopfschüttelnd den Blick ab, in der Hoffnung, dass Meeri begreift, was ich ihr sagen will.

Wir stehen neben Una, Lodin, Eirik und Sigrid, die Halla auf dem Arm trägt. Lodin hält die Arme vor der Brust verschränkt. Er sieht furchtbar wütend aus. Una hat ihm beruhigend einen Arm auf die Schulter gelegt. Vermutlich fürchtet sie, dass er etwas Dummes macht. Der Wind bläst heftig, wirbelt meine Haare auf, versperrt mir immer wieder die Sicht. Ich bin froh darum. Von unserem Platz kann man zwar ohnehin nur Torhildsons Rücken sehen, aber ich fürchte, dass der abgetrennte Kopf in mein Sichtfeld kullern wird. Ein Anblick, den ich sicher nicht so schnell vergessen könnte.

»Ich muss hinsehen – um seinetwillen«, erwidert Meeri tapfer.

Keine Ahnung, was sie damit meint. Vielleicht bringen die Wikinger auf diese Weise ihre Anerkennung für den Verurteilten zum Ausdruck. Ich richte meinen Blick auf die Wellen, die sanft an das Ufer branden, folge der weißen Gischt, die sich auf dem Sand verliert. Eine Möwe schreit, ich schmecke das Salzwasser auf den Lippen und spüre Meeris Wärme, als sie sich an mich drückt. Auf all diese Sinneseindrücke versuche ich mich zu konzentrieren. Aber sie schaffen es nicht, meine Aufmerksamkeit vollständig wegzulenken. Das Geräusch, mit dem die Schwertklinge durch Jorunds Nacken bricht und der dumpfe Laut, mit dem der Kopf aufprallt, schlagen sich wie eine scharfe Axt in mein Gedächtnis. Meeri stößt einen unterdrückten Schrei aus und schlingt die Arme um meine Hüfte. Halla plärrt und irgendwo in der aufgebracht murmelnden Menge schluchzt eine Frau. Ob Jorund Familie hatte?

»Lodin Halvarson«, erhebt sich Jarl Bjarkis Stimme über das Gemurmel, »tritt nach vorne!«

Köpfe drehen sich zu Lodin. Will Jarl Bjarki ihn etwa ebenfalls bestrafen? Durch seine Hand ist zwar niemand zu Tode gekommen, aber er hat Torhildson bedroht.

»Geh nicht!«, bittet Una ihren Mann leise, aber Lodin tritt mit grimmigem Blick und verschränkten Armen nach vorne.

Torhildson und Jarl Bjarki tauschen einen Blick aus. Es ist, als hätte der ältere dem jüngeren Bruder vorgeschrieben, was er zu sagen hat.

»Sie werden Vater doch nichts antun?«, wispert Meeri angsterfüllt zu ihrer Mutter. Sie hat Tränen in den Augen und zittert wie Espenlaub.

Una streicht ihr über den Kopf.

»Es wird schon alles gut werden«, murmelt sie wenig überzeugt.

Jarl Bjarki holt tief Luft.

»Lodin Halvarson, du hast das Schwert gegen Jarl Torhildson erhoben. Gibt es etwas, was du zu deiner Rechtfertigung zu sagen hast?«

»Er hat meine Tochter und meine Enkelin bedroht«, brummt Lodin unwillig.

Er muss sich sichtlich beherrschen, um Jarl Bjarki und Torhildson nicht seine ganze Wut gegen den Kopf zu schmettern.

Torhildson zuckt mit den Schultern, spielt mit weitaufgerissenen Augen den Ahnungslosen. Seine Scharade ist so offensichtlich, dass sie eine Beleidigung für alle Umstehenden sein muss.

»Es war ein Freundschaftsbesuch. Ich nahm an, es sei mir erlaubt, mein Enkelkind kennenzulernen.«

»Jarl Torhildson hat sich entschlossen, dein Leben zu verschonen«, geht Jarl Bjarki dazwischen, bevor Lodin etwas Unüberlegtes tun oder sagen kann, »unter der Voraussetzung, dass du dich bei ihm entschuldigst.«

»Niemals.«

Lodin ist zu stolz. Er wird sich nicht bei Torhildson entschuldigen, selbst wenn es ihn den Kopf kostet.

»Mama, tu doch was!«, bittet Meeri weinerlich.

»Wir sollten Torhildson den Schädel spalten – jetzt und hier. Dann ist die Sache ein für alle Mal aus der Welt«, zischt Sigrid zornig.

»Ruhig!«, mahnt Una ihre Tochter.

Sie ist angespannt, beißt auf ihre Unterlippe. Auch die Umstehenden werden unruhig. Lodin ist beliebt und geachtet. Werden sie so einfach zulassen, dass ihm etwas geschieht?

»Hast du das gehört, kleiner Bruder? Er will sich nicht bei mir entschuldigen. Was machen wir da bloß?«

Jorunds Blut tropft noch immer von Torhildsons Schwertschneide. Er fährt mit Daumen und Mittelfinger darüber, zerreibt das Rot zwischen seinen Fingern.

Jarl Bjarki sieht unentschlossen zwischen seinem Bruder und den Umstehenden hin und her. Er fühlt sich unwohl in seiner Haut. Wenn er Lodin bestraft, muss er die Gegenwehr seines Clans fürchten, wenn er es nicht tut, das Schwert seines Bruders.

»Vielleicht ist das nicht der richtige Ort dafür«, wendet er mit zaghafter Stimme ein, »Ich werde mit Lodin unter vier Augen reden.«

»Mit ihm reden?«

Torhildson lacht trocken.

»So regeln wir das jetzt? Mein Gott, du warst schon immer ein Waschlappen, Bjarki.«

Jarl Bjarki presst die Zähne aufeinander.

»Das ist mein Clan. Ich treffe die Entscheidung.«

»Hoho, Brüderchen«, ruft Torhildson und hebt abwehrend die Hände, »Wenn das deine Art ist, deinen Clan zu führen, will ich dir nicht reinreden. Aber lass mich dir einen Rat geben – von Bruder zu Bruder.«

Er lehnt sich zu Jarl Bjarki, als würde er ganz im Vertrauen zu ihm sprechen. Doch seine Stimme ist deutlich zu hören.

»Wer Schwäche zeigt, muss die Klinge fürchten.«

Er wischt sein Schwert am Hosenbein ab, steckt es zurück in seine Scheide. Er hat seinem Bruder gerade gedroht, keine Frage. Aber er wird nicht unüberlegt handeln – nicht ohne die geballte Kampfkraft seines Clans im Rücken.

»Lasst ihn ziehen!«, ruft Jarl Bjarki, als Torhildson ein paar Männer zur Seite schubst, die sich ihm in den Weg stellen.

Vor Sigrid und Halla macht er Halt, beugt sich zu dem Kind hinunter und entblößt die Zähne zu einem wölfischen Grinsen.

»Wir sehen uns wieder, meine Hübsche.«

Jeder der Umstehenden würde am liebsten sein Schwert oder seine Axt in Torhildsons Halsschlagader versenken – Sigrid allen voran. Aber Dank den Worten seines Bruders kann er das Dorf ungehindert verlassen. Wahrscheinlich hofft Jarl Bjarki noch immer, den Friedensvertrag zwischen den Clans aufrecht erhalten zu können. Ich glaube nicht daran. Und so wie es aussieht, bin ich nicht die Einzige. Den Männern und Frauen steht ihre Unzufriedenheit ins Gesicht geschrieben.

»Sieh her!«

Ich halte Gregor das Pergament unter die Nase, das ich in aller Eile mit den Zahlen bekritzelt habe. Jenen Zahlen aus der Prophezeiung, die sich mir so tief ins Gedächtnis gebrannt haben. Er blickt mich irritiert an, greift dann nach dem Pergament, knüllt es zusammen und schmeißt es zu dem verkohlten Holz in die Feuerstelle. Mit einem Rascheln landet es dort.

»Verdammt, was soll das?«

Hat er nicht begriffen, was ich ihm gerade gezeigt habe? Versteht er nicht, dass ich die Daten kenne, die er schon so lange Zeit mit sich herumträgt?

Nachdem sich die Situation beruhigt hatte, bin ich Gregor zu seiner Hütte gefolgt, habe versucht mich ihm irgendwie verständlich zu machen. Aber es scheint, als hätte er gar kein Interesse an dem, was ich ihm mitteilen will. Vielleicht will er den Tod des Zeitreisenden verdrängen, in Alkohol ertränken. Vielleicht verliefen die letzten Aufeinandertreffen mit Zeitreisenden ähnlich, und er ist nicht mehr bereit, das Opfern von Menschenleben in Kauf zu nehmen. Aber er darf nicht aufgeben. Nicht jetzt, wo wir endlich eine Spur haben.

Ich denke an das Foto, dass ich mittlerweile im Schaft meines Schuhs, gewickelt um den Reverser, mit mir herumtrage. Mehr als einmal habe ich überlegt, es Gregor zu zeigen. Aber ich bin nicht sicher, ob er es richtig ansehen und mit dem Zeitreisenden in Verbindung bringen wird. Nicht dass er es mir abnimmt und ebenfalls zerknüllt oder verbrennt.

Gregor lässt sich mit verschränkten Armen in seiner Schlafnische nach hinten fallen. Er glaubt wohl, unser Gespräch wäre hiermit beendet. Falsch gedacht! So schnell werde ich nicht aufgeben.

»Komm!«

Ich greife seine Hand, ziehe ihn in eine aufrechte Sitzposition. Sie ist ganz kalt und ein wenig schwitzig. Vermutlich hat er erste Entzugserscheinungen vom Alkohol.

»Ich will dir etwas zeigen.«

Obwohl er kein Wort versteht, schüttelt er matt den Kopf, hält sich die Stirn, als habe er Schmerzen. Ihm muss klar sein, dass ich etwas vorhabe. Nur widerwillig lässt er sich von mir auf die Beine ziehen.

Die Abendsonne scheint warm auf uns herunter. Gregor schirmt murrend seine Augen gegen das Licht ab – vermutlich ist es ihm zu grell. Ich schätze, ein paar Stunden werden uns noch bleiben, bevor es dunkel wird. Gerade genug Zeit, um jene Stelle aufzusuchen, die ich Gregor zeigen will.

Ich gehe langsam, drehe mich immer wieder um, damit ich sicher sein kann, dass er mir folgt. Auch wenn unser Ausflugsziel nicht gerade schön ist, bin ich doch froh über die ruhigen Minuten in dieser rauen und endlosen Landschaft. Hier komme ich für einige Atemzüge auf andere Gedanken. Ich genieße Gregors Nähe und spüre, dass auch er sich entspannt. Die frische Luft scheint ihm gut zu tun.

Als ich stehenbleibe, weil ich mir des Weges nicht mehr sicher bin, tritt er neben mich, streicht mir eine Haarsträhne aus dem Gesicht. In der Stille ist eine Vertrautheit zwischen uns entstanden, die ich so noch nie erlebt habe. Es ist anders als zuvor. Als wir diese Stille noch mit Worten füllen konnten, war ich mir ständig Gregors Überlegenheit bewusst.

Mit ihm war es noch nie einfach. Er ist eben nicht der Junge, der in der Vorlesung neben mir sitzt und mich nach einem Stift fragt. Dessen Leben in ein Fotobuch passt, dessen größtes Geheimnis seine Leidenschaft für Superhelden-Comics ist und der mich eines Tages seinen Eltern vorstellen wird.

Er hat eine Vergangenheit, die so mysteriös ist, dass er sich in Teilen selbst nicht mehr daran erinnert. Gegen all das, was er erfahren und erlebt hat, ist mein kurzes Leben ein Sandkorn, das auf dem Meeresboden treibt. Manchmal lässt mich das befangen werden, weil ich mir unwichtig neben ihm vorkomme. Weil ich nicht einschätzen kann, welche Rolle ich in seinem Leben spiele.

Als ich ein kleines Kind war, musste mir mein Vater vor dem Einschlafen immer eine alte Geschichte erzählen: von einem riesigen Berg, der sich eine Stunde in die Höhe, eine Stunde in die Breite und eine Stunde in die Tiefe erstreckt. Alle hundert Jahre spreizt ein kleiner Vogel seine Flügel und legt eine lange Strecke zurück, um den Berg zu besuchen und seinen Schnabel an ihm zu wetzen. Und wenn der gesamte Berg abgewetzt ist, ist die erste Sekunde der Ewigkeit vergangen.

Mit Gregor kommt es mir vor, als wäre ich dieser kleine Vogel. So unbedeutsam im Angesicht der Ewigkeit.

Die Stille zwischen uns lässt mich das vergessen. Sie macht Gregor zu einem gewöhnlichen Mann, der mit den Gespenstern seiner Vergangenheit kämpft. Und mich zu einer Frau, die ihn ein Stück seines Weges begleitet.

»Hier entlang!«

Gregor folgt mir einen steilen Felshang hinab. Offenbar hat er immer noch nicht begriffen, wohin uns unser Weg führt. Er würde auf dem Absatz kehrtmachen, wenn er es wüsste. Was denkt er wohl, wohin ich ihn bringe? An einen romantischen, abgelegenen Ort? Wenn ja, wird es gleich ein böses Erwachen für ihn geben. Ich bin selbst nicht erpicht darauf, diesen Weg noch einmal zu gehen, vor allem nicht bis zu seinem entsetzlichen Ende. Aber ich glaube, dass Gregor den toten Zeitreisenden noch einmal sehen muss, um sich der Wahrheit zu stellen. Damit er es nicht länger von sich schieben kann. Und damit er sieht, dass ich eine Spur habe: das Foto, das uns weitere Hinweise auf die Zeitreisenden geben kann.

Das Wasser aus dem Fjord muss in den letzten Tagen angestiegen sein. Eine Stelle, die Sigrid und ich beim letzten Mal noch leicht passieren konnten, ist überschwemmt. Wir müssen uns eng an der Felswand entlangschieben, um weiterzukommen. Hoffentlich hat es die Leiche des Zeitreisenden nicht fortgespült.

Meine Schuhsohlen rutschen auf den nassglatten Felsen. Einmal falle ich fast. Gregor packt meinen Arm, zieht mich zu sich heran, bis ich wieder einen festen Stand habe. Ich habe das Gefühl, er genießt meine Nähe so sehr wie ich seine. Seine Lippen sind nur wenige Zentimeter von meinen entfernt. Ich erinnere mich daran, wie es sich anfühlt, ihn zu küssen – rau und warm und irgendwie vertraut. Aber deswegen sind wir nicht hier. *Konzentrier dich, Alison*, ermahne ich mich selbst.

Ich werfe Gregor ein flüchtiges Lächeln zu und befreie mich aus seinem Griff. Irgendwo hier muss die Stelle sein, wo der Zeitreisende gelegen hat. Zum Glück ist das Wasser nicht bis hierher gekommen. Ich schaue mich suchend um. Gregor schüttelt irritiert den Kopf, kommt ein paar Schritte auf mich zu.

Dann erstarrt er und seine grauen Augen weiten sich. Ich folge seinem Blick. Was dort hinter mir zwischen den Büschen liegt, ist erst beim zweiten Hinsehen als Mensch zu erkennen. Ich will nähertreten, aber der süßlich-faulige Gestank lässt mich zurückweichen. Mit Mühe unterdrücke ich ein Würgen, pralle beim Rückwärtsgehen gegen Gregors Brust.

»Deswegen sind wir hier?«, fragt er mit ausdrucksloser Stimme.

Ich drehe mich zu ihm um, nicke. Er sieht furchtbar erschöpft aus. So als würde er jeden Moment in sich zusammensacken.

»Es war ein Unfall«, sage ich, wissend, dass er kein Wort von mir versteht.

Er schüttelt verzweifelt den Kopf.

»Soll das jetzt immer so weitergehen? Zehn Zahlen, zehn Leben?«

Er hat sie getötet. Er hat keinen anderen Ausweg gesehen und deswegen hat er sie alle getötet. Drei Zahlen, drei Leben.

12 / 07 / 395
27 / 01 / 622
07 / 09 / 767

Ich schlucke. Da war eine Ahnung in mir, seitdem ich ihn in Frankreich gefragt habe, ob er jemanden getötet hat, und er mir ausgewichen ist. *Ich habe nichts getan, was nicht getan werden musste.* Mit diesen Worten habe ich mich zufriedengegeben. Aber nun wird diese Ahnung zur Gewissheit.

»Vergib mir!«

Seine Stimme ist nur ein heiseres Wispern. Die grauen Augen werden wässrig. Sein Mund öffnet sich, als wollte er etwas sagen, aber er holt nur geräuschvoll Luft, atmet zitternd aus.

Vermutlich bin ich der erste Mensch, dem er je davon erzählt. Dem er dieses düstere Geheimnis anvertraut. Und es gibt nichts, was ich machen oder sagen kann, was die Last dieser Wahrheit von ihm nimmt. Ich kann ihm nicht vergeben, weil es nicht in meiner Macht steht. Das kann nur er selbst. Ich kann nur hier stehen, während er vor mir in die Knie sinkt. Die Arme um meine Hüfte schlingt, als könnte ich ihn vor dem Ertrinken bewahren.

Ich kann nur die Hand auf seinen Kopf legen und meine eigenen Tränen unterdrücken, während er flüstert: »Vergib mir!«

vierzehn

Wir sehen uns wieder, meine Hübsche. Mit Torhildsons Worten im Gedächtnis schrecke ich in der Nacht aus einem wüsten Traum auf. Ich versuche, mich an seine Handlung zu erinnern, an einzelne Fetzen, aber sie zerfallen zwischen meinen Händen zu Staub, bevor ich sie richtig greifen kann. Ich weiß nur, dass Torhildson, Sigrid, Gregor und der Zeitreisende darin vorkamen. Wahrscheinlich war es einer jener Träume, die so zusammenhanglos sind, dass man sie beim Aufwachen schon wieder vergessen hat.

Ich setze mich auf. Es dämmert bereits, aber Frida schläft noch tief und fest. Sie hat mir den Rücken zugewandt und liegt eng an die Wand der Schlafnische gepresst – so wie jede Nacht. Ich glaube, sie kann mich nicht besonders gut leiden. Sie redet kaum mit mir und vermeidet jede Berührung. Das habe ich vermutlich Sigrid zu verdanken und ihrer Aussage, dass ich *schwachsinnig* sei. Was soll's. Ich bin nicht hier, um neue Freunde zu finden.

Gähnend setze ich mich auf. Wenn ich wach bin, kann ich genauso gut aufstehen. Wäre ich zuhause, würde ich mich jetzt noch einmal umdrehen und weiterdösen, bis Mr. Darcy an der Tür kratzt, weil er gefüttert werden will. Aber die Schlafnische in dem feuchtkalten Grubenhaus lädt nicht zum Weiterdösen ein.

Sobald ich unter dem warmen Fell hervorgekrochen bin, ziehe ich eilig meine Klamotten und Schuhe an. Leise, um Frida nicht aufzuwecken. Die Eingangstür knarzt beim Öffnen. Ich beeile mich, sie hinter mir zu schließen. Dann schlendere ich den Weg entlang, genieße die frische, kalte Morgenluft.

Etwas ist ganz und gar nicht in Ordnung. Vor Lodins und Unas Haus hat sich eine kleine Gruppe versammelt. Ich erkenne den Schmied und noch andere Männer und Frauen, die mit uns zusammen Hallas Geburt gefeiert haben. Einige von ihnen sehen so aus, als wüssten sie ebenso wenig wie ich, was hier vor sich geht.

Meeri sitzt auf der Bank vor der Hütte, hat die Beine an den Körper gezogen und hält sie fest umschlungen. Sie kaut auf dem Lederband des Bernsteinanhängers, den Jorah ihr geschenkt hat. Eirik steht neben ihr. Er hat seine Augen auf den Boden geheftet und wirft einen faustgroßen Stein immer wieder von einer Hand in die andere. Ich werde das Gefühl nicht los, dass er ihn am liebsten auf jemanden werfen würde.

Was ist bloß los? Ich schlinge die Arme um meinen Körper – weil mir kalt ist und weil der Anblick dieser kleinen Versammlung mich nervös werden lässt. Hoffentlich ist Halla nichts passiert. Ich weiß, dass die Kindersterblichkeit bei den Wikingern sehr hoch war und viele Babys ihre ersten Lebensjahre nicht überstanden haben. *Nicht Halla. Bitte, bitte nicht Halla!*, flehe ich im Stillen.

Lodin läuft mit dem Schwert in der Hand unruhig vor der Hütte auf und ab. Beim Näherkommen wird mir bewusst, dass er noch sein Nachtgewand trägt. Ein schlechtes Zeichen. Etwas muss so eilig gewesen sein, dass er nicht einmal mehr die Zeit gefunden hat, sich anzukleiden.

»Er hat sie. Ich weiß, dass er sie hat.«

»Vielleicht ist sie nur spazieren gegangen«, versucht Una ihren Mann zu beschwichtigen.

Sie hat sich ein grob gestricktes Wolltuch über ihr Nachthemd geworfen, hält die Arme vor der Brust verschränkt. Auch ihr steht die Sorge ins Gesicht geschrieben.

»Es war dunkel, bei allen Göttern! Sie hätte sich niemals so weit vom Lager entfernt.«

Im nächsten Moment tut es Lodin leid, dass er seine Frau angeherrscht hat. Er zieht Una beinahe ruckartig in seine Arme.

Ich stelle mich neben die anderen, versuche Meeris Blick einzufangen. Vielleicht kann sie mir sagen, was los ist. Aber Meeri starrt an mir vorbei ins Leere, kaut weiter auf ihrem schwarzen Lederband, das schon ganz aufgeweicht ist.

»Lodin?«

Wir machen Platz für Jorah, der mit besorgter Miene und langen Schritten auf seinen zukünftigen Schwiegervater zusteuert.

»Was ist geschehen? Wo sind Sigrid und Halla?«

Lodin sieht ihn mit schmerzverzerrtem Blick an. Es ist Una, die sich schließlich aus der Umarmung ihres Mannes löst und anfängt zu erzählen.

»Die Kleine hat die halbe Nacht geschrien. Irgendwann ist Sigrid mit ihr aufgestanden, um ein paar Schritte zu gehen. Sie dachte, die frische Luft und ein bisschen Bewegung könnten guttuen. Es war noch mitten in der Nacht. Sie hätte doch nie aus freien Stücken das Dorf verlassen. Sie würde doch nicht ...«

Ihre letzten Worte werden von den Tränen erstickt. Una schlägt sich die Hand vor den Mund.

»Torhildson«, spricht Jorah laut aus, was alle denken, »Glaubt ihr, er hat sie und das Kind entführt?«

»Wer soll es sonst gewesen sein? Er hat uns alle bedroht, oder nicht?«, antwortet Lodin ungehalten.

Zustimmendes Gemurmel ertönt.

»Lasst uns losziehen, wir brennen ihr Dorf nieder und holen meine Tochter zurück.«

Das ist nicht mehr der Lodin, den ich neulich Abend am Feuer reden gehört habe. Der Schmerz über das Verschwinden seiner Tochter scheint ihn zu überwältigen, jede Vorsicht über Bord werfen zu lassen.

»Ja, verdammt!«

Einige Krieger haben wohl nur darauf gewartet, dass Lodin genau das sagt. Diejenigen, die ihre Waffen dabei haben, greifen sie entschlossen. Sven, der blonde Wikinger, der sich schon am Lagerfeuer als großer Kämpfer profilieren wollte, spuckt abfällig auf den Boden und schaut in die Runde.

»Ich habe es euch ja gesagt: Unser Allvater wird noch zur Vernunft kommen. Auf unseren Jarl ist in dieser Sache kein Verlass. Wir müssen die Dinge selbst in die Hand nehmen!«

Una geht beschwichtigend dazwischen.

»Ihr solltet jetzt nicht unüberlegt handeln. Bitte Lodin, zieh Jarl Bjarki zu Rate und lass dir seine Erlaubnis geben! Wenn du dich gegen ihn richtest …«, sie schüttelt betrübt den Kopf, »Es wird ein böses Ende nehmen.«

»Er wird sich nicht gegen seinen Bruder stellen, Una. Das hat er uns mehr als einmal bewiesen.«

»Es geht um das Leben unserer Tochter. Er muss Verständnis für unser Anliegen haben.«

Lodin lässt den Kopf hängen. Ich weiß nicht, ob es der Respekt vor dem Jarl oder vor seiner Frau ist, der ihn schließlich zustimmen lässt.

»Na schön. Ich werde ihn davon in Kenntnis setzen. Aber ich werde gehen und Sigrid zurückholen – ganz gleich, ob mit oder ohne seine Zustimmung.«

Am Nachmittag ist Sigrid noch immer nicht zurück. Auf Lodins ausdrücklichen Wunsch wird ein Thing einberufen. Una, Meeri und ich warten darauf, dass die Männer von der Versammlung zurückkehren. Mit jeder Stunde wird uns Sigrids Fehlen schmerzlicher bewusst. Ich glaube, es war noch nie so still im Haus. Vor allem nicht, seit Halla auf die Welt gekommen ist. Ihr Schreien war manchmal schier unerträglich. Jetzt wäre es unerträglich schön.

Ob Torhildson Sigrid in der Absicht mitgenommen hat, dass sie bei seinem Clan bleibt und sich um das Enkelkind kümmert? Sie wird sich niemals darauf einlassen. Wenn sie nur eine einzige Chance bekommt, wird sie ihre Axt nehmen und kurzen Prozess mit ihm machen. Aber was, wenn er ihr zuvorkommt? Ich sehe zu Meeri. In ihren Augen stehen dieselben Fragen geschrieben, die auch mich quälen.

»Hol eine Ziege, Una!«

Lodin steht plötzlich im Raum. Er hat die Tür mit solchem Schwung aufgestoßen, dass sie mit einem Knall gegen die Wand fliegt und Meeri und ich erschrocken zusammenzucken. Una, die sich von ihren düsteren Gedanken ablenkt, indem sie Pilze für das Abendessen putzt, sieht irritiert auf, lässt den Pilz in ihrer Hand zurück auf das Holzbrett kullern.

»Eine Ziege? Was hat Jarl Bjarki gesagt?«

Lodin setzt sich breitbeinig auf die gegenüberliegende Sitzbank und vergräbt schnaufend das Gesicht in den Händen. Dann sieht er zornig zu seiner Frau auf.

»Du willst wissen, was er gesagt hat? Der verdammte Idiot hat abgestritten, dass sein Bruder etwas mit der Entführung zu tun haben könnte. Er meint, Sigrid würde schon wieder auftauchen.«

Una wischt ihre Hände an einem Küchentuch ab, schüttelt ungläubig den Kopf.

»Wieder auftauchen? Was glaubt er, wo sie ist?«

»Auf einem sehr langen Spaziergang? Keine Ahnung. Der Kerl sucht doch nur eine Ausrede, um Torhildson nicht konfrontieren zu müssen. – Una, es ist wie Sven gesagt hat: Wir müssen die Sache in unsere eigenen Hände nehmen. Sie ist schließlich unsere Tochter.«

Una stimmt ihm seufzend zu.

»Du willst die Völva befragen, habe ich recht? Deswegen die Ziege.«

»Ich brauche den Rat der Götter.«

Ich bezweifle, dass eine Seherin Lodin weiterhelfen kann. Aber er scheint daran ebenso fest zu glauben, wie Una und Meeri.

Una wählt eine Ziege aus, ein besonders hübsches Tier, wie sie behauptet. Ich muss den Strick halten, während Lodin ihr mit einem einzigen Schnitt die Kehle durchtrennt. Blut ergießt sich auf den Boden. Ich wende den Kopf ab, spüre nur, wie das Ziehen am Strick plötzlich nachlässt, das Meckern verstummt und der leblose Körper auf den Boden sinkt.

»Du wirst mit mir kommen und sie tragen, Alisdóttir. Sie ist nicht schwer.«

Ehe ich protestieren kann, hebt Lodin die Ziege auf meinen Rücken, sodass ich sie rechts und links von meinem Kopf an den Beinen greifen kann. Ihr Körper ist noch warm. Ich erwarte, dass sie jeden Moment wieder zum Leben erwacht, zu zucken und zu meckern beginnt, aber das passiert natürlich nicht. Auf dem Weg aus dem Dorf hinterlassen wir eine Spur, ähnlich wie Hänsel und Gretel. Nur das unsere Spur nicht aus Brotkrumen, sondern aus Blutstropfen besteht.

Düstere Wolken schieben sich vor die Sonne, als wollten sie diesen Tag noch dramatischer machen, als er ohnehin schon ist. Lodin stapft wortlos vor mir her. Sein Atem hinterlässt feine Wölkchen. Es ist kälter geworden, oder bilde ich mir das nur ein? An meinen Armen hat sich eine Gänsehaut gebildet.

Wir gehen einen schmalen Pfad entlang, der zwischen Farnen und Wasserläufen steil nach oben führt. Obwohl die Ziege nicht schwerer als ein gut bepackter Wanderrucksack ist, habe ich das Gefühl, ihr Gewicht zieht mich nach unten. Und ich bin mir nicht sicher, ob mein Rücken von meinem eigenen kalten Schweiß oder vom Blut der Ziege feucht ist.

Als es sich bereits so anfühlt, als könne ich keinen Schritt mehr vor den anderen setzen, hält Lodin an. Vor uns erhebt sich eine Holzhütte, deren moosbewachsenes Dach bis auf den Boden reicht. Sie ist links und rechts von Bäumen und Büschen zugewachsen, sodass sie kaum auffällt. Mehrere Hirschgeweihe hängen über der Eingangstür, und der Totenschädel eines Ochsen starrt auf uns herab.

»Da sind wir.«

Lodin zögert. Er scheint selbst großen Respekt vor der Völva zu haben. Mit zaghaften Schritten nähert er sich der Eingangstür.

Dieser Ort hat etwas Mystisches, beinahe Unheimliches an sich. Vielleicht ist es seine unnatürliche Stille. Der Wind hat aufgehört zu wehen und weit und breit ist kein Mensch und kein Tier zu hören. Nur unsere eigenen Schritte, die das Laub unter den Füßen zum Rascheln bringen. Ich lege den Kopf in den Nacken, halte nach einem Vogel oder einem Insekt Ausschau. Irgendeinem lebendigen Wesen, das dieses beängstigende Gefühl der Einsamkeit durchbricht.

»Kommt näher, Wanderer.«

Die unbekannte Stimme legt sich sanft wie Seide auf mein Gemüt. Ich sollte beunruhigt sein, weil die junge Frau plötzlich und ohne einen Laut gemacht zu haben im Eingang der Hütte steht, aber ich fühle mich mit einem Mal völlig gelassen. So, als wäre ich in Watte gepackt und würde auf Wolken schweben.

Sie ist seltsam unscheinbar. Ihr zierlicher Körper fügt sich so geschmeidig in seine Umgebung, dass man ihn nur wahrnimmt, wenn man ganz genau hinsieht. Und doch strahlt sie eine fremde, überirdische Schönheit aus. Ihr Haar ist lang und weiß. Nicht blond oder grau, sondern strahlend weiß. Ebenso wie ihre Wimpern, ihre Augenbrauen und ihre Haut.

Ich werfe Lodin einen fragenden Blick zu. Sollen wir der Einladung der Völva folgen? Als ich mich ihr wieder zuwenden will, ist sie verschwunden. Genauso lautlos, wie sie gekommen ist. Nur ein feiner, süßlicher Blütenduft bleibt zurück. War sie wirklich hier, oder habe ich mir das alles nur eingebildet? Für einen Augenblick bin ich mir nicht mehr sicher.

Die Tür der Hütte steht offen. Drinnen brennt ein Feuer. Lodin schluckt, nickt in meine Richtung und geht dann auf den Eingang zu. Er hat sie also auch gesehen.

Die Seherin ist nicht älter als ich. Vermutlich ist sie wegen ihres Albinismus ausgegrenzt worden und wird nun als Völva verehrt. *Sie ist eine gewöhnliche* Frau, rede ich mir ein. Aber ihr eigentümliches Auftreten hinterlässt einen bleibenden Eindruck.

Wir müssen uns bücken, um durch den Türrahmen zu treten. Die Hütte bietet gerade genügend Platz für uns drei. Überall hängen große und kleine Tierschädel und aneinandergeknüpfte Federn von der Decke. Es ist schrecklich warm, und der Rauch des Feuers kratzt in meiner Kehle. Hier drinnen ist der süßliche Duft stärker, beinahe übermächtig.

Die Völva sitzt im Schneidersitz vor den Flammen, weist uns mit einer Geste an, ihrem Beispiel zu folgen. Neben ihr ist ein weißes Tuch mit Ornamenten auf den Boden ausgebreitet. Darauf steht eine Holzschale mit kleinen, weißen Steinen.

Während Lodin in die Hocke geht, bleibe ich unschlüssig stehen, weiß nicht, wohin mit der Ziege, die noch immer auf meinen Schultern ruht. Die Völva legt den Kopf schief, sieht mich nachdenklich an.

»Du bist nicht wie sie. Aber wie ich bist du auch nicht.«

Mir läuft es eiskalt den Rücken hinunter. Kann sie etwa sehen, dass ich nicht aus dieser Zeit stamme, dass ich eine Zeitreisende bin, die zwischen den Welten wandert? *Reiß dich zusammen, Alison. Das ist albern*, schelte ich mich selber. Ich zucke mit den Schultern, so gut das mit der Ziege geht.

Lodin beugt sich zu der Völva und spricht mit dringlicher Stimme: »Meine Tochter Sigrid ist verschwunden. Ich muss wissen, was mit ihr passiert ist!«

»Du weißt, was passiert ist, Wanderer«, antwortet die Völva, »Du bist hier, um zu erfahren, was dein nächster Schritt sein wird und was er dich kostet.«

Lodin nickt, atmet nervös aus.

»Und du hast den Göttern ein Geschenk gebracht.«

Noch immer sieht mich die Völva an, und ich bin nicht sicher, ob sie mit dem Geschenk mich oder die Ziege meint. Was will sie überhaupt damit? Braucht sie neue Schädeldeko für ihre Hütte? Jemand sollte mal mit ihr über ihren Einrichtungsstil reden.

»Leg sie dort ab!«

Behutsam hebe ich den leblosen Körper von meinen Schultern, lege ihn neben die Völva. Das weiße Fell der Ziege ist an der Kehle dunkelrot verfärbt, aber die Wunde hat aufgehört zu bluten.

Am liebsten würde ich die Hütte auf der Stelle verlassen. Ich meine, ich sitze hier mit Lodin, einer toten Ziege und einer gruseligen Wahrsagerin an einem Feuer, um die Götter zu befragen. Kann es eigentlich noch verrückter werden?

Natürlich kann es das. Die Völva bedeutet mir, mich zu setzen, schaukelt mit dem Oberkörper vor und zurück, während sie einen tiefen, kehligen Gesang anstimmt. Es vergehen bestimmt zehn Minuten, in der wir ihr dabei zusehen, wie sie mit geschlossenen Augen in eine tiefe Trance verfällt. Ich muss mich zusammenreißen, damit mir nicht auch die Augen zufallen. Der Gesang lullt mich ein, und es ist schrecklich warm hier drinnen. So warm.

Plötzlich schnellt die Hand der Völva nach vorne und gräbt sich in das weiße Fell der Ziege. Ich unterdrücke einen Aufschrei und dann ein Würgen, als sie ihre Hand zurückzieht und einen bluttriefenden Klumpen hält – das Herz der Ziege.

Sie wird es ins Feuer werfen, denke ich, aber da hat sie bereits ihre Zähne darin vergraben. Blut spritzt auf ihre weißen Haare, rinnt über die blasse Haut. Es klebt an ihrem Mund, ihrem Kinn, ihren Händen. Etwas davon tropft ins Feuer, zischt. Mir ist furchtbar übel.

»Konzentrier dich auf deine Frage und wirf die Runensteine!«, fordert die Völva Lodin auf, nachdem sie das Herz gegessen hat.

Ich kann den Blick nicht von dem Blut an ihrem Kinn wenden, das in grellem Kontrast zu der durchscheinenden Haut steht.

Die Völva hält Lodin die Holzschale mit den Runensteinen hin. Er will danach greifen und sie auskippen, doch sie packt noch einmal warnend sein Armgelenk, hinterlässt eine Blutspur auf dem Ärmel seines Hemdes.

»Wirf mit Bedacht!«

Beide schließen die Augen, als hätten sie eine gemeinsame Choreographie einstudiert. Ich höre die Runensteine in der Schale klappern, während Lodin sie hin- und herschwenkt. Der Rauch in der Hütte wird immer dicker. Ich muss husten. Dann fallen die Runen auf das weiße Tuch. Und obwohl ich weiß, dass all das nur Hokuspokus ist, fühlt es sich an, als wäre unser aller Schicksal in diesem Moment besiegelt worden.

Ebenso schnell, wie sie nach dem Herz der Ziege gegriffen hat, ziehen ihre blutigen Hände fünf Runen, legen sie vor sich aus. Sie öffnet die Augen und lächelt mich an. So als wüsste sie, wie unbehaglich mir in diesem Moment zumute ist.

Mir wird ganz komisch unter ihrem Blick. Vielleicht ist es der viele Rauch oder die Tatsache, dass ich gerade einer Frau dabei zugesehen habe, wie sie das Herz einer Ziege isst. Aber mir ist schwindelig, mein Kopf dröhnt, und ich habe das Gefühl, nicht mehr zwischen Traum und Wirklichkeit unterscheiden zu können. Ich weiß nicht mehr, ob das alles Blendwerk ist, oder ob eine Wahrheit in den Aussagen der Seherin steckt. Alles, was ich weiß, ist, dass Lodin daran glaubt. Und dass er entsprechend handeln wird.

Die Völva nimmt Lodins Hände, sieht ihn aus hellgrauen Augen durchdringend an.

»Deine Tochter lebt. Es geht ihr gut. Aber du wirst sie niemals wiedersehen. Und du wirst ein großes Opfer bringen müssen, um sie heimzuholen.«

Momente lang ist es still. Ich traue mich kaum zu atmen. Die Prophezeiung der Völva hängt schicksalsschwer im Raum. Ich frage mich, ob Lodin das Gesagte verstanden hat. Mir erscheinen die Worte der Völva widersprüchlich, ohne Sinn zu sein. Doch

Lodin stellt die Prophezeiung nicht in Frage. Er fährt sich über den Bart, atmet tief ein und aus.

»So sei es denn.«

Fünfzehn

»Halt das!«

Lodin reicht Una sein Schwert, entzündet seine Fackel an der von Jorah, die unruhig flackert. Die Männer sind nur zu viert. Sie stehen im Halbkreis, nesteln nervös an ihren Schuppenpanzern und an den Griffen ihrer Waffen. Im Dunkeln kann ich die Gesichter nicht sehen, aber ihre Aufregung ist deutlich spürbar. Lodin hat sich entschlossen, mit einer kleinen Gruppe loszuziehen, um nicht zu viel Aufmerksamkeit zu erregen. Ich kenne die beiden anderen Männer nicht, bin nur froh, dass Sven keiner von ihnen ist. Der blonde Wikinger ist eindeutig auf Krieg aus. Er würde diese Nacht-und-Nebel-Aktion mit seiner draufgängerischen Art nur gefährden.

»Ich sollte mit euch gehen. Sie ist auch meine Tochter«, gibt Una zu bedenken.

Die Hand, in der sie Lodins Schwert trägt, zittert. Eben noch hat sie Meeri und Eirik ins Bett gebracht, hat ihnen gesagt, sie müssten die Nacht brav durchschlafen und wenn sie morgen früh aufwachten, wäre Sigrid wieder bei ihnen. Die Zuversicht, die sie ausgestrahlt hat, ist in der finsteren, kalten Nacht verschwunden.

Wir stehen vor der Hütte, der Wind peitscht in Böen durch das Dorf, und die Krieger tragen über ihren Schuppenpanzern dicke Felle. Sie alle wissen, dass sie heute Nacht ihr Leben riskieren. Eigentlich wollen sie Sigrid und Halla nur befreien – still und heimlich, ohne dass Torhildsons Clan etwas mitbekommt. Aber wenn sich ein Kampf nicht vermeiden lässt, werden sie zu den Waffen greifen.

Lodin legt seine Hand auf Unas und lässt sie dort einen Moment liegen, bevor er ihr das Schwert abnimmt.

»Ich muss dich und Meeri und Eirik in Sicherheit wissen. Nur dann kann ich losziehen und unsere Tochter befreien. Kannst du hierbleiben und auf mich warten? Wirst du das für mich tun?«

Una legt zärtlich eine Hand an Lodins Wange. Tränen glitzern in ihren Augen.

»Wenn du nicht zu mir zurückkehrst …«

»Ich werde zu dir zurückkehren. Und ich werde Sigrid mit mir bringen.«

Sie lässt den Kopf sinken, nickt.

»Dann werde ich jetzt nicht sagen, wie sehr ich dich liebe. Ich spare es mir für die Rückkehr auf. Denn wir haben alle Zeit der Welt, richtig? Wir werden unser Enkelkind aufwachsen sehen und wenn Eirik und Meeri alt genug sind, um auf sich selbst aufzupassen, werden wir gemeinsam gen Westen segeln, wie wir es immer wollten. Richtig?«

»Und ich werde mir das hier für die Rückkehr aufsparen. Weil wir alle Zeit der Welt haben.«

Lodin zieht Una an sich, küsst sie erst auf die Stirn, dann auf die Lippen. In seiner Berührung liegt der verzweifelte Wunsch, dass sie sich wiedersehen mögen. Ein Versprechen, das er ihr nicht geben kann und dennoch tut er es. Weil die Alternative zu schmerzhaft für sie beide wäre. Erst auf ein Räuspern von Jorah lösen Una und Lodin sich voneinander.

»Wir sollten aufbrechen, bevor uns jemand bemerkt!«

Ich sehe der kleinen Gruppe nach, bis die Nacht sie geschluckt hat. Nur die Lichter ihrer Fackeln tanzen noch über dem Erdboden wie Glühwürmchen.

Du wirst ein großes Opfer bringen, hat die Völva zu Lodin gesagt. Hoffentlich hat sie Unrecht. Hoffentlich kehren alle heil zurück. Und noch etwas schwirrt mir durch den Kopf: Die Völva hat prophezeit, dass Lodin seine Tochter nie wiedersehen wird. Er war sehr still auf unserem Rückweg, hat es mit keinem Wort gegenüber seiner Familie erwähnt. Wenn er tatsächlich an die Weissagung glaubt, hat er Una belogen. Denn entweder wird er nicht zurückkehren, oder Sigrid ist für immer verloren.

Das Warten ist unerträglich. Una fängt an, im Licht des Lagerfeuers die verbliebenen Holzschilde zu putzen. Sie will nicht zurück ins Haus, hat Angst, Meeri und Eirik aufzuwecken. Aber ich bin sicher, die beiden sind noch immer wach, liegen in ihren Schlafnischen und lauschen in die Dunkelheit.

Bei jedem Geräusch zucke ich zusammen, hoffe, dass es Lodin ist. Dabei sind die vier Männer nicht einmal lange genug weg, um Torhildsons Dorf erreicht zu haben. Und sicher werden sie nicht sofort losschlagen, sondern sich erst einmal ein Bild von der Lage machen.

Irgendwann in der Nacht gehe ich zu Gregors Hütte. Ich glaube, es ist dieses Gefühl des Beschütztseins, das mich ihn aufsuchen lässt. Auch wenn sich zwischen uns alles geändert hat, verknüpfe ich es noch immer mit ihm.

Gregor ist noch wach. Er sitzt auf der Bank am Lagerfeuer und stiert in die Flammen. Als ich zögernd die Tür aufschiebe, schaut er auf. Ein flüchtiges Lächeln huscht über sein Gesicht, dann wendet er sich wieder dem Feuer zu.

»Komm herein!«

Er wirkt nüchtern. Ich setze mich ihm gegenüber auf die Bank, warte ab. In seiner Nähe fühle ich mich mit einem Mal schrecklich nervös.

»Es sind deine Haare«, unterbricht Gregor die Stille.

Ich schaue ihn irritiert an. Meine Haare?

Er greift eine meiner rotbraunen Haarsträhnen, streicht sanft mit dem Daumen darüber. In seinen Augen scheinen längst verblasste Erinnerungen zu schimmern.

»Sie erinnern mich an eine Frau, die ich sehr geliebt habe. Sie hat mir alles bedeutet. Und als ich sie verloren habe, verlor ich auch ein Stück von mir selbst. – Es tut mir leid, wenn mein Verhalten dir gegenüber nicht angemessen war. Ich habe gerade einiges zu verarbeiten.«

Ich sollte erleichtert sein, dass Gregor endlich in verständlichen Sätzen zu mir spricht, aber meine Gedanken kreisen immerzu um Lodin, Sigrid und Halla. Auch Gregor bemerkt meine Unruhe. Er beugt sich vor, legt seine Hand auf mein Armgelenk und streicht zärtlich darüber.

»Du machst dir Sorgen um Sigrid und ihr Kind«, stellt er fest.

Ich nicke.

»Es ist gut, dass Lodin nicht losgezogen ist, um einen Krieg zu beginnen. Wir sind in der Unterzahl und Torhildson ist rachsüchtig. Er würde nicht ruhen, bis wir alle tot sind.«

Also weiß er nichts von dem Befreiungsversuch, der im Gange ist, während wir hier sitzen. Glaubt er wirklich, Lodin ist schlafen gegangen, während Sigrid sich in Torhildsons Gefangenschaft befindet?

»Es ist vielleicht nicht das Leben, dass Lodin sich für seine Tochter gewünscht hat, aber es ist immerhin ein Leben. Gute Männer werden sterben, wenn wir jetzt einen Krieg beginnen«, murmelt Gregor mehr zu sich selbst, als zu mir.

Ich kann verstehen, warum er das sagt. Er hat schon zu viele sterben sehen. Aber Sigrid wird sich Torhildson niemals unterwerfen.

Ein Keuchen unterbricht Gregors Monolog, dann knallt etwas dumpf gegen die Hütte. Das war kein Ast, der heruntergebrochen ist, kein Vogel, der sich verirrt hat. Es klang nach einem Menschen. Gregor und ich springen alarmiert auf.

»Warte hier!«, weist er mich an, aber da bin ich schon zur Tür hinaus.

Draußen ist alles dunkel, bis auf eine Fackel, die auf dem Boden liegt. Sie brennt nicht mehr, glüht nur noch leicht. Ich will danach greifen, sie aufheben, doch als ich mich bücke, packt jemand meinen Arm.

»Alisdóttir.«

Die Stimme ist atemlos und heiser, aber ich erkenne sie sofort. Es ist Jorah. Er muss gefallen und gegen Gregors Hütte getaumelt sein und dabei die Fackel verloren haben.

Gregor stürmt hinter mir nach draußen, greift nach meiner Schulter.

»Bei allen Göttern, was ist hier los?«

»Alisdóttir, du musst mich sofort zu Una bringen!«

Ich beuge mich zu Jorah hinunter. Langsam haben sich meine Augen an die Dunkelheit gewöhnt. Er liegt auf dem Rücken, hält beide Hände auf den Oberschenkel gepresst und beißt die Zähne zusammen. An seinem Bein klafft eine tiefe Wunde, aus der Blut quillt. Er riecht nach Schweiß und Erde. Seine Kleidung ist dreckverkrustet.

Jorah, Lodin und die anderen müssen bei ihrem Befreiungsversuch überrascht worden sein. Aber wo sind sie bloß? Tausend Fragen schießen mir durch den Kopf, aber Jorah wird mir keine einzige von ihnen beantworten. Er wird niemandem mehr eine Frage beantworten, wenn er nicht schnell verarztet wird.

Ich sehe Gregor auffordernd an, greife Jorah am Arm, um ihm beim Aufstehen zu helfen. Seine Beine zittern. Es ist, als hätte er seine letzte Kraft auf dem Weg hierher verbraucht. Gemeinsam mit Gregor schaffe ich es, ihn hochzuziehen. Wir stützen ihn, bringen ihn zu Una. Er atmet schwer, und das Blut fließt immer weiter. Ich bin nicht sicher, ob er es schaffen wird. Tränen treten mir in die Augen. Ich muss mich zusammenreißen, um nicht hysterisch zu werden. Erst Sigrid und Halla, jetzt Jorah und wer weiß, was mit Lodin passiert ist.

Kurz bevor wir ankommen, sackt Jorahs Kopf weg. Ich bin ziemlich sicher, dass er das Bewusstsein verloren hat.

»Hey!«, rufen Gregor und ich gleichzeitig so laut, dass wir vermutlich das ganze Dorf damit aufwecken.

Es dauert keine zwei Sekunden, da wird die Tür der Hütte aufgerissen und Una stürmt heraus. Sie muss die ganze Zeit wach gewesen sein.

»Jorah, was ist passiert?«

Erschrocken schlägt sie die Hand vor den Mund, steht einfach nur da. Was sie gefürchtet hat, ist eingetreten.

»Mutter?«, fragt Meeri und holt Una damit aus ihrer Starre.

»Er muss sofort versorgt werden. Alisdóttir, koch Wasser auf! Meeri, räum den Tisch frei und leg ein sauberes Tuch unter.«

Sie beugt sich hinunter und untersucht Jorahs Oberschenkel, betastet die Wunde vorsichtig.

»Ich werde ihn nähen müssen.«

Ich überlasse es Gregor, Jorah ins Haus zu tragen. Mit zitternden Beinen laufe ich los, um den Kessel mit Wasser zu befüllen. Einige Dorfbewohner sind durch unseren Krach geweckt worden, treten nun vor ihre Hütten. Der Schmied hält mich auf meinem Weg zurück zu Una und Jorah auf.

»Was ist hier los?«, will er wissen.

Als er sieht, wie ich um Fassung ringe, nimmt er mir den schweren Kessel ab.

»Der soll zu Lodins Haus, richtig?«

Ich nicke, beeile mich, ihm zu folgen und bin froh, dass er keine weiteren Fragen stellt. Gemeinsam entzünden wir ein Feuer unter dem Kessel. Dann gehen wir ins Haus.

Jorah liegt auf dem Tisch. Er ist noch immer bewusstlos. Sein Kopf ist auf die Seite gesunken. Una hat seine Stiefel ausgezogen und das linke Hosenbein zerrissen, um besser an die Wunde zu kommen. Sie bindet gerade sein Bein ab. Es sieht übel aus. Alles ist voller Blut – seine Kleidung, das Tuch, auf dem er liegt, ja, sogar auf dem Boden befinden sich Blutstropfen.

Meeri nimmt ihre Bernsteinkette ab, legt den Anhänger in Jorahs Hand und schließt seine Finger darum. Er soll ihm Glück bringen. Una sieht kurz zu uns auf. Die Angst steht ihr ins Gesicht geschrieben.

»Raus! Alle raus!«, kommandiert sie.

Keiner traut sich, ihr zu widersprechen. Meeri geht als einzige noch einmal ins Haus, um den dampfenden Wasserkessel mit Unas Hilfe hineinzutragen. Ich bin froh, dass Jorah nicht bei Bewusstsein ist. Das Vernähen der Wunde ist bestimmt kein Erlebnis, das man bei klarem Verstand erleben möchte.

Irgendwann kommt Una nach draußen, setzt sich zu uns ans Feuer. Sie sieht müde und abgekämpft aus. Blut klebt an ihren Armen und an der Schürze ihres Kleides.

»Wie geht es ihm?«, will der Schmied wissen.

Meeri hat ihn und Gregor mittlerweile über den Befreiungsversuch aufgeklärt. Sie lag wach, als Lodin sich von Una verabschiedet hat – wie ich es mir bereits gedacht habe. Una schüttelt den Kopf, streicht sich seufzend mit den Händen über das Gesicht, wobei sie eine Blutspur auf ihrer Wange hinterlässt. Sie zuckt mit den Schultern.

»Er atmet noch. Wir müssen abwarten, bis er wieder aufwacht, dann wird er uns erzählen, was passiert ist und wo Lodin und die anderen sind.«

Keiner wagt auszusprechen, was wir alle denken: *Falls er wieder aufwacht. Und falls Lodin und die beiden anderen noch leben.*

Ich sehe zu Gregor hinüber. Meeri hat den Kopf in seinen Schoß gelegt, und er streicht ihr abwesend über die Haare. Es ist noch nicht lange her, da hätte Una alles getan, um ihn von ihren Kindern fernzuhalten. Aber jetzt, scheint es, hat sie den Kampf aufgegeben. Er ist in diese Geschichte ebenso reingeschlittert wie ich, hat eigentlich kaum etwas damit zu tun. Und doch sieht es so aus, als würde das schlimme Schicksal dieser Familie ihn ebenso mitnehmen wie mich.

Wir harren bis in die frühen Morgenstunden aus, doch Jorah wacht nicht auf. Irgendwann fällt auch Una in einen unruhigen Schlaf, das Kinn liegt auf ihrer Brust. Ich kann mir gar nicht vorstellen, wie es in ihr aussieht. Ihre Tochter ist entführt und von Lodin fehlt jedes Lebenszeichen. Diese Stunden müssen für sie qualvoller sein, als alles andere.

»Una … Una!«

Die Schreie kommen mir fast wie eine Erlösung vor – auch wenn sie unheilvoll klingen. Das Warten und Bangen findet ein Ende. Una schreckt hoch.

»Was ist?«

Sie streicht sich eine Haarsträhne aus dem Gesicht, reibt mit dem Handrücken über die müden Augen.

»Una …«

Der blonde Junge, der auf uns zugerannt kommt, ist etwa in Eiriks Alter. Er bleibt keuchend vor Una stehen, presst den Arm in die Seite. Wir blicken ihn fragend an, warten auf eine Antwort. Unsere ungeteilte Aufmerksamkeit ist ihm sichtlich unangenehm.

»Lodin«, schafft er schließlich zu sagen.

»Ist er …?«

Una gelingt es nicht, den Satz zu Ende zu bringen. Sie sieht den Jungen flehend an. Aber er kann ihr nicht sagen, was sie so gerne hören möchte. Dass Lodin am Leben ist. Dass es ihm gut geht. Stattdessen schüttelt er nur den Kopf. Unas Augen füllen sich mit Tränen – ganz langsam, als würde die Erkenntnis erst nach und nach in ihr Bewusstsein sickern.

»Wo ist er?«, flüstert sie.

»Du willst nicht …«

»Du sollst mir sagen, wo er ist!«, herrscht Una den Jungen an.

Sie zittert am ganzen Körper. Das muss der Schock sein. Ich schaffe es selbst nur mit Mühe auf die Beine zu kommen. Meine Gliedmaßen fühlen sich taub an.

»Mutter?«

Meeri ist aufgestanden, tappst ängstlich auf ihre Mutter zu. Ich glaube, sie hat noch nicht recht begriffen, was eigentlich passiert ist. Una streckt abwehrend eine Hand aus, als wolle sie nicht, dass ihre Tochter näherkommt. Sie ringt sichtlich um Fassung.

»Ich muss nach eurem Vater sehen. – Eirik, du bist jetzt der Mann im Haus. Pass auf Jorah und Meeri auf.«

Sie strafft sich, richtet den Blick auf den Horizont, ohne zu blinzeln.

»Bring mich zu ihm!«, befiehlt sie dem Jungen, ohne ihn anzusehen.

»Das ist wirklich keine gute Idee«, murmelt er vor sich hin, aber er hat den Widerstand bereits aufgegeben.

Vielleicht spürt auch er, dass das alles ist, was Una noch zusammenhält. Dass sie jeden Schritt, den sie jetzt geht, machen muss, um nicht zusammenzubrechen.

Gregor bleibt bei Meeri und Eirik, geht mit ihnen ins Haus. Ich begleite Una. Die Trauer schnürt mir den Hals zu und zugleich kommt mir alles so verdammt unwirklich vor. Die Holzbohlen, die unter unseren Schritten knarzen, der Wind, der an unseren Kleidern zerrt, Unas stockender Atem. Das alles ist echt und auch wieder nicht. Es ist in einer vergangenen Zeit passiert. Es gibt nichts zu trauern, denn das alles ist längst Geschichte. Lodin, Sigrid, Una, Meeri – sie alle. Aber als ich zu Una hinüberschaue, habe ich das Gefühl, ich kann nicht mehr atmen, keinen Schritt vor den anderen setzen.

Ich gehe weiter, denn sie tut es auch. Den Blick starr nach vorne gerichtet. Wir verlassen das Dorf, wenden uns nach links. Der Pfad ist ausgetreten. Ein toter Rabe liegt am Wegesrand. Sein Flügel ist komisch verdreht. Fliegen kreisen über dem Leichnam. Ich will wegsehen, aber ich kann nicht.

Wir sind nicht die ersten, die an jener Stelle ankommen. Die Umstehenden machen Platz für Una und mich. Ich blicke in traurige Gesichter, Hände, die fürsorglich Unas Schulter berühren, streifen auch mich. Es fühlt sich falsch an. Als wäre ich hier und doch wieder nicht.

Vor uns steht eine gewaltige Esche. Ihre Blätter schimmern rot und golden in der Morgensonne, strecken sich dem Himmel entgegen. Die dichtbewachsenen Äste reichen bis auf den Boden. Das sanfte Rascheln der Blätter ist wie Musik, eine fremde Melodie, die längst schon vergessen ist. Ich lausche ihrem Klang. Alles wirkt so idyllisch. Wie kann es sein, dass etwas so Furchtbares an einem so schönen Ort geschieht? Etwas, was ich nicht einmal in Worte fassen kann.

»Yggdrasil«, wispert Una.

Zuerst weiß ich nicht, wovon sie spricht. Aber dann fällt mir die Geschichte von Odin wieder ein. Dem mächtigen Allvater, der sich am eigenen Speer an den Weltenbaum Yggdrasil gehängt hat. Er war bereit sein Leben zu opfern, um hellseherische Kräfte zu erlangen.

Natürlich kennt Torhildson diese Geschichte, so wie alle Wikinger sie kennen. Die Geschichte von einem großen Opfer. Ich wette, er hat sich für seine eigene Idee auf die Schulter geklopft. Wahrscheinlich haben sie gelacht, als sie Lodins toten Körper mit einem Speer an die Esche gehängt haben. Lodin, der Mann mit dem einen Auge, den alle *Allvater* nennen. Was für ein passenderes Ende hätte er finden können? Haben sie hier gesessen und ihren Sieg gefeiert? Haben sie mit Met darauf angestoßen und sich vorgestellt, wie wir hier stehen und zu dem toten Körper aufsehen werden?

Lodin hängt vornübergebeugt. Der Speer hat sein Herz durchbohrt. Aus der Wunde muss viel Blut geflossen sein, doch jetzt ist es versiegt. Ein paar Tropfen fallen noch herab. Es klingt wie Regentropfen, die in unregelmäßigen Abständen auf die Blätter der Esche fallen, sie jedes Mal ein Stück mit sich nach unten zieht.

Lodin sieht schmal und ausgezehrt aus. Ganz anders, als ich ihn in Erinnerung habe. Arme und Beine hängen schlaff herab. Sein Auge ist geschlossen, als würde er schlafen.

Warum tut denn niemand was? Warum holen sie ihn nicht herunter? Ich sehe mich um. Alle scheinen auf ein Zeichen von Una zu warten. Doch sie steht einfach nur da – ohne zu blinzeln, ohne zu weinen.

»Yggdrasil«, flüstert sie noch einmal.

Dann wendet sie sich langsam ab und will gehen.

»Una, was sollen wir mit ihm machen?«, fragt einer der Männer.

Sie erstarrt in der Bewegung. Die darauffolgende Stille ist unerträglich.

»Ich muss mich um meine Kinder kümmern«, sagt sie schließlich und setzt ihren Weg fort.

Sie bleibt eine Antwort schuldig. Vielleicht, weil sie keine hat.

sechzehn

Taubheit. Ich glaube, damit kann man das Gefühl am ehesten beschreiben, das uns alle umgibt. Das uns einhüllt wie eine Blase, die wir nicht durchbrechen können – nicht durchbrechen wollen. Jedenfalls noch nicht. Was uns außerhalb dieser Blase erwartet, ist zu schmerzhaft, um es jetzt schon ertragen zu können. Una und die Kinder würde es zerbrechen.

Gregor und ich haben ein Essen zubereitet, damit Meeri und Eirik wenigstens etwas in den Magen bekommen. Aber natürlich kriegen sie keinen Bissen herunter. Auch ich muss mich zwingen, ein paar Löffel Brühe zu mir zu nehmen, kaue minutenlang auf demselben Stück Brot herum. Es ist schal und klebrig, als würde ich unsere ganzen ungeweinten Tränen darin schmecken.

Es wird nur das Nötigste geredet. Meeri und Eirik haben keine Fragen gestellt, seitdem wir zurückgekommen sind. Ich glaube, sie sind einfach noch nicht bereit, die Wahrheit zu ertragen. Meeri schaut immer wieder nach Jorah, aber sein Zustand ist unverändert.

Una sitzt seit Stunden vor der Hütte und schärft ihr Langschwert. Ich höre, wie die Klinge immer und immer wieder über den Schleifstein schabt. Vielleicht braucht sie die monotone Beschäftigung, um sich abzulenken. Vielleicht birgt das vertraute Geräusch etwas Tröstliches.

Als es verstummt, trete ich vor die Hütte, um nach ihr zu sehen. Sie ist dabei, ihr Rundschild von dem Holzsteg über dem Eingang zu nehmen. Ich sehe sie fragend an.

»Ich werde meine Tochter holen«, sagt sie ruhig und bestimmt.

Ihre Worte dulden keinen Widerspruch. Sie ist bereits im Gehen. Einem plötzlichen Impuls folgend, packe ich ihr Handgelenk, um sie aufzuhalten, doch sie schüttelt mich ab.

»Lass mich! Ich werde nicht hier sitzen und warten, Suppe essen und hoffen, dass alles gut wird.«

Ich verstehe ihre Verzweiflung, aber ich kann sie das nicht tun lassen. Sie wird Torhildsons Clan direkt in die Arme laufen und Gott weiß, was diese Männer ihr antun werden. Ich greife ihren Arm fester. Diesmal gelingt es ihr nicht so leicht, mich abzuschütteln. Una stößt einen unterdrückten Wutschrei aus. Ihr gleichgültiger Gesichtsausdruck verschwindet, macht einer zornigen, schmerzverzerrten Fratze Platz.

»Du sollst mich gehen lassen! Ich werde Sigrid holen und wenn es das Letzte ist, was ich in diesem Leben tue.«

Una rammt ihren Ellenbogen in meinen Magen. Für Sekunden bleibt mir die Luft weg und mir wird schwarz vor Augen. Ich höre das Blut durch meinen Körper rauschen, sacke in mich zusammen, doch ich lasse Unas Arm nicht los und ziehe sie mit mir zu Boden. Schwert und Rundschild landen neben uns. Una hat sie losgelassen. Sie schlägt in blinder Wut um sich, zieht an meinen Haaren. Ich beiße mir auf die Lippe, schmecke Blut. Durch den Krach aufmerksam geworden, stürmen nun auch Gregor, Eirik und Meeri nach draußen. Eirik erreicht uns als Erster.

»Bist du verrückt geworden? Was würde Vater sagen, wenn er dich so sieht?«, schreit er.

Er hat die Finger zu Fäusten geballt, funkelt seine Mutter zornig an. Sein ganzer Körper bebt. Una lässt mich los und setzt sich auf. Ihre blonden Haare haben sich aus ihrem Zopf gelöst, stehen in alle Richtungen ab.

»Eirik …«, flüstert sie.

Ihr Sohn schüttelt den Kopf. Seine Augen sind gerötet, als würde er jeden Moment anfangen zu weinen. Aber bevor jemand seine Tränen sehen kann, wendet er sich ab und rennt davon. Meeri geht zu ihrer Mutter, streicht ihr Haar glatt und legt eine Hand an ihre Wange.

»Sigrid wird zu uns zurückkommen«, sagt sie und ihre Stimme lässt keinen Zweifel daran.

Ich bin beeindruckt, wie stark sie ist. Sie hat gerade ihren Vater verloren. Und ihre Mutter so zu sehen, ist bestimmt nicht einfach. Una legt ihre Hand über Meeris, drückt ihr dankbar einen Kuss in die Handinnenfläche.

Gregor reicht mir seine Hand und hilft mir beim Aufstehen. Ich zittere.

»Geht es dir gut?«

Ich schüttele den Kopf und lehne mich an seine Brust, atme seinen vertrauten Geruch ein. Die Wärme seines Körpers besänftigt mich. Als er seine Arme um mich legt, fühle ich mich ein wenig schuldig. Nicht ich habe einen geliebten Menschen verloren, sondern Una. Sie sollte jemanden haben, der sie in die Arme schließt, der sie festhält und ihr sagt, dass alles gut wird. Aber das wird es nicht – nicht für sie.

Ich löse mich von Gregor, schaue zu Una hinüber. Sie hat sich schnell wieder gefangen, steht da und streicht Meeri über den Kopf.

»Wir sollten mit Jarl Bjarki darüber reden, wie es weitergehen soll«, schlägt Gregor schließlich vor, »Jetzt muss er einfach handeln.«

Una nickt. Ich blicke ihr hinterher, wie sie im Haus verschwindet. Sie setzt einen Fuß vor den anderen, so langsam, als würde sie schlafwandeln. Vermutlich fühlt es sich für sie genauso an: wie ein Alptraum, aus dem es kein Erwachen gibt.

»Eirik!«, sage ich zu Gregor, als Una außer Hörweite ist.

Ich zeige in die Richtung, in die er verschwunden ist. Wir müssen ihm folgen. Una hat schon genug andere Sorgen, ein verschwundenes Kind sollte nicht auch noch dazugehören.

Gregor sieht sich um.

»Er hat seine Axt mitgenommen, als er weggerannt ist. Vermutlich ist er in den Wald gegangen, um zu jagen oder sich abzureagieren.«

Ich sehe Gregor zweifelnd an. Vielleicht hat er mit seiner Vermutung recht. Aber Eirik hat gerade seinen Vater verloren. Er ist traurig und wütend und unberechenbar. Was, wenn er sich an Torhildson rächen will oder sich etwas antut?

Gregor seufzt, nickt schließlich, als könnte er jeden einzelnen Zweifel in meinen Augen lesen.

»Gehen wir ihn suchen.«

Der Wald ist düster, obwohl es mitten am Tag ist. Unter unseren Füßen knacken Äste und das Laub raschelt. Ich rieche feuchte Erde und Pilze, atme die kalte Luft. Was könnte dies für ein wunderbarer Herbstspaziergang sein, wenn der Anlass nicht so furchtbar traurig wäre.

Wir rufen abwechselnd Eiriks Namen, doch der Wald antwortet nur mit dem Krächzen der Krähen und dem Geräusch fallender Blätter. Irgendwann geben wir es auf, streifen nur noch durch den Wald. Ich habe das Gefühl, wir haben denselben Stein, denselben Baum bereits mehrere Male passiert.

»Una hat Unrecht, weißt du?«, sagt Gregor, nachdem wir eine Weile schweigend gegangen sind, »Du bist nicht schwach.«

Das Gespräch, auf das er anspielt, scheint schon eine halbe Ewigkeit zurückzuliegen. Und doch sind es nur ein paar Tage, seitdem Gregor versucht hat, mich Una abzukaufen und sie ihm den Wunsch verweigert hat.

»Du bist nicht auf dieselbe Weise stark, wie es Sigrid ist. Aber du bist mutig. Du gehst deinen Weg, und du setzt dich für die Menschen ein, die dir etwas bedeuten.«

Ich grinse verlegen. Irgendwie sind mir Gregors Worte unangenehm. Wie ein übertriebenes Lob, das ich nicht verdient habe.

Gregor sieht mich von der Seite an.

»Es stimmt. Una, Meeri und Eirik sind bestimmt sehr froh, dich an ihrer Seite zu haben.«

Er greift nach meiner Hand, streicht mit dem Daumen sanft

über meinen Handrücken. Die Berührung fühlt sich gut an – tröstlich. Ich denke an Lodin, der nie wieder Unas Hand halten wird. Der seine Jüngste nie wieder auf den Schoß nehmen oder mit Eirik auf die Jagd gehen wird. So jung den eigenen Vater zu verlieren, muss schrecklich sein.

»Ich glaube, ich weiß, wo Eirik ist«, sage ich nach kurzem Nachdenken und winke ihm, mir zu folgen.

Gregor begleitet mich ohne Fragen zu stellen aus dem Wald hinaus, durch das Dorf zum Ausgang. Es ist keine vier Stunden her, seitdem ich diesen Weg mit Una gegangen bin. Er ist mittlerweile so plattgetrampelt und matschig, dass ich mich kaum auf den Füßen halten kann, immer wieder wegrutsche. Der tote Rabe liegt nicht mehr am Wegesrand. Jemand muss ihn weggeräumt haben oder ein Raubtier hat sich ihn geschnappt.

Sie haben Lodin hängen lassen. Vermutlich, weil sie noch immer auf eine Entscheidung von Una hoffen, was mit dem Leichnam geschehen soll. Dort wo Torhildsons Speer steckte, klafft nun eine große Wunde.

Wir finden Eirik am Fuße des Baums kniend, schluchzend, mit blutigen Fingerkuppen, dreckverkrusteten Fingernägeln und einer Schürfwunde am Ellenbogen. Als er uns sieht, wischt er sich mit dem Unterarm hastig die Tränen aus dem Gesicht.

»Ich habe versucht, das Seil zu durchtrennen. Aber ich komme nicht ran ... Er kann da doch nicht einfach so hängen. Er ist schon ganz kalt.«

Ich lege beruhigend eine Hand auf seine Schulter. Zum ersten Mal bin ich froh, dass ich keine Wörter in seiner Sprache sprechen kann. Es wären ohnehin die falschen.

»Er ist ganz kalt«, wiederholt Eirik schniefend.

Gregor hockt sich neben den Jungen, greift nach seiner Axt.

»Du musst mir helfen, Eirik. Kannst du das? Wir wollen nicht, dass er fällt, wenn ich das Seil löse.«

»Ja.«

Eirik und ich halten Lodins Beine, während Gregor auf die Esche klettert und das Seil mit der Axt durchtrennt. Für ihn ist es ein Leichtes. Er ist größer als Eirik und hat längere Arme. Obwohl wir so vorsichtig wie möglich sind, wird Eirik beinahe unter dem leblosen Körper begraben.

»Vater?«, flüstert er, als hoffe er darauf, dass Lodin wieder zum Leben erwacht, »Papa?«

Zärtlich streicht er über das schüttere Haar, die grauen Bartstoppeln. Dann sieht er mich aus verweinten Augen an. Seine Hilflosigkeit treibt auch mir die Tränen in die Augen.

»Was soll ich denn jetzt tun? Was soll ich denn jetzt bloß tun? Er ist ganz kalt.«

Ich schüttele nur verzweifelt den Kopf. Gregor lässt die Axt auf den Boden fallen und tritt neben mich.

»Komm! Wir gehen und holen ihm eine Decke, damit er nicht friert.«

Er streckt Eirik seine Hand hin, wie ein Vater einem kleinen Kind. Ich bin sicher, er wird sie wegschlagen, aber er tut es nicht.

Das Thing findet am frühen Nachmittag statt. Da es um Lodin geht, dürfen auch Una und Meeri daran teilnehmen. Ich mische mich unter sie, bin froh, dass keiner Fragen stellt, was ich hier zu suchen habe.

Wir haben Lodins Leichnam in Decken gehüllt und zum Haus gebracht. Normalerweise würden wir ihn begraben oder auf einem Schiff einäschern, aber dafür bleib im Moment keine Zeit. Zuerst muss eine Entscheidung über Sigrids Befreiung getroffen werden.

Die Thingstätte befindet sich auf einem Hügel. Steine sind als Sitzgelegenheit in einem Halbkreis angeordnet. Wer keinen Platz gefunden hat, steht in zweiter oder dritter Reihe. Breitbeinig, um dem Wind zu trotzen, der über uns hinwegfegt.

Jarl Bjarki sieht mitgenommen aus. Er thront auf einem Holzstuhl mit verzierten Armlehnen, trägt ein graues Fell auf den Schultern, das so groß ist, dass er fast darin zu verschwinden scheint. Vielleicht wäre ihm das sogar ganz recht. Während Una ihr Anliegen mit bebender Stimme vorträgt, sitzt er vornüber gelehnt. Die aneinandergelegten Fingerspitzen berühren seine Lippen. Er räuspert sich ein paar Mal, versucht Una zu unterbrechen, aber sie lässt ihn nicht. Ihr Respekt vor dem Jarl scheint mit dem Tod ihres Mannes verschwunden zu sein.

»Das ist betrüblich« stellt Jarl Bjarki fest, als Una schließlich geendet hat, »Aber können wir sicher sein, dass mein Bruder und sein Clan die Übeltäter sind?«

»Wollt Ihr unterstellen, dass ich lüge?«, faucht Una.

Die Umstehenden werden unruhig. Es ist nicht zu überhören, auf welcher Seite ihre Loyalität liegt. Viele haben sich schon vor Lodins Tod von Jarl Bjarki abgewandt. Jetzt scheint er auch die letzten Anhänger verloren zu haben.

Sven tritt mit großen Schritten nach vorne. Sein Blick ist beinahe triumphierend, als er einen länglichen Gegenstand zwischen Una und Jarl Bjarki auf den Boden fallen lässt. Einen Speer. An seiner Spitze klebt noch Blut. In den hölzernen Schaft sind Runen eingeschnitzt, deren Bedeutung mir verborgen bleibt.

Vielleicht ist es ein Schlachtruf, oder einfach nur ein Name. Jarl Bjarki zuckt bei dem Anblick sichtlich zusammen.

»Ich nehme an, Ihr kennt diesen Speer. Er gehört Eurem Bruder. Wir haben ihn aus Lodins totem Leib gezogen.«

Ein gequälter Laut entweicht Unas Kehle. Sie taumelt ein paar Schritte zurück. Gregor muss sie halten, damit sie nicht in die Knie geht.

»Das ist … betrüblich«, wiederholt Jarl Bjarki.

Es scheint, als wären das die einzigen Worte, die ihm dazu einfallen. Immer und immer wieder wiederholt er sie. Es ist, als hingen wir in einer Zeitschleife fest. Eines ist klar: Jarl Bjarki hat nicht vor, den Clan seines Bruders anzugreifen – auch wenn er sich damit die eigenen Leute zu Feinden macht.

»Es herrscht Krieg, und es spielt keine Rolle, ob Ihr die Augen davor verschließt oder nicht, Jarl. Menschen sterben, das Meer wird sich rot färben, und die Walküren galoppieren über den Himmel.«

Ein langes Schweigen folgt auf Gregors Sätze. Vermutlich ist es das erste Mal, dass er in dieser Runde das Wort ergreift. Jarl Bjarki öffnet mehrmals den Mund, um etwas zu erwidern und schließt ihn wieder.

»Jawohl, Krieg!«, ruft Sven schließlich und reckt die geballte Faust zum Himmel.

Unverständliche Worte werden gemurmelt. Una und ich schauen uns um. Einige der Männer haben ihre Waffen gezogen, schlagen die Klingen rhythmisch gegen die Steine.

»Krieg.«

»Für Lodin.«

»Und Jorund.«

»Und Alfrigg.«

»Und Mildri und Olav.«

Immer mehr Namen werden laut. Vermutlich sind es die im Kampf gefallenen Krieger. Und dann, wie eine dunkle, beschwörerische Formel erhebt sich der Klangteppich über der Thingstätte, verschmilzt mit dem Rascheln der Blätter und dem Rauschen des Meeres.

»Krieg … Krieg … Krieg!«

Jarl Bjarki wird immer kleiner in seinem Stuhl. Vielleicht hofft er, einfach zwischen seinen Fellen verschwinden zu können.

»Krieg … Krieg … Krieg!«

Der Lärm ist ohrenbetäubend und irgendwie beängstigend. Ich unterdrücke den Impuls, meine Hände über die Ohren zu legen. Gregor greift meine Hand. Er wirkt ein wenig beunruhigt über das, was seine Worte bei den Umstehenden ausgelöst haben. Noch vor wenigen Stunden hat er sich gegen den Kampf ausgesprochen. *Gute Männer werden sterben, wenn wir jetzt einen Krieg beginnen.* Das waren seine Worte. Nun scheint die Schlacht unumgänglich.

»Ihr wollt Krieg? Hier habt ihr ihn«, ertönt eine atemlose Stimme hinter uns.

Jarl Bjarkis Augen weiten sich. Wir drehen uns um, um zu sehen, was er sieht. Die Stimme kommt mir bekannt vor, aber ich kann sie nicht gleich zuordnen. Auch Una braucht einen Augenblick. Ihre Unterlippe zittert vor Freude und Erstaunen über das, was sie sieht. Da war ein schwacher Hoffnungsschimmer, aber vermutlich hat sie, nach allem, was passiert ist, nicht mehr daran geglaubt, ihre Tochter lebend wiederzusehen.

»Sigrid«, haucht sie.

Sigrids Kleidung ist zerrissen, und sie ist über und über mit Blut bedeckt. Es tropft von ihren Händen, ihren Haaren, ihren Augenlidern. Halla ruht an ihrer Brust. Ganz friedlich, als gäbe es keinen besseren Ort und Zeitpunkt für ein Nickerchen. Ihr kleiner Arm liegt auf Sigrids nackter Schulter, dort wo der Stoff des Kleides zerrissen ist.

In Sigrids Augen lodert ein unbändiges Feuer. Das Feuer einer Kriegerin. Ich habe noch nie etwas so Anmutiges und zugleich so Erschreckendes gesehen. Wie eine Erscheinung steht sie vor uns. Barfuß und verwundbar – und zugleich so unglaublich stark.

Etwas fällt aus ihrer Hand auf den Boden, rollt einige Meter, bevor es liegenbleibt. Es sieht aus wie ein großer, blutiger Klumpen. Ich beuge mich vor, um mehr erkennen zu können, schnappe nach Luft und unterdrücke ein Würgen.

Graue Strähnen blitzen unter all dem Blut hervor, glasige Augen starren mich an. Das Kriegsgeschrei ist verstummt. Ungläubig schauen wir alle zwischen Sigrid und dem abgetrennten Kopf hin und her, versuchen zu begreifen, was soeben passiert ist. Es ist kein anderer als Torhildson, der dort vor uns liegt.

siebzehn

Sigrid muss Halla regelrecht in Sicherheit bringen, damit sie nicht zerdrückt wird, als Una und Meeri auf sie zustürzen. Es ist der erste Lichtblick an diesem düsteren Tag.

»Geht es euch gut? Seid ihr in Ordnung?«, will Una wissen.

Sigrid löst sich von ihr, spuckt abfällig in die Richtung, in die Torhildsons Kopf gerollt ist.

»Er wollte mit mir alleine sein. Hat wohl nicht damit gerechnet, dass ein Mädchen eine Gefahr für ihn sein könnte. Der Idiot hat sein Schwert einfach aus der Hand gelegt. Nur eine Armlänge von mir entfernt.«

Sie stößt ein trockenes Lachen aus. Ihr Blick gleitet über die kleine Versammlung, bleibt an mir und dann an Eirik hängen, der sich noch keinen Zentimeter bewegt hat, seit sie gekommen ist. Er starrt seine Schwester mit offenem Mund an, als sei sie ein Geist und als könnte sie jeden Moment wieder verschwinden, sich in Luft auflösen.

»Wo ist Lodin?«, will Sigrid wissen.

Als sie keine Antwort erhält, sieht sie fragend zu ihrer Mutter. Una schüttelt nur stumm den Kopf.

»Papa?«, wiederholt Sigrid.

Ihre Stimme klingt mit einem Mal ganz kindlich.

»Er wollte dich retten. Er ist mit Jorah losgezogen und …«

Der Rest von Unas Satz geht in ihrem Schluchzen unter. Sigrid verbirgt ihr Gesicht an Hallas Köpfchen. Sie ist zu stolz, um uns ihre Tränen zu zeigen, aber ich kann sehen, wie ihr Rücken bebt

»Was ist passiert?«

»Jorah kam schwer verwundet zurück«, flüstert Una, als könnte sie die Worte nicht laut aussprechen, fürchte darum, sie damit zur Wahrheit werden zu lassen, »und Lodin … sie haben ihn … Sie haben ihn …«

Sie fängt den Satz immer wieder an, aber es gelingt ihr einfach nicht, ihn zu Ende zu bringen.

»Er ist tot«, beendet Eirik ihr Martyrium schließlich, mit einem zornigen Funkeln in den Augen.

Es scheint ihm leichter zu fallen, sich hinter seiner Wut zu verstecken, als die Trauer zuzulassen.

Eine Weile stehen wir einfach nur schweigend da, können es immer noch nicht recht fassen. Dann räuspert sich Jarl Bjarki geräuschvoll.

»Betrüblich.«

Seine Stimme zittert.

»Ich muss zu Jorah«, sagt Sigrid, ohne den Jarl eines Blickes zu würdigen.

Seine Reaktion auf den Tod seines Bruders scheint sie nicht mehr zu interessieren. Una nimmt ihr Halla ab, die ein leises

Quieken hören lässt, bevor sie selig weiterschlummert. Ob Una noch daran geglaubt hat, ihre Enkeltochter wieder in den Armen halten zu können?

»Was ist nun?«, verlangt Sven zu wissen, »Brennen wir ihre Hütten nieder?«

Er gibt sich alle Mühe, die kriegerische Stimmung wieder anzuheizen, aber die Umstehenden sind noch immer viel zu verblüfft, um zu reagieren.

»Wozu? Mein Bruder ist tot.«

Jarl Bjarki schüttelt bedauernd den Kopf. Ich warte darauf, dass er noch einmal *betrüblich* murmelt, aber er bleibt stumm. Anders als Sven, dem Torhildsons blutverschmierter Kopf noch lange nicht zu genügen scheint.

»Ihr glaubt, das ist das Ende von all dem, aber es ist erst der Anfang. Sigrid hat getan, was wir schon längst hätten tun sollen: Sie hat Jarl Torhildson getötet. Und jetzt werden sie kommen und Rache nehmen. Es wird Krieg geben, und wir müssen handeln, wenn wir ihn nicht verlieren wollen. Jetzt sofort!«

Sigrid hat beschlossen, Sven zu ignorieren. Sie steigt den Hügel hinunter, dicht gefolgt von Una, Meeri, Eirik und mir. Hinter uns wird wild diskutiert, ob man in den Kampf ziehen oder eine Reaktion des gegnerischen Clans abwarten soll. Jemand schlägt eine Abstimmung vor, wie es nun weitergehen soll. Ich lausche den aufgebrachten Stimmen, bis das Rauschen des Windes sie verschluckt.

Jorah liegt unverändert in der Schlafnische, in die wir ihn gelegt haben, nachdem Una die Wunde genäht und verbunden hat. Sein Atem geht flach. In seiner offenen Hand ruht Meeris Bernsteinanhänger.

Sigrid beugt sich über ihn.

»Wie lange liegt er schon so?«, will sie wissen.

»Seit gestern Nacht. Er hat es mit Alisdóttirs Hilfe gerade noch hierher geschafft, bevor er das Bewusstsein verlor. – Er ist schwach, Sigrid. Ich weiß nicht, ob er überleben wird.«

Una legt eine Hand auf die Schulter ihrer Ältesten, drückt sie sanft.

»Ich wäre jetzt gerne einen Moment allein«, bittet Sigrid.

Sie wendet sich nicht zu ihrer Mutter um. Wahrscheinlich hat sie zu viel Angst, ihre Gefühle zu zeigen.

Wir setzen uns auf die Bank vor der Tür. Durch das Fenster kann ich beobachten, wie Sigrid neben Jorah Platz nimmt, eine Hand an seine Wange legt. Ihre Geste ist liebevoll. Vielleicht ist er ihr doch nicht so gleichgültig, wie sie immer tut. Ich lehne mich ein Stück zurück, um sie besser hören zu können, als sie spricht.

»Du wirst mir das jetzt vielleicht nicht glauben, aber ich könnte dich gut an meiner Seite brauchen, Jorah. Gib nicht auf!«

Jorah zeigt keine Reaktion. Ich bin sicher, wäre er wach, wären Sigrid diese Sätze nie über die Lippen gekommen. Und dabei sehnt Jorah eben diese Worte mehr als alles andere herbei.

Sie bleibt noch einen Moment bei ihm sitzen. Dann steht sie auf, streicht ihm noch einmal durch die schwarzen Locken. Es wirkt, als müsse sie um ihre Fassung ringen, als sie sich von ihm abwendet. Sie atmet tief ein und aus, strafft die Schultern.

Sigrid ist bereits im Gehen, als ein Rascheln sie innehalten lässt. *Vielleicht ist es nur eine Maus, die über den Boden der Hütte huscht*, denke ich, aber dann zuckt Jorahs Hand.

»Sigrid?«, fragt er mit heiserer Stimme.

»Schildwall!«

Im Gegensatz zum ersten Mal, als ich diesen Ruf gehört habe, weiß ich diesmal sofort, was die Schreie bedeuten. Una springt auf die Beine, greift nach ihrem Schwert und dem Rundschild. Es ist, als hätte sie nur auf diesen Kampf gewartet.

Sigrid kommt mit ihrer Axt in der Hand zur Tür herausgestürmt und sieht ihre Mutter alarmiert an.

»Sie greifen an. Vermutlich wollen sie den Tod ihres Jarls rächen.«

Una mustert ihre Älteste zweifelnd.

»Wirst du diesmal im Haus bleiben? Für Halla und Meeri? Und für Jorah?«

»Ich lass dich nicht alleine gehen.«

»Ich habe Eirik an meiner Seite – und Alisdóttir.«

Um Unas Worte zu unterstreichen, angele ich mir eines der Schilde vom Holzsteg, halte nach einer Waffe Ausschau. Es scheint, als wolle Sigrid ihrer Mutter widersprechen, doch dann seufzt sie, packt ihre Axt an der Klinge und hält den Schaft in meine Richtung.

»Pass gut darauf auf! Ich will sie wiederhaben, wenn das hier vorbei ist.«

Ihre Augen funkeln warnend. Ich bin überrascht, dass sie mir ihre Axt anvertraut – und ein wenig stolz. Trotzdem rast mein Herz bei der Vorstellung, einen Menschen verletzen oder gar töten zu müssen. Ich weiß nicht, ob ich das kann. In Irland habe ich schon einmal eine Wache angegriffen, die Gregor mit ihrem Schwert erstechen wollte. Aber es war ein Reflex, keine bewusste Entscheidung.

In geduckter Haltung laufen wir zwischen den Hütten auf den Platz am Eingang des Dorfes. Diesmal kommt der Angriff nicht unerwartet, die Kämpfer sind gerüstet und vorbereitet. Die Späher haben den gegnerischen Clan entdeckt, lange bevor er das Dorf erreichen konnte. Noch stehen alle ruhig, Schild an Schild, die Speere nach vorne gestreckt. Es ist die Ruhe vor dem Sturm.

Bilder vom letzten Kampf ziehen an meinem inneren Auge vorbei. All das Blut, die brennenden Hütten, das Kriegsgeschrei. Auch diesmal wird es Tote geben. Und vielleicht werde ich diesmal nicht so viel Glück haben. Ich umklammere die Axt fester.

»Du solltest nicht hier sein.«

Ich fahre herum, sehe Gregor hinter mir stehen. Auch er ist mit Rundschild und Axt bewaffnet. Seine grauen Augen mustern mich besorgt. Was meint er damit, ich sollte nicht hier sein? Hier, in dieser Zeit, oder hier, auf diesem Platz, der in wenigen Minuten zum blutigen Schlachtfeld wird? Ich sehe ihn fragend an.

»Warum nicht?«

»Ich darf dich nicht wieder verlieren.«

Wieder? Während ich noch über Gregors Worte nachdenke, lässt er sein Schild auf den Boden gleiten und zieht mich an sich. In seinem Kuss liegt etwas Wehmütiges, so als wüsste er, dass unsere Wege sich trennen werden. Als wollte er das, was wir haben, nur einen Moment länger festhalten. Eine Sekunde gestohlenen Glücks. Ich lasse mein Schild neben seins fallen, schlinge die Arme um seinen Hals.

Ja, ich weiß, was ich mir selbst versprochen habe: Dass das hier ein Ende findet, weil es für Gregor und mich keine Zukunft geben kann. Aber was macht es für einen Unterschied? Er wird sich schon bald nicht mehr daran erinnern – an diesen Kuss und an alles, was sonst noch geschehen ist. Und mein Herz ist ohnehin gebrochen, liegt in tausend winzigen Scherben, sodass es müßig scheint, sie zusammenzusammeln.

Unser Kuss ist feucht von Tränen. Meinen oder seinen? Ich weiß es nicht, will seine Nähe nur ein wenig länger fühlen. Nur einen kurzen Augenblick. Ich will die Zeit einfrieren und ihn festhalten – ganz fest.

Aber es gelingt nicht. Wir werden auseinandergerissen, als die ersten Kämpfer ins Dorf eindringen und unter Kriegsgeschrei gegen den Schildwall anlaufen. Sie schaffen es nicht, ihn zu durchbrechen, aber unsere Krieger werden zurückgedrückt, einige stolpern rückwärts, fallen.

Gregor schnappt sein Rundschild, ist plötzlich in der Menge verschwunden. Ich finde mich auf den Knien im Matsch wieder, als jemand gegen mich taumelt, bin perplex und ein wenig orientierungslos. Mein Schild kann ich nirgends mehr entdecken, aber ich halte Sigrids Axt fest in der Hand. Diesmal werde ich sie nicht loslassen.

Es ist chaotisch. Torhildsons Clan ist in der Überzahl, aber der Tod ihres Jarls hat sie sichtbar geschwächt. Es wirkt, als würden sie ohne jede Strategie vorgehen. Viele von ihnen überleben nicht einen einzigen Schwertstich. Dennoch gelingt es ihnen irgendwann, den Schildwall zu durchbrechen.

Ich sehe, wie Una zur Seite gedrängt wird und zwischen zwei Kämpfer gerät. Ihr Schwert hat sie bereits verloren. Sie benutzt ihr Rundschild als Waffe, schlägt mit der Kante auf einen der Angreifer ein. Dabei gerät sie so in Rage, dass sie nicht einmal bemerkt, wie der Mann in ihrem Rücken gemächlich, als bliebe ihm alle Zeit der Welt, mit seinem Schwert ausholt.

Eirik ist nur wenige Meter von ihr entfernt. Er will ihr zu Hilfe eilen, aber er fällt. Ich denke nicht lange nach. Unas Angreifer ist viel größer und kräftiger als ich. Mir bleibt nur eine einzige Chance: ein einziger Hieb mit der Axt.

Ich renne los, rutsche beinahe weg, fange mich wieder. Meine Lunge fühlt sich an, als würde sie jeden Moment bersten. Dann bin ich bei dem Mann, hebe die Axt. Für einen Moment bin ich sicher, dass sie meinen schwitzigen Händen entgleiten und herunterfallen wird. Doch das tut sie nicht. Sie schwingt nach vorne, durchdringt mit einem reißenden Geräusch die Luft, bevor sie zwischen den Schulterblättern des Mannes stecken bleibt.

Unas Angreifer bäumt sich auf, will nach der Axt in seinem Rücken greifen, aber es gelingt ihm nicht. Er rudert wild mit den Armen, stößt gurgelnde Laute aus.

Die Axt. Ich darf Sigrids Axt nicht verlieren, schießt es mir durch den Kopf. Es mag Irrsinn sein, aber in diesem Augenblick erscheint es mir absolut einleuchtend. Ich packe den Schaft mit beiden Händen, zerre daran und reiße den Mann dabei ein Stück zu mir herum. Sein kahlrasierte Schädel kippt zur Seite, Spucke läuft aus seinem Mund, bleibt in dem rotbraunen Vollbart hängen. Er versucht mich anzusehen, aber seine Lider flattern. In seinen Augen ist nur noch das Weiße zu sehen.

Ich bin nicht schnell genug. Als er fällt, reißt er mich mit sich nach unten. *Ich darf die Axt nicht loslassen*, schnellt der absurde Gedanke erneut durch meinen Kopf. Dann ist alles schwarz.

Ein süßlicher Blütenduft. Ich setze mich auf, schnuppere, um festzustellen, aus welcher Richtung er kommt. Ein weißer Zeigefinger legt sich auf meine Lippen, verschwindet sofort wieder.

»Ruhig, Wanderer! Du willst doch nicht, dass sie dich entdecken.«

Die Völva. Sie sitzt mir gegenüber im Schneidersitz, den Kopf in den Nacken gelegt. Blut tropft auf ihre Lippen, fließt Kinn und Hals hinunter. Irgendwo krächzt ein Rabe, die Blätter einer Esche rascheln. Yggdrasil.

Ich folge dem Blick der Völva, richte ihn nach oben zu der Baumkrone. Dort hängt jemand. Ich kneife die Augen zusammen, um die Person erkennen zu können. Doch bevor mir das gelingt, schnellt die Hand der Völva nach vorne, packt mich an der Schulter.

»Du musst gehen. Das ist nicht dein Kampf. Du bist für etwas anderes bestimmt.«

Ich sehe sie verwirrt an.

»Aber für was? Für was bin ich bestimmt?«

»Du weißt, für was.«

Ihre Fingernägel krallen sich beinahe schmerzhaft in meine Schulter, sie schüttelt mich.

»Du musst gehen.«

Ich bin wach – ebenso schlagartig, wie ich das Bewusstsein verloren habe. Weit oben am Himmel kreist ein Rabe. Seine Schreie mischen sich mit den Kampfgeräuschen. Ich muss auf dem Rücken liegen, irgendwo ein wenig abseits des Schlachtfeldes.

»Alisdóttir?«

Eine kleine Hand rüttelt an meiner Schulter, Meeris vernarbtes Gesicht erscheint in meinem Blickfeld.

Ich habe einen Menschen getötet. Der Gedanke schießt durch meinen Kopf, versucht sich an mir festzukrallen. Ich kann seine eisigen Klauen spüren, erstarre darunter. Am liebsten würde ich die Augen schließen, mich auf den kalten Boden legen und einfach vergessen. Doch es bleibt keine Zeit.

»Die Axt«, murmele ich, während ich mich benommen aufsetze.

Ich schüttele den Gedanken an den toten Mann ab, verbanne ihn in den hintersten Winkel meines Gedächtnisses.

Meeri streckt die Axt triumphierend in die Luft. Ich frage mich, wie es ihr gelungen ist, sie aus dem Rücken des Mannes zu ziehen. Hat ihr jemand geholfen? Ich kann Una und Eirik nirgends mehr sehen.

»Du musst jetzt gehen«, stellt Meeri fest.

Ich runzele die Stirn, weil sie die Worte der Völva wiederholt. Hat sie den Satz schon mehrmals gesagt, und er ist bis in meinen Traum vorgedrungen?

»Aber wohin?«, will ich wissen.

»Dorthin, wo du hingehörst.«

Sie antwortet mir, als könnte sie jedes Wort verstehen und als wäre es das Selbstverständlichste auf der Welt. Bin ich wirklich wach, oder ist das alles noch Teil des Traums? Es kommt mir seltsam unwirklich vor. Die Schlacht, die neben uns tobt und die uns vergessen zu haben scheint, als wären wir nur unbeteiligte Zuschauer. Der Rabe, der immer tiefer kreist, sich plötzlich herabfallen lässt und mit flatternden Flügeln auf einem Holzpfahl neben uns landet. Meeri, die spricht, als wüsste sie, dass ich nicht in diese Zeit gehöre. Ist es möglich? Weiß sie, woher ich komme und kann sie mich in meine Zeit zurückbringen?

»Komm! Es ist ein weiter Weg«, fordert Meeri mich auf und ich stehe schwankend auf.

Mir tut alles weh, und ich bin zu müde, um Meeris Aufforderung zu hinterfragen. Vielleicht sollte ich hierbleiben und weiterkämpfen. Vielleicht sollte ich nach Una und Eirik und Gregor Ausschau halten. Aber Meeri hat gesagt, ich soll ihr folgen und ich tue es.

Als wir an Gregors Hütte vorbeilaufen, halte ich inne. Etwas gibt es noch zu tun. Immerhin besteht die Möglichkeit, dass ich tatsächlich nach Hause gehe.

Ich drehe mich zu Meeri um, will ihr erklären, was ich vorhabe, aber sie nickt nur verstehend. Mittlerweile bin ich mir sicher, dass ich mir das Mädchen nur einbilde. Ich glaube an Zeitreisen und an Gregors Unsterblichkeit. Aber dass Meeri eine Seherin ist und mein Geheimnis kennt, ist meinem Verstand dann doch ein bisschen zu viel.

Die Tür ist nur angelehnt. Ich schiebe sie auf und sehe mich im Raum um. Es ist still hier drinnen, so ungewöhnlich still. Sollte ich die Kampfgeräusche nicht bis hierher hören können?

Pergament und Feder finde ich an derselben Stelle wie beim letzten Mal – in einer kleinen Truhe neben Gregors Schlafnische. Ein bisschen komme ich mir vor wie Sisyphos, der seinen Felsblock immer und immer wieder den Berg hinaufwälzt, nur um ihn dann ins Tal kullern zu sehen. Ich habe Gregor die Zahlen schon einmal aufgeschrieben. Und ich kann nur hoffen, dass er das Pergament dieses Mal nicht zerknüllt oder verbrennt. Er hat die Prophezeiung bei sich gehabt, als wir uns in Irland trafen. Es besteht also Grund zur Hoffnung.

Die letzte Zahl kreise ich ein: *07 / 09 / 2067*. In meiner Zeit sind es nur noch vier Jahre bis zum prophezeiten Weltuntergang. Ich schlucke, hole das Foto hervor, das ich bei dem Zeitreisenden gefunden habe. Ob ich es Gregor dalassen soll? Aber vermutlich kann er damit viel weniger anfangen als ich.

Meeri steckt den Kopf zur Tür herein.

»Wir müssen los, Alisdóttir! Der Weg ist weit.«

Seherin, Hirngespinst oder was auch immer sie sein mag – sie könnte mich wenigstens bei meinem richtigen Namen nennen. Ich nicke unwillig und packe das Foto zurück in den Schaft meines Schuhs. Dann fällt mir noch etwas ein. Ich greife nach dem Pergament, drehe es herum und schreibe auf die Rückseite.

Wir werden uns wiedersehen. Und es wird alles einfacher werden. Vertrau mir!

Es ist Englisch. Gregor versteht kein Englisch, aber er wird es eines Tages tun. Und vielleicht werden ihm diese Sätze Hoffnung geben, auch wenn er sich schon lange nicht mehr an die Frau erinnern mag, die sie ihm einst geschrieben hat.

Wir verlassen das Dorf, lassen die erbitterten Kämpfe, das

Geschrei der Krieger, die Klage der Verwundeten hinter uns. Nur der Wind rauscht, während wir immer weiter am Fjord entlanggehen.

Meeri spricht nicht. Sie ist schnell und behände, selbst dort, wo es steil bergauf geht. Ich habe Mühe mit ihr Schritt zu halten. Sie läuft wirklich zum Tempel. Jetzt bin ich mir sicher. Und es wird zunehmend dunkler. Der Nachmittag geht in den Abend über.

Manchmal zucken Gedanken durch meinen Kopf: *Du musst umdrehen! Was machst du da? Nur mit Gregors Hilfe gelangst du zurück in deine Zeit.* Oder: *Du bildest dir das alles nur ein. Meeri sitzt bei Jorah und ihrer Schwester und wartet auf das Ende des Kampfes. Du jagst einer Einbildung hinterher.* Aber ich gehe weiter. Irgendwie weigern sich meine Füße, anzuhalten und umzukehren.

Und dann sind wir da. Wir stehen mitten auf der Lichtung, die noch vor einigen Wochen mit Wikingerzelten und abgegrenzten Weiden für die Tiere gefüllt war. Ich sehe mich um, versuche die Stelle wiederzuerkennen, an der Gregor mich in seine Zeit gerissen hat. Meeri blickt mich erwartungsvoll an.

»Siehst du ihn?«

»Wen?«

»Deinen Weg zurück?«

Ich schüttele verzweifelt den Kopf.

»Ich kann das nicht. Ich brauche Gregors Hilfe.«

Ohne ihn ist es mir noch nie gelungen, das Energiefeld zu finden. Er ist mein Anker – die Verbindung zwischen unseren Welten.

»Du kannst den Weg finden. Du musst nur richtig hinschauen.«

Angestrengt starre ich in die Dämmerung. Vielleicht hat Meeri recht. Ich habe das Energiefeld gesehen, als der Zeitreisende hierhin gekommen ist. Ich weiß jetzt, wie es aussieht und worauf ich achten muss. Doch da ist nichts. Gar nichts. Es wird immer dunkler, und mir wird zunehmend mulmig. Wie sollen wir in dieser Finsternis einen Rückweg finden? Ich will nicht im Wald übernachten, ohne Licht und ohne Feuer. Hier lauern bestimmt wilde Tiere.

Jedes Geräusch lässt mich zusammenzucken, jeder schwarze Umriss scheint mir mit einem Mal bedrohlich. Ich atme tief ein und aus, um mich zu beruhigen. Wenn ich jetzt hysterisch werde, ist niemandem geholfen.

Erst halte ich es für eine Reflektion der Sterne, aber als ich genauer hinsehe, wird das Flimmern stärker, geht in ein warmes Pulsieren über. Adrenalin schießt durch meine Adern.

»Ich kann es sehen«, rufe ich überrascht und unendlich glücklich über den erlösenden Anblick.

Ich drehe mich um, aber Meeri ist verschwunden.

»Meeri?«, frage ich atemlos.

Keine Antwort. Sie muss gegangen sein. Oder hat mir mein Gehirn einen Streich gespielt und sie war nie an meiner Seite? Ich weiß es nicht. Alles was ich weiß, ist, dass der Weg nach Hause nur wenige Meter vor meinen Füßen liegt.

Mit zitternden Händen hole ich den Reverser aus meinem Stiefelschaft. Ich muss mich zusammenreißen, nicht einfach loszusprinten und ihn zu betätigen. Auf der anderen Seite wartet

Iman auf mich, und ich habe keine Lust, ihm zu erklären, warum ich plötzlich in Wikingerkleidung vor ihm auf der Chronos liege.

Es dauert eine Weile, bis ich jenen schiefen Baum finde, unter dem ich meine Kleidung versteckt habe, doch dann ist auch das geschafft. Hastig streife ich mein Kleid ab und ziehe Minirock, Top und meine Stiefeletten an, stecke das zusammengerollte Foto des Zeitreisenden in den Stiefelschaft. Meine Kleidung ist zwar verknittert, aber, soweit ich das im Mondlicht beurteilen kann, nicht allzu dreckig. Es war eine gute Idee, sie auf links zu drehen. Ich streife noch einmal mit den Händen darüber, hole tief Luft und trete dann in das Energiefeld.

Ich kann es fühlen. Es pulsiert um mich herum, bitzelt leicht auf der Haut. Pure Energie fließt durch meinen Körper. Wenige Meter vor mir raschelt etwas in den Zweigen. Ich bilde mir ein, die weiße Gestalt der Völva zu sehen, ihren süßlichen Blütenduft zu riechen. Wieder so ein Hirngespinst.

Es gibt Dinge, die ich vermutlich nie erfahren werde: Zum Beispiel, ob Meeri wirklich hier war. Ob Gregor sich tatsächlich an nichts mehr aus dieser Zeit erinnert oder ob er sich nur in Schweigen hüllt. Und was mit Una, Sigrid, Jorah, Eirik und Meeri geschehen wird. Ob sie diesen Kampf überlebt haben. Und welches Schicksal ihnen bestimmt war.

Ich denke an all das, bevor ich den silbernen Knopf drücke. Bevor die Welt um mich herum verschwindet und wieder zu einer längst vergangenen Zeit wird.

Epilog

»Du siehst verändert aus.«

Ich sehe Iman entsetzt an, frage mich, ob er von einer innerlichen Veränderung spricht oder ob er mein Äußeres meint. Bestimmt hat mein Ausflug ins 8. Jahrhundert Spuren hinterlassen – Narben von den Kämpfen, Flecken auf meiner Kleidung, strähniges Haar oder Dreck unter den Fingernägeln.

»Doch schließlich verändert uns jede Zeitreise ein wenig, nicht wahr? Was wir sehen und was wir erleben, prägt uns, macht uns zu einem anderen Menschen.«

Er lächelt, und ich bin erleichtert. Offenbar wollte er nur seine philosophischen Betrachtungen loswerden. Sein Gesicht ist nah an meinem – viel zu nah. Ich rieche den herben Duft seines Rasierwassers und den Wein, den wir vor meiner Zeitreise getrunken haben. Den Alkohol, den ich schon längst wieder abgebaut habe und von dem er leicht betrunken scheint.

»Hat es dir gefallen?«

Seine Hand streicht wie beiläufig eine Haarsträhne aus meinem Gesicht. Ich nicke. Mir ist schwindelig und ein wenig übel von dem Zeitsprung. Es fällt mir schwer, mich auf Iman zu konzentrieren. Viel zu plötzlich bin ich im 21. Jahrhundert angekommen. Es erscheint mir immer noch wie ein Traum. Tausend Dinge kreisen in meinem Kopf: Es ist mir gelungen, ohne Gregors Hilfe zurückzureisen. Werde ich das jetzt immer können? War Meeri wirklich da, oder habe ich sie mir nur eingebildet? Und die Völva?

Iman hilft mir auf, streicht mit seinem Daumen über meine Handfläche. Ich sollte seine Avancen zurückweisen, aber ich bin nicht ganz bei mir.

Plötzlich spüre ich Imans Lippen auf meinen. Zart und weich. Es kommt so unerwartet, dass ich erschrocken die Arme hochreiße und zurücktaumele.

»Ich … ich … ich bin vergeben«, stottere ich.

»Oh.«

Iman kratzt sich nachdenklich an der Stirn.

»Nichts für ungut! Ich habe wohl die Zeichen falsch gedeutet.«

Ihm ist der Vorfall sichtlich weniger unangenehm als mir. Hastig lege ich mein goldenes Armband wieder an, stolpere mit einer genuschelten Verabschiedung zur Tür.

»Alison!«, hält Iman mich auf, »Ich würde gerne mit dir in Kontakt bleiben. Deine Forschungen zum Thema *Unterschiedliche Wahrnehmung bei Zeitreisen* interessieren mich sehr.«

Richtig, die vorgeschobene Hausarbeit hatte ich fast vergessen. Ich werde sie am Ende noch schreiben müssen, nur damit Iman nicht auffällt, dass das alles nur ein Vorwand war. Zögerlich nicke ich.

»Und Alison?«

Iman schließt zu mir auf, nimmt meine Hand zum Abschied in beide Hände. Sein Lächeln wirkt kein bisschen verlegen.

»Dein Freund hat großes Glück, dass er eine so außergewöhnliche Frau an seiner Seite hat.«

Mein Freund. Imans Worte haben sich in mein Gedächtnis eingenistet und wollen mich nicht mehr loslassen. Sie spinnen feine Gedankenfäden. Niemals würde ich auf die Idee kommen, Gregor als meinen Freund zu bezeichnen. Es klingt irgendwie falsch, weil er so viel mehr für mich ist.

Und zugleich haben wir so viel weniger. Wir werden niemals abends in eine dicke Decke eingekuschelt vor dem Fernseher sitzen, nie darum streiten, wer die Einkäufe erledigt oder das Bad putzt, niemals unsere Namen nebeneinander auf einem Klingelschild lesen. Alles, was uns bleibt, sind gestohlene Momente. Irgendwo in einer Zeit, an einem Ort.

Gähnend richte ich mich in meinem Flugzeugsitz auf und schaue auf den Bildschirm vor mir. Sieben Stunden Flug von Boston zurück nach London habe ich bereits hinter mir. Jede Menge Zeit, in der ich mir Gedanken gemacht habe – über Gregor, über die Prophezeiung, über Ben und Melissa und darüber, wie es jetzt weitergehen soll.

Der einzige Gedanke, den ich immer wieder abschüttele, den ich tief in mir drin zu begraben versuche, ist der an den toten Wikinger. Ich habe einen Menschen getötet, und ich werde mich damit irgendwann auseinandersetzen müssen. Aber nicht heute. Ich habe keine Kraft mehr. Meine Finger zittern, und ich denke an Gregor, an meine Eltern, an Melissa, an Iman – an Ben. An alles, nur nicht an den Toten und die Axt in seinem Rücken.

Ich habe Ben eine lange Mail geschrieben, in der ich ihn um Verzeihung gebeten und ehrlich über meine Gefühle gesprochen habe. Ehrlichkeit ist im Augenblick das Einzige, was ich ihm bieten kann. Ich erwarte nicht, dass alles wieder so wird wie früher. Dafür habe ich ihn zu sehr verletzt. Aber vielleicht können wir eines Tages wieder im gleichen Raum sein, ohne dass er sich unwohl fühlt, Kaffee trinken und miteinander scherzen.

Mit der Mail an Melissa tue ich mich schwerer. Mein Zeitreise-Geheimnis steht immer noch zwischen uns, hat eine tiefe Schlucht gegraben, die sich nicht so leicht überbrücken lässt. Ich fange mehrmals an zu tippen, lösche das Geschriebene aber wieder. Schließlich bleiben nur zwei einzelne Sätze zurück:

Bitte lass uns reden! Ich werde dir alles erklären.
Alison

Die Zeilen lassen mich nervös werden. Wie soll ich meiner besten Freundin begreiflich machen, dass ich tatsächlich in die Zeit eintreten kann und mich auf meinen Ausflügen in einen Unsterblichen verliebt habe? Das klingt alles viel zu verrückt, um wahr zu sein. Wahrscheinlich wird sie danach erst recht nicht mehr mit mir reden wollen. Aber ich muss es wenigstens versuchen.

Zuletzt nehme ich mir die Daten der Prophezeiung vor. Der *20 / 10 / 1665* ist der nächste Termin, an dem ein Zeitreisender die Zukunft verändern wird, und ich bin sicher, ich werde Gregor dort antreffen. Er erwartet nicht, dass ich ihn weiterhin auf seinem Weg begleite. Das hat er bei unserer Trennung in Frankreich deutlich gemacht. Und ich war überzeugt davon, dass mein Leben ohne ihn weitergehen muss.

Aber nach meinem Ausflug ins 8. Jahrhundert ist alles anders. Ich habe einen Gregor erlebt, der sich selbst und seinen Weg verloren hatte. Der die Prophezeiung verbrannt hat und seine Mission als ein Häufchen Asche hinter sich lassen wollte. Was, wenn ihm das noch einmal passiert und er niemanden an seiner Seite hat? Das kann ich nicht riskieren. Um seinetwillen. Um unser aller Willen.

Ich gehe noch einmal Imans Liste mit den Studenten durch, die im Oktober 1557 am Französischen Hof waren, gleiche ihre Online-Profile ab. Keiner von ihnen sieht Anthony auch nur annähernd ähnlich.

Doch mein Ausflug nach Harvard war nicht völlig erfolglos. Ich werfe einen verstohlenen Blick auf meine Sitznachbarin, eine alte Dame, die, in ihr Nackenhörnchen nach hinten gelehnt, tief und fest schläft. Dann hole ich das Foto hervor. Ich kann kaum glauben, dass ich ein Bild der Zeitreisenden in der Hand halten. Nun, zumindest einem Teil davon. Drei Männer und zwei Frauen. Ob sie zu einem Team gehört haben?

»Meine Damen und Herren, wir landen in wenigen Minuten. Bitte legen Sie Ihre Gurte an und bringen Sie die Rückenlehne Ihrer Sitze in eine aufrechte Position.«

Die Stimme der Stewardess reißt mich aus meinen Gedanken. Hastig stecke ist das Foto ein. Meine Sitznachbarin blinzelt benommen, gähnt und betätigt den Hebel an ihrem Sitz. Sie ist schon etwas älter, hat Mühe die Tasche unter ihrem Sitz hervor zu pfriemeln und das Nackenhörnchen zu verstauen. Als sie wieder aufrecht sitzt, lächelt sie mich an.

»Wohin geht die Reise?«

Ich blicke sie irritiert an.

»Sind Sie auf dem Weg zurück nach Hause, oder kommen Sie gerade von dort und stürzen sich in ein aufregendes Abenteuer?«

Sie schmunzelt über ihre eigenen blumigen Worte.

Ich denke an Gregor, dessen Nähe mehr Zuhause für mich ist, als die leere WG, in die ich gleich kommen werde. Ich denke an all die Erlebnisse, Kämpfe, Wunder und Begegnungen, die hinter mir liegen. Und ich denke an den 20. Oktober 1665. Frage mich, wie Gregor wohl sein wird, wenn ich ihm wieder begegne, und ob er sich an mich erinnert?

Ich spüre Druck auf den Ohren. Das Flugzeug setzt zur Landung an. Die meiste Zeit des Fluges kann ich das Gefühl ignorieren, keinen Boden unter den Füßen zu haben. Aber beim Start und bei der Landung schnürt sich mein Magen immer zusammen. Ich umfasse das blaue Haarband an meinem Handgelenk, amte tief durch.

»Beides«, antworte ich der alten Dame.

ENDE DES DRITTEN BUCHES

Die Zeitenwanderer-Chroniken

Wie geht es weiter?

Alisons Ausflug in Gregors Vergangenheit lässt sie mit zahlreichen Fragen zurück: Warum hat sich Gregor in Irland nicht mehr an die Begegnung mit ihr erinnert? Kann sie jetzt ohne seine Hilfe in die Vergangenheit eingreifen? Und wie wird ihr Wiedersehen mit Gregor im Jahr 1665 verlaufen?

Erfahre, wie die Geschichte der beiden weitergeht in
Band 4 der Zeitenwanderer-Chroniken
ab Frühling 2018.

Karolyn Ciseau
Maskenball
Eine Zeitenwanderer-Kurzgeschichte
Amazon.de | 0,99 €
ASIN B01N9YH75Z

Maskenball
Eine Zeitenwanderer-Kurzgeschichte

»Ben arbeitet am Institut für Zeitreise-Technik. Er betreut die Chronos.« Diese Worte lassen Alison hellhörig werden. Eigentlich müssten sie und Melissa noch ein ganzes Semester auf ihre erste Zeitreise warten, doch plötzlich ergibt sich eine unerwartete Möglichkeit. Bei Nacht und Nebel steigen die beiden Freundinnen in die Zeitreisemaschine und finden sich auf einem Maskenball im Venedig des 18. Jahrhunderts wieder. Doch nicht hinter jeder Maske verbirgt sich ein freundliches Gesicht ...

»Maskenball« ist eine eigenständige Zeitenwanderer-Kurzgeschichte, die vor den Ereignissen von »Gefangen – Die Zeitenwanderer-Chroniken« spielt.

weitere Informationen unter:
www.karolynciseau.de oder auf Amazon.de

Karolyn Ciseau
Das Medaillon
Eine Zeitenwanderer-Kurzgeschichte
Amazon.de | 0,99 €
ASIN B06WD5JLHT

Das Medaillon
Eine Zeitenwanderer-Kurzgeschichte

»Das ist meine Zweitälteste. Helena. Sie wird morgen heiraten«, sagt mein Vater. Gregorius sieht mich aufmerksam an. »Ist er ein guter Mann?« Ich möchte am liebsten weinen.
Eine Liebesheirat im antiken Rom? Helena weiß, dass dies ein Wunschtraum ist. Doch mitten in den Hochzeitsvorbereitungen tritt der geheimnisvolle Gregorius in ihr Leben und stellt es gehörig auf den Kopf. Mit welchen Absichten mischt er sich in Helenas Schicksal ein?

»Das Medaillon« ist eine eigenständige Zeitenwanderer-Kurzgeschichte, die vor den Ereignissen von »Gefangen – Die Zeitenwanderer-Chroniken« spielt.

weitere Informationen unter:
www.karolynciseau.de oder auf Amazon.de

Über Karolyn Ciseau

Karolyn Ciseau wollte schon früh Schriftstellerin werden, wie die Poesiealben ihrer Kindheitsfreunde beweisen. Vielleicht, weil man mit Büchern so wunderbar in fremde Welten eintauchen kann. Das Reisen spielt auch jenseits des gedruckten Wortes für sie eine wichtige Rolle. Nach ihrem Studium in Germanistik und Philosophie war sie unter anderem in Irland, England, Frankreich, Holland und Thailand unterwegs. Wenn sie nicht gerade auf Reisen ist, lebt sie mit ihrem Ehemann im beschaulichen Niedersachsen.

Mit den Zeitenwanderer-Chroniken erzählt Karolyn eine Geschichte in sieben Bänden, die ihr schon lange Zeit im Kopf herumgeistert. Jeder Band spielt in einem anderen Land und in einer anderen Zeit. Die einzige Konstante sind die beiden Hauptfiguren Alison und Gregor, deren Schicksal auf mysteriöse Weise miteinander verflochten ist.

Printed in Germany
by Amazon Distribution
GmbH, Leipzig

16984975R00143